MAY B. LUND

Fingerübungen

Buch

Lillemor Johansen ist um die Fünfzig. Sie ist groß und übergewichtig, über zwei Zentner schwer – und sie arbeitet als Sekretärin in einem großen Krankenhaus. Dort ist sie schon seit vielen Jahren, und sie ist die Seele des Ganzen. Das glaubt sie, und manch andere glauben das auch, doch ihre Opfer sehen das anders – denn Lillemor regiert mit eiserner Hand und sie hat so ihre Methoden, um unliebsame Eindringlinge, meist weiblichen Geschlechts, zu vertreiben. Da kennt sie kein Erbarmen. Denn Lillemor ist ordentlich – und bis über beide Ohren verliebt in Doktor Reiersen. Seine ewigen Neckereien haben sie zu der Überzeugung gebracht, daß er ebenfalls in sie verschossen ist und einen geheimen Liebespakt mit ihr eingehen will. Nur ein Umstand steht ihrem Glück im Wege: Doktor Reiersen ist verheiratet. Und Lillemor hält es für ihre Pflicht, sich um dieses Problem zu kümmern. Doch bevor sie Reiersens Frau Rita, eine Psychologin, in die ewigen Jagdgründe schicken kann, muß sie erst einmal üben. Denn Lillemor nimmt es genau. Also ersticht sie zunächst einmal, einfach so zur Übung, nacheinander zwei Frauen in Ritas Alter. Für die Sexualwissenschaftler, die der Polizei zur Hilfe eilen, ist der Fall klar: Es kann sich nur um einen gestörten Mann mittleren Alters handeln, mit unaufgearbeiteter Mutterbindung und unbändigem Frauenhaß. Wenn die wüßten...

Autorin

May B. Lund, geboren 1949, ist Ärztin und arbeitet derzeit in einem Forschungsprojekt am Rikshospital in Oslo. Sie hat bisher bei Gyldendal einen Roman veröffentlicht. »Fingerübungen« ist ihr erster Krimi, der in Skandinavien einschlug wie eine Bombe.

May B. Lund

Fingerübungen

Roman

Aus dem Norwegischen
von Gabriele Haefs

GOLDMANN

Die norwegische Originalausgabe erschien 1998 unter dem Titel
»... ikke stykkevis og delt« bei Gyldendal, Oslo

Umwelthinweis:
Alle bedruckten Materialien dieses Taschenbuches
sind chlorfrei und umweltschonend.

Deutsche Erstausgabe April 2000

Umschlaggestaltung: Design Team München
Umschlagillustration: Trond Bredesen
Satz: Uhl + Massopust, Aalen
Druck: Elsnerdruck
Verlagsnummer: 44587
Redaktion: Tina Schreck
RK · Herstellung: Heidrun Nawrot
Made in Germany
ISBN 3-442-44587-6

3 5 7 9 10 8 6 4 2

1

Der erste Mord sollte ein Test sein. Ihr Gesellenstück gewissermaßen. Wenn sie einmal einen Entschluß gefaßt hatte, dann sollte er auch ordentlich in die Tat umgesetzt werden. *Was du tust, das tu richtig und ordentlich, und nicht stückweise und geteilt.* Das war Lillemors Motto. Und das galt für alles. Auch für Morde. Da sie aber noch nie einen Mord begangen hatte (die Sache mit ihrer Mutter konnte ja nun wirklich nicht als Mord durchgehen), mußte sie alles gründlich vorbereiten. Alles planen. Bis ins letzte kleine Detail. Sie brauchte einen ersten Durchgang. Eine Generalprobe. Oder, um es einfacher auszudrücken: einen Testmord.

Mit den Vorarbeiten war sie fertig. Alles war perfekt. Zeitplan und Straßenbahnfahrplan. Alles war überprüft und noch einmal überprüft worden. Sie wußte genau, was sie zu sagen hatte. Und die Ausrüstung lag bereit. Eigentlich hätte sie den Mord auch mit verbundenen Augen durchführen können. Nur ein praktisches Detail fehlte noch. Sie mußte das Opfer sterben sehen. Wirklich sterben sehen. Sie mußte sichergehen können, daß ihr Mord gelang. Das war das einzige, was sie bislang nicht getestet hatte. Andere Probleme gab es nicht mehr. Vorerst nicht. Nicht, daß sie Zweifel gehabt hätte. Nicht eine Sekunde lang. Rein objektiv wußte sie, daß ihr Opfer sterben würde. Aber dennoch mußte auch dieser Teil ihres Planes überprüft werden. Kontrolliert. Alles andere hätte nicht zu Lillemor gepaßt. Schließlich machte sie alles, was sie tat, gründlich und doppelt gründlich. Daß das eine zeitraubende Angewohnheit war, und daß sie selten Fehler entdeckte, spielte keine Rolle. Darum ging es nicht. Es ging um das Prinzip. Und um ihr Motto. Das konnte sie nicht einfach beiseite lassen. Unter keinen Umständen.

Das Opfer würde sterben. Das wußte sie. Aber wirklich wahr war es erst, wenn sie es gesehen hatte. Sie packte das Messer fester. Das Küchenmesser lag schwer in ihrer tiefen Manteltasche. Bei jedem Schritt spürte sie die Kanten der scharfen Klinge an ihrem Oberschenkel. In Gedanken stach sie noch einmal zu. *Links neben dem Brustbein.* Und dann die Einstichrichtung: *Ca. 15 Grad schräg nach oben, auf die rechte Schulter zu.* Ein Stich. Dazu war sie entschlossen. Ein Stich mußte reichen. Nur einer.

Sie hatte sich zu Ostern ein Opfermodell gebastelt, ein anatomisch korrektes Herz aus Schaumgummi, das in einem lebensgroßen Brustmodell steckte, einer Schneiderpuppe, wie sie in Nähsalons verwendet wurde. Sie hatte ihr Modell aus einer zerschnittenen Steppdecke genäht, ein Kleiderbügel lieferte die Schultern, alles war mit einem großen Kissenbezug überzogen. Wenn sie das selber sagen durfte, dann war ihr Brustmodell ziemlich perfekt. Aber sie war auch sehr gründlich vorgegangen. Sie hatte einen anatomischen Atlas verwendet und sich exakt an die vorgegebenen Maße gehalten. Das Modell entsprach fast auf den Zentimeter genau dem, was das Lehrbuch als normal große Frau bezeichnete. Und Lillemor ging davon aus, daß sich »normal groß« auf die inneren Organe bezog. In dieser Hinsicht war auch sie, mit ihren 108 Kilo, eine »normal große« Frau.

Sie hatte stundenlang an der Probebüste geübt. Abend für Abend. Woche um Woche. Sie hatte vier Schaumgummiherzen verschlissen, ehe sie zufrieden gewesen war. Nach dem ersten Herzen hatte sie kaum noch gepatzt. Kein einziger Stich war danebengegangen. Obwohl sie davon ausging, daß ihr Opfer stillstehen würde, hatte sie während der letzten Wochen auch am beweglichen Modell geübt. Sicherheitshalber. Sie hatte die Probebüste an einer Schnur aufgehängt und mitten im Zimmer baumeln lassen. Es hatte einige Tage gedauert, dann war an ihrer Treffsicherheit nichts mehr auszusetzen gewesen.

Sie wußte, daß sie nicht patzen würde. Und sie wußte, der Stich würde tödlich sein. Und doch brauchte sie einen Probedurchlauf. Eine einzige Probe. Mehr war nicht nötig. Und wenn sie an all die Abende und Ferientage und Wochenenden dachte, die sie mit den Vorbereitungen verbracht hatte, dann hielt sie das eigentlich für keine übertriebene Forderung. Das wäre wirklich noch schöner!

Der Solvei war um diese Tageszeit menschenleer. Und obwohl es fast schon neun Uhr morgens war, war es noch immer ziemlich dunkel.

Der November war Lillemors Lieblingsmonat. Sie freute sich über den schweren regengrauen Himmel und die vielen dunklen Stunden. Nicht einmal mitten am Tag wurde es störend hell. Und, besser noch, die Leute blieben lieber in den Häusern. Und waren dick angezogen. Selbst die klapperdürren jungen Mädchen hüllten ihre Körper in riesige unförmige Pullover und Mäntel und watschelten langsam in schweren, klobigen Stiefeln einher.

Lillemor haßte Frühjahr und Sommer. Vor allem haßte sie die halbnackten Leiber. Überall sah sie die, auf den Straßen und in den Parks. Und sie haßte die widerwärtigen Schweißflecken, die immer wieder unter ihren Armen auftauchten, egal, wie oft sie sich wusch, egal, wieviel Deodorant sie benutzte. Sie haßte die hellen, leeren Sonntage im Frühjahr. Die lärmenden Kinder im Treppenhaus und die gestörte Arbeitsroutine. Der Mai wimmelte nur so von ungeschriebenen Krankenberichten, die sich türmten, von Testergebnissen, die nicht archiviert waren. Und für das alles war sie verantwortlich. Als Büroleiterin in der Herzabteilung mußte sie dafür sorgen, daß die Büroroutine eingehalten wurde. Feiertag oder nicht.

Sie öffnete das Tor zu dem braunen, ein wenig zurückgesetzten Einfamilienhaus. Als erstes überzeugte sie sich davon, daß die Garage offenstand. Und daß der weiße Volvo verschwunden war. Also war *er* zur Arbeit gefahren. Demnach war sie zu Hause. Wie sich das gehörte. Das Fahrrad war nicht zu sehen, der Kleine war also in der Schule. Alles sah so aus, wie an jedem Donnerstagmorgen in den vergangenen fünf Wochen.

Natürlich hatte sie eingeplant, daß etwas Unvorhergesehenes passieren könnte. Das hatte zu ihrer Planung gehört. Eine Erkältung. Schulfrei. Irgendeine Bagatelle, die schlimmstenfalls ihren ganzen Plan ruinieren könnte. Oder die eine Woche Aufschub erforderte. Daran hatte sie gedacht. Und deshalb hatte sie auch Alternativpläne. Alles andere wäre kurzsichtig und dumm gewesen. Und wenn sie etwas niemals gewesen war, dann kurzsichtig. Oder dumm. Sie hatte nicht vor, irgendein Risiko einzugehen. Das war ihre Regel Nr. 1. Kein Risiko. Sie verließ sich immer nur auf das Bekannte. Auf das Geplante und Durchdachte. Wenn die Garagentür geschlossen gewesen wäre oder sie den weißen Volvo gesehen hätte, wäre sie einfach ruhig weitergegangen. Mit der Straßenbahn nach Hause gefahren. Und in einer Woche wiedergekommen. Wenn das Fahrrad des Jungen vor dem Haus gestanden hätte, hätte sie es auch so gemacht. Wäre weitergegangen. Es hätte natürlich auch bedeuten können, daß der Junge dieses eine Mal zu Fuß gegangen wäre, aber ein solches Risiko wäre sie niemals eingegangen. Ein Bruch der Routine war immer ein Gefahrensignal. Das besagte Lillemors Erfahrung. Und danach lebte sie.

Bisher lief alles nach Plan. Bis aufs I-Tüpfelchen. Es war eine Familie mit Respekt vor Routinen. Sie hatte sie sich nicht umsonst ausgesucht. Gerade das mit den Routinen hatte den Ausschlag gegeben. Deshalb hatte sie auch die ersten beiden Testfamilien verwerfen müssen. Sie waren unbrauchbar. Auf sie war kein Verlaß. Männer, die jeden Morgen zu einer anderen Zeit das Haus verließen. Heute um sieben, morgen um halb neun. Heute mit der Straßenbahn, morgen mit dem Auto. Ja, in der ersten Familie war der Mann sogar eines Morgens mit Trainingsanzug und Rucksack aus der Tür getreten und zur Arbeit gelaufen! Und die Kinder waren ebenso unzuverlässig. Entweder verschliefen sie und mußten zur Schule gefahren werden, oder sie vergaßen irgend etwas und kamen zum Haus zurückgestürzt. Chaos und Scherereien, von vorn bis hinten. Lillemor hätte es nicht für möglich gehalten, wenn sie es nicht mit eigenen Augen gesehen hätte. Daß scheinbar respektable Familien in respektablen Gegenden dermaßen chaotisch und unstrukturiert leben konnten. Nachdem sie über zwei Monate an Menschen vergeudet hatte, die ihr Leben ganz offenbar nicht in den Griff bekamen, hatte sie fast aufgegeben. Niemals hätte sie damit gerechnet, daß es ihr so schwerfallen würde, eine Probefamilie zu finden. Und ihr stand nur das Telefonbuch und, über den Krankenhauscomputer, der Zugang zum Einwohnermeldeamt zur Verfügung. Stundenlang hatte sie vor dem Bildschirm gesessen und Eintragungen durchgesehen, auf der Suche nach einer Testfamilie. Sie verlangte doch nur, daß diese Familie im passenden Stadtviertel und in einem Einfamilienhaus wohnte. Der Mann sollte berufstätig sein, die Frau zu Hause. Und ein Kind brauchten sie – am besten eins über zehn, das noch zur Schule ging. Daß ein Kind vorhanden war (und nicht mehrere) war nicht nur wichtig, weil sie eine wirklichkeitsgetreue Testfamilie wollte, sondern weil mehrere Kinder auch mehr unvorhergesehene Zwischenfälle bedeuten konnten, schulfrei, Krankheit, Schule schwänzen. Und daß die Frau nicht berufstätig war, war eine absolute Voraussetzung. Darin unterschied sich die Testfamilie von der wirklichen Familie. Lillemor mußte ganz sicher sein können, daß das Testopfer zu Hause sein würde. Und zwar allein. Nicht, daß Lillemor sich besonders gut mit hausfraulichen Gepflogenheiten ausgekannt hätte, aber sie ging doch davon aus, daß eine Hausfrau mit Mann und schulpflichtigem Kind morgens um neun zu Hause sein würde.

Beim wirklichen Opfer sah das allerdings anders aus. Das war nämlich keine Hausfrau. Aber das wirkliche Opfer hatte Lillemor sich ja auch nicht aus einer Liste des Einwohnermeldeamtes herausgesucht.

Endlich allein.

Helene Vaage schloß die Haustür ab. Sie hatte Joakim und Karsten zugewinkt, die zur Schule und zur Arbeit aufgebrochen waren. Mit saurem Gesicht hatte Karsten seine drei Scheiben Graubrot eingepackt. Und nach allerlei Protesten wegen seiner Haare, die danach so »platt und beknackt« aussahen, hatte Joakim dann doch seinen Fahrradhelm aufgesetzt. Helene legte die Sicherheitskette vor und seufzte erleichtert auf.

Für Helene Vaage waren diese Vormittagsstunden die besten des Tages. Und darauf wollte sie nicht verzichten. Nicht freiwillig. Und schon gar nicht, um in aller Eile zum Gesundheitszentrum von Manglerud zu laufen. Ihre schönen Vormittagsstunden opfern? Für rotzige, wütende Vierjährige, die absolut nicht geimpft werden wollen? Nie im Leben. Sollte Karsten doch quengeln, wenn er wollte. Sie hatte durchaus nicht vor, wieder zu arbeiten. Fürs erste jedenfalls nicht. Nicht, solange Joakim noch auf die Hauptschule ging. In zwei Jahren, wenn er aufs Gymnasium kam, vielleicht... Teilzeit in einer Privatklinik...

Helene räumte in aller Ruhe den Frühstückstisch ab und lud Tassen, Teller und Besteck in die Spülmaschine. Dann schenkte sie sich eine Tasse Kaffee ein. Koffeinfrei. In unverdienter Solidarität mit Karsten, der heimlich rauchte und Kartoffelchips aß, obwohl er übergewichtig war und zu hohen Blutdruck und schlechte Cholesterinwerte hatte und zu allem Überfluß gesundheitlich auch noch erblich belastet war. Ihr Cholesterinspiegel war ein Traum, und sie hatte nie auch nur an einer Zigarette gezogen. Und ihre Gene waren auch perfekt.

Sie ging mit ihrer Kaffeetasse und der Zeitung ins Wohnzimmer und machte es sich im Sessel bequem. Bei den Todesanzeigen fand sie keinen bekannten Namen. *Ski fahren in den italienischen Alpen, 2700 Kronen pro Woche. Segelferien in der Türkei, 4900 Kronen.* Sie nahm einen Filzstift, den Joakim auf dem Wohnzimmertisch vergessen hatte, und zog rote Kringel um die beiden Anzeigen. Später am Tag wollte sie im Reisebüro anrufen und sich nach den Preisen während der Schulferien erkundigen. Sie konnte

Karstens ständiges Gejammer, das Leben sei eine einzige lange, öde Routine, nicht mehr hören. Wenn er sein Gefasel, unbedingt etwas wagen, ein Risiko eingehen zu wollen, wirklich ernst meinte, dann wollte sie ihm nicht im Weg stehen. Sie würde ihn beim Wort nehmen. Sie hatte nichts zu befürchten, weder beim Abfahrtslauf noch auf See. Im Gegenteil. Sie war eine erfahrene Seglerin gewesen, als sie Karsten kennengelernt hatte. Und in jungen Jahren hatte sie auch im Alpinsport brilliert. Außer während ihrer Schwangerschaft war sie auch seither jeden Winter Ski gelaufen. Noch im letzten Jahr, als sie mit ihren Freundinnen das übliche lange Wochenende im Hemsedal verbracht hatte, hatte ein dortiger Skilehrer ihre hervorragende Schwingtechnik kommentiert. Karsten dagegen ... der begnügte sich zumeist mit kurzen Spaziergängen während der Osterferien. Und wurde auf der Fähre Oslo–Kiel seekrank.

Helene ging mit der Zeitung wieder in die Küche und legte sie aufgeschlagen auf die Anrichte. Aufgeschlagen bei den Reiseseiten. Es war zwanzig vor neun, die Reisebüros hatten bestimmt noch nicht geöffnet. Sie spülte die Kaffeetasse aus und stellte sie ins Abtropfgestell, dann räumte sie Joakims Hinterlassenschaften in der Diele auf und ging die Treppe in den ersten Stock hoch.

Es war Zeit für Helenes Morgenbad, mit Madame Rochas' Schaum und Body-Peeling. Sie band ihre Haare mit einem Gummiband hoch und betrachtete ihr Gesicht im Spiegel. Mit dem zerzausten Pferdeschwanz sah sie fast aus wie ein Schulmädchen. Sie hielt das Gesicht dicht an den Spiegel heran und musterte ihre Haut. Noch immer keine Falten. Oder zeichneten sich die ersten Runzeln um den Mund herum ab? Von jetzt an mußte sie beim Sonnenbaden vorsichtiger sein. Faktor 16 im Gesicht. Und waren das Mitesser, da oben an ihrer Nasenwurzel? Vielleicht sollte sie sich zu einer gründlichen Gesichtsreinigung bei der Kosmetikerin anmelden. Zu einer ausgiebigen Hydrodermie-Behandlung? Wenn sie ein bißchen Glück hatte, könnte sie vielleicht heute noch einen Termin bekommen. Das wäre sehr gut, denn sie wollte um halb vier zum Friseur. Sie wollte nur die Spitzen schneiden und Strähnchen färben lassen. Ihre Haare waren nicht mehr so goldblond wie vor Joakims Geburt. Und im Winter würden sie noch weiter nachdunkeln.

Helene steckte den Stöpsel in den Abfluß, überprüfte die Wassertemperatur und drehte die Hähne weiter auf. Sie ließ ihren Morgenrock zu Boden fallen und streifte ihre Pantoffeln ab.

Sie hatte sich gut gehalten. Wenn sie sich vor den großen Spiegel stellte, war an ihrem Körper nicht viel auszusetzen. Und das war mehr, als sich über Karsten sagen ließ. Sein Bauchansatz war in den letzten zwei, drei Jahren um einiges gewachsen, und wenn er nicht endlich anfing, Sport zu treiben und sich vernünftig zu ernähren, dann würde der Bauchansatz auch nicht mehr verschwinden. Sondern ganz einfach zum Schmerbauch werden. Er hatte diese gefährliche Birnenfigur, genau wie sein Vater. Und der Vater hatte ausgesehen wie Franz Josef Strauß und sein Leben lang Hosenträger gebraucht. Mit knapp fünfzig hatte er den ersten Herzinfarkt gehabt. Und den letzten (und endgültigen) mit noch nicht fünfundsechzig. Karsten kam aus einer Freßfamilie. Zu Weihnachten ein halbes Schwein, fette Soßen und Kuchen und Pudding. Mutters beste Schmalzkringel, mit Sahne und guter Butter, waren noch immer der ganze Stolz der Schwiegermutter. Es war ihr eigenes Rezept, hoch gelobt in der Weihnachtsnummer der Zeitschrift »Daheim«, im Jahre 1975. Zum Glück hatte Joakim als Gegengewicht von Helenes Familie her gesunde Erbanlagen mitbekommen.

Helene stellte sich auf die Badezimmerwaage. 56 Kilo. Kampfgewicht. Während der letzten vierzehn Jahre hatte ihr Gewicht sich nie um mehr als zwei Kilo geändert, plus/minus. Seit sie Joakim nicht mehr stillte. Ihr Bauch war noch immer flach, ihre Brüste klein und fest. Ihre Hüften waren immer ziemlich breit gewesen, aber das betonte nur ihre schmale Taille. Ihr einziger Kummer waren ihre Oberschenkel, die könnten wirklich schlanker sein. Beim Aerobictraining trug sie immer eine schwarze Fahrradhose, dann gingen ihre Oberschenkel gerade noch durch. Aber schlaff waren sie jedenfalls nicht, ihre Oberschenkel. Sie trainierte regelmäßig im Fitneßstudio, zweimal die Woche. Und Andeutungen von Orangenhaut hatte sie noch nie entdeckt.

Alles in allem war Helene zufrieden. Wenn sie nur immer so aussehen könnte. Genauso wie jetzt. Doch dafür wollte sie sorgen. Nicht einen Tag älter, versprach sie sich vor dem Spiegel. Karsten würde alt und schwammig aussehen und seine Haare verlieren. Sie selber würde nicht um einen Tag älter werden. Flacher Bauch und sechsundfünfzig Kilo, noch an ihrem fünfzigsten Geburtstag. Sie erschauerte bei diesem Gedanken. Nur noch sechs Jahre. Und sechs Jahre vergingen so schnell. Dreißig zu werden hatte sie witzig gefunden. Damals war sie hochschwanger mit Joakim gewesen. Vierzig ging ja auch noch. Aber fünfzig! Fünfzig war einfach grauenhaft. Fünfzig bedeutete: alt. Egal, was in Panik geratene Fünfziger in den Illustrierten behaupteten. Fünfzig bedeutete fliegende Hitze und

Hormonpflaster und Altersflecken. Fünfzig bedeutete: Omaalter.

Vorsichtig hielt Helene die Zehen ins Badewasser. Sie drehte die Hähne zu und gönnte sich eine Extraportion Madame Rochas. Massagehandschuh und Peelingcreme lagen bereit. Sie stieg in die Wanne, lehnte den Kopf an den Wannenrand und ließ sich bis ans Kinn ins Wasser gleiten. Sie schloß die Augen, merkte, wie ihr Körper zur Ruhe kam, und wurde wunderbar schwer und warm.

War es möglich, daß Karsten recht hatte? Daß sie eine Veränderung brauchten? Brauchte sie selber eine Veränderung? Wünschte sie sich, daß etwas passierte? Ein Spannungsmoment? Irgend etwas ... das ihr Leben veränderte? Nein ... das glaubte sie nicht. Jedenfalls war ihr ein solches Bedürfnis nicht bewußt. Und wenn überhaupt, dann sollte dieses Ereignis Karsten verändern. Ihn dazu bringen, etwas zu tun. Vor allem für seinen Körper. Schlank sollte er werden. Und durchtrainiert. Und danach könnte sie ihn vielleicht überreden, den Golf aufzugeben? Und einen fetzigen kleinen BMW anzuschaffen? Oder einen Japaner mit Allradantrieb?

Die alte Wanduhr unten im Eßzimmer schlug neun.

Helene schaltete das Radio ein. Der Sprecher wünschte herzlich willkommen zum Morgenjournal und legte Lillebjørn Nilsens »Tanta til Beate« auf. Helene schaltete auf P3 um. »Who wants to live forever« schrie der Queens-Sänger. Helene schaltete um. Wenn sie sich nicht sehr irrte, dann war der längst gestorben. An Aids. P4 rettete schließlich den Morgen. »Killing me softly with this song«, sang Roberta Flack einschmeichelnd. »Killing me softly«. Weich, aufreizend, verführerisch.

Der Kies knirschte unter Lillemors schweren Schritten. Vielleicht stand die Frau hinter dem Vorhang und beobachtete sie heimlich? Na, und wenn schon. Das spielte keine Rolle. Eine weißhaarige alte Frau, dicklich und schlecht zu Fuß, die sich mit Hilfe einer Krücke dahinschleppte. Eine gebrechliche Gestalt, die niemanden erschrecken oder mißtrauisch machen könnte. Sie erregte höchstens Neugier. Vielleicht sogar Mitleid. Fürsorge. Vermutlich würde die Frau im Haus keinen Moment zögern, die Tür zu öffnen. Egal, wie viele Schlösser und Sicherheitsketten und Alarmsysteme die Bewohner solcher Villenviertel sich auch zulegten.

Lillemor ging die drei Stufen zur Haustür hoch. Sie atmete schwer und war froh, daß es nicht noch mehr waren. Sie wartete einige Sekunden. Fühlte in ihrer Manteltasche nach. Das Messer war da. Dann schellte sie. Es war eine von diesen modernen *ding-ding-dong*-Klingeln. Sicher eine von denen, die bei Versandhäusern angeboten wurden. Lillemor preßte die Lippen aufeinander. Eine vulgäre Türklingel, fand sie. Sie waren also doch nicht perfekt, diese Menschen. Sie fühlte sich betrogen. Da hatte sie diese Familie nun für ihre makellose Ordnung gerühmt, für ihre tadellosen Gewohnheiten, ja, sie hatte sie sich sogar als Nachbarn gewünscht, und nun ruinierten sie diesen guten Eindruck durch ihre vulgäre Türklingel. Emporkömmlinge vermutlich. Vielleicht aus Nordnorwegen. Sie konnte nur hoffen, daß die Familie sie nicht auch noch in anderer Hinsicht an der Nase herumgeführt hatte.

Eine Minute verging. Und noch mehr. Lillemor ärgerte sich. Sie spähte durch die dünnen Küchengardinen. Kein Mensch zu sehen. Aber das Licht brannte und die Zeitung lag aufgeschlagen auf der Anrichte. Das ist nun wirklich nicht die richtige Ablagestelle, dachte Lillemor. Und zusammengefaltet ist sie auch nicht. Ihr ging auf, daß sie zum Narren gehalten worden war. Was waren das denn für Menschen? Das hätte sie wirklich gern gewußt. Daß sie keinen Geschmack hatten, schlimm genug. Aber konnte dieses Frauenzimmer denn wirklich wieder ins Bett gegangen sein – jetzt, wo Mann und Sohn aus dem Haus waren? Konnte sie im Bett liegen? Jetzt! Um fünf nach neun.

Sie wäre gern gegangen. Mit der ersten Straßenbahn nach Hause gefahren. Bei Bäcker Hansen vorbeigefahren, um sich Rosinenbrötchen zum Vormittagskaffee zu kaufen. Und hätte alles vergessen. In ihrem ganzen Leben hatte Lillemor noch nicht um fünf nach neun morgens im Bett gelegen. Nicht am Wochenende, nicht in den Ferien. Nicht einmal zu Pfingsten, als sie Grippe und hohes Fieber gehabt hatte. Selbst dann hatte sie den Wecker auf sechs Uhr gestellt. Und selbst dann hatte sie ihn abschalten können, noch ehe er losgeklingelt hatte. Sie war aufgestanden, hatte die Kissen ausgelüftet und das Bett gemacht, dann war sie erschöpft wieder unter die Decke gekrochen.

Lillemor mußte sich zusammenreißen, um stehenzubleiben. Sie wollte der Frau noch eine letzte Chance geben, um den schlechten Eindruck wiedergutzumachen. Sie klingelte noch einmal. Ding-ding-dong. Das schrille Geräusch war einfach unerträglich. Ob dieses blöde Frauenzimmer vielleicht eine Schlaftablette genommen hatte? Da hatte Lillemor sich nun monatelang abgemüht, einen perfekten Plan zu entwickeln, und dann sollte alles vergebens gewesen sein, bloß weil diese Person die Finger nicht von den Pillen lassen konnte? Sie drückte auf den Klingelknopf. Hart und lange.

Ding-ding-dong. Das war die neue Türglocke.

»Verflixt!« Das sagte Helene laut, weshalb sie Badeschaum in den Mund bekam. Wer zum Henker konnte das sein? Um neun Uhr morgens! Ein Anruf wäre schon lästig genug gewesen, obwohl der schnurlose Apparat in Reichweite lag.

Helene faßte ihren Entschluß. Sie wollte überhaupt nicht wissen, wer das war. Wollte sich nicht von irgendeinem Dussel ihr Morgenbad ruinieren lassen. Aber wer konnte das bloß sein? Kinder, die Lose verkauften? Um diese Tageszeit? Die Zeugen Jehovas?

Sie kniff die Augen zusammen. Es war schließlich egal.

Ding-ding-dong. Gereizt setzte Helene sich in der Badewanne auf. Es mußte doch jemand sein, der wußte, daß sie zu Hause war. Joakim vielleicht? Der ein Aufsatzheft oder seinen Tennisschläger vergessen hatte? Und auch seine Schlüssel? Er war zwar ein Schussel, aber das wäre dann doch das erste Mal, so früh am Morgen. Aber nun wußte sie, daß sie aufstehen mußte. Sie wäre doch eine schlechte Mutter, wenn die Schönheitspflege ihr wichtiger wäre als die Schulbildung ihres einzigen Sohnes. Und die Badefreude war ohnehin schon ruiniert. Sie stieg aus der Badewanne, trocknete sich eilig das Gesicht ab und streifte ihren rosa Bademantel über. Den Stöpsel ließ sie stecken, vielleicht geriet sie danach ja schnell wieder in Badestimmung. Sie zog ihre Pantoffeln an und lief die Treppe hinunter.

Auf der Uhr in der Diele war es fünf nach neun.

Helene schaute durch den Türspion. Auf der Treppe stand eine große, dicke, alte Frau. Eine alte Frau mit auffällig weißen Zähnen. Die alte Dame trug einen mausgrauen Mantel und stützte sich schwer auf eine Krücke.

Helene konnte die Augen nicht von der auffälligen weißen Mähne losreißen. Diese Frisur sah so steif und frisch gelegt aus, fast wie ein am Kopf befestigter Helm. Diese Frisur erinnerte Helene an ihre Schwiegermutter. Unter einem solchen Haarhelm lief auch Karstens Mutter herum, wenn sie im Seniorenzentrum von Røa zum Seniorenpreis eine neue Dauerwelle bekommen hatte.

Die alte Dame sah wirklich nicht gesund aus. Ihr Gesicht war leichenblaß, Schweißtropfen liefen über ihren dicken, rotgefleckten Hals. Sie preßte sich eine Hand auf die Brust.

Herrgott, dachte Helene. Eine senile, alte Frau, die aus dem Heim in Bekkelaget durchgebrannt ist. Das konnte sie jetzt wirklich nicht gebrauchen. Ein seniler Heimflüchtling, der auf ihrer Treppe einen Herzinfarkt erlitt. Sie wäre nicht die erste Patientin aus dem Pflegeheim, die sich bis hierher verirrt hätte.

Es gab keine andere Möglichkeit. Der Morgen war ohnehin ruiniert. Denn natürlich konnte sie die gebrechliche alte Dame nicht vor ihren Augen umfallen lassen. Sie war schließlich ausgebildete Krankenschwester. Es war wohl besser, die Arme ins Haus zu holen. Ihr ein Glas Wasser zu geben und ihr einen feuchten Lappen auf die Stirn zu legen. Und dann im Pflegeheim anzurufen. Diesmal würde sie darauf bestehen, daß jemand von dort die alte Dame abholte. Die letzte verirrte Pflegepatientin, um die Helene sich gekümmert hatte, hatte ins Auto gepißt, und die Polsterreinigung hatte 200 Kronen gekostet.

Widerwillig streckte Helene die Hand nach der Türklinke aus und belegte dabei in Gedanken das Pflegeheim mit kräftigen Verwünschungen.

Plötzlich wurde die Tür geöffnet. Zwei Schlösser wurden in rascher Reihenfolge aufgeschlossen. Ein kleines herzförmiges Gesicht unter einem zerzausten Schopf lugte über die Sicherheitskette durch den Türspalt. Die Frau trug einen knallrosa Bademantel und passende Pantoffeln. Keinen Tag älter als fünfunddreißig, dachte Lillemor. Aber sie wußte doch vom Einwohnermeldeamt her, daß ihr Gegenüber vor einer guten Woche vierundvierzig geworden war.

»Kann ich Ihnen irgendwie behilflich sein? Geht es Ihnen nicht gut?« fragte der struppige Schopf. (Der übrigens nicht aus Nordnorwegen kam.) »Ich war gerade im Badezimmer«, fügte sie hinzu, so, als wolle sie um Entschuldigung bitten.

Was du nicht sagst. Komm mir doch nicht so. Mich kannst du nicht reinlegen, dachte Lillemor. *Du hast im Bett gelegen. Sonst würdest du doch keine Ausflüchte brauchen.*

»Es ist mir so peinlich...« Lillemor hatte die zitternde Stimme gut geübt, und die Worte kamen ganz von selbst. »Ich finde nicht nach Hause... und es tut so weh... in der Brust... so weh, so weh.« Sie griff sich an die Brust. Klammerte sich an der Krücke fest und schwankte auf der Treppe.

»Aber meine Liebe, kommen Sie doch herein und setzen Sie sich. Natürlich helfe ich Ihnen...«

Lillemor hörte die blonde Frau reden, hörte ihr aber nicht mehr zu. Registrierte nur, daß die Sicherheitskette entfernt wurde. Und die Tür geöffnet. Und daß eine Hand ausgestreckt wurde, um ihr ins Haus zu helfen.

Lillemor ignorierte die ausgestreckte Hand. Sie schritt über die Türschwelle und schloß hinter sich die Tür. Sie stellte ihre Krücke ab, schob die Hand in die Manteltasche und konzentrierte sich. Sie holte tief Atem und lächelte die Frau mit dem zerzausten Blondschopf beruhigend an. Dann packte sie den Messergriff. Jetzt war es soweit. Und sie war bereit zu der *Generalprobe.*

Die alte Dame stand noch immer bewegungslos vor der Haustür und durchwühlte ihre Manteltasche.

Hoffen wir, daß du deine Medizin bei dir hast, dachte Helene. Und wartete.

Sie sah sich die alte Dame genauer an. Stutzte ein wenig. Wunderte sich. Etwas stimmte nicht. Etwas war nicht so, wie es sein sollte. Aber was? Auf die Schnelle konnte sie das nicht erkennen. Aber dann wurde es ihr klar. Der erste Eindruck. Diese alte Dame war gar nicht so alt. Im Gegenteil. Ihr rundes, runzelloses Gesicht wirkte fast auffällig jugendlich. Wie ein Puppengesicht. Die glatte, makellose Haut und die dunklen, elegant zurechtgezupften Augenbrauen sahen unter der starren, silbergrauen Rentnerinnenfrisur geradezu fehl am Platze aus. Dieses gepflegte Puppengesicht gehörte nicht zu einem alten, verwirrten Pflegefall. Sicher, bei Senilität sprachen manche von einer »zweiten Kindheit«, aber deshalb sahen senile Menschen doch nicht wieder wie Kinder aus. Konnte es sich um einen frühzeitigen Fall von Alzheimer handeln? Helene schauderte es bei dieser Vorstellung. Bei einem Praktikum als Schwesternschülerin hatte sie einen solchen Fall gesehen. Eine schlanke, jugendliche Frau von ungefähr fünfzig, die sich innerhalb von zwei Jahren von einer hochintelligenten Wirtschaftsplanerin in einen verwirrten Pflegefall, der sich nicht einmal an das eigene Geburtsdatum erinnern konnte, verwandelt hatte.

Die seltsame alt-junge Dame erwiderte ihren Blick. *Was hast du für schöne Augen,* dachte Helene. Groß, tiefblau und klar. Wache Augen, nicht die leeren, tranigen einer Alzheimer-Patientin. Mehr konnte sie nicht denken.

Plötzlich zog die Frau die Hand aus der Jackentasche. Helene sah noch einen blanken, beweglichen Gegenstand, dann krümmte sie sich unter einem scharfen, brennenden Stoß ins Zwerchfell zusammen und rang um Atem. Sie taumelte einen Schritt zurück. Die seltsame alte Dame folgte ihr und zog mit einer raschen Handumdrehung etwas aus Helenes Brustkasten. Wieder konnte Helene etwas Blinkendes erkennen. Das seltsame, brennende Gefühl legte sich so rasch, wie es aufgetreten war. Und in diesem Moment sah sie das Messer.

Die Frau mit dem Puppengesicht und den üppigen silbergrauen Haaren stand mit einem Messer in der Hand vor ihr. Mit einem ganz normalen altmodischen Tranchiermesser. *Wie das Schinkenmesser meiner Schwiegermutter,* dachte Helene. Vom Messer tropfte Blut. Sie fühlte sich seltsam matt und kraftlos. Sie hatte keine Schmerzen, sie war nur schlapp und gleichgültig. Ihre Beine waren bleischwer. Und dann spürte sie etwas Heißes, Feuchtes, das über ihren Bauch und dann langsam an der Innenseite ihres Oberschenkels hinabfloß. *Meine Tage*, dachte sie. *Wie damals beim ersten Mal?* Helene öffnete ihren Bademantel und folgte mit der rechten Hand dem feuchten, heißen Strom, vom Oberschenkel und weiter nach oben. Sie legte die Hand zwischen ihre Brüste und spürte einen rhythmisch pulsierenden Sprudel, der heiß gegen ihre Handfläche brandete. *Blut?* Sie versuchte zu flüstern. Aber sie brachte keinen Ton heraus. Die rote Flüssigkeit lief ihr über Brust und Bauch, auf den Boden zu einer Lache. *Blut,* dachte Helene noch einmal. *Was habe ich für rotes Blut!* Wie hypnotisiert starrte sie auf den Boden vor sich und beobachtete, wie das helle Parkett sich verfärbte. Vorsichtig machte sie einen Schritt in Richtung Tür, rutschte in der Blutlache aus, fiel auf die Knie und preßte sich die Hand auf die nackte Brust. Ein Gefühl wie Schläfrigkeit verbreitete sich langsam in ihrem Körper, und sie konnte nicht mehr klar sehen. Als letztes registrierte sie noch, daß die alte Dame das Messer in eine Plastiktüte steckte. In eine ganz normale, durchsichtige Butterbrottüte. Danach streifte die Frau eine grüne Apothekentüte über die durchsichtige, verschloß sie mit einem Gummiband und faltete sie zusammen. Das dünne, flache Päckchen verschwand in ihrer Manteltasche.

Als die seltsame alte Dame einige Minuten später die Türklinke mit einem sauberen weißen Taschentuch abwischte, ihre Krücke nahm und die Tür hinter sich ins Schloß zog, waren Helene Vaages irdische Beobachtungen längst in die Geschichte eingegangen. Der dünne Blutfaden, der aus dem Loch in ihrer Brust sickerte, gerann jetzt schon.

2

Es war erst halb elf, als Lillemor in ihrer Wohnung in der Ole Vigs gate vor dem Spülbecken stand. Sie hielt das Messer und die beiden Plastiktüten unter den laufenden Wasserhahn. Danach füllte sie das Spülbecken mit heißem Wasser, spritzte etwas Spülmittel hinein und bearbeitete Messer und Tüten mit der Bürste. Nicht, daß es nötig gewesen wäre. Aber Reinlichkeit konnte ja nicht schaden. Und Gründlichkeit auch nicht. Sie spülte das Seifenwasser unter dem Wasserhahn ab. Die Plastiktüten warf sie in den Müll. Das Messer wurde sorgfältig abgetrocknet und dann auf seinen Platz rechts neben dem Bratenwender in die Schublade gelegt.

Nach dem Abwasch kam die Perücke an die Reihe. Lillemor zog die zusammengefaltete silberweiße Perücke aus der Manteltasche und schüttelte sie gründlich aus, ehe sie die künstliche Frisur mit einem grobgezähnten Stahlkamm wieder herrichtete. Dann verstaute sie Perücke und Stahlkamm in der vergilbten Schachtel des Perückenmachers. Sie trug die Schachtel ins Wohnzimmer und legte sie in die zweitoberste Schublade ihrer Frisierkommode. Die Schachtel hatte dort seit dem Tod von Lillemors Mutter vor fast einem Jahr gelegen.

Warum hatte sie die Perücke behalten? Das hatte sie sich immer wieder gefragt. Auf jeden Fall nicht, weil sie geglaubt hatte, diese Perücke je verwenden zu können. Erst während der Planung ihres Testmordes hatte sie an die Perücke gedacht. Lillemor waren die wenigen Hinterlassenschaften ihrer Mutter eingefallen. Gegenstände, die sie nicht weggegeben hatte. Und so hatte sich seltsamerweise alles zum Ganzen gefügt.

Sie hatte Perücke und Krücke nicht aus sentimentalen Gründen behalten. Das nun wirklich nicht. Sentimentale Gefühle hatte sie ihrer Mutter nie entgegengebracht. Im Gegenteil. Sie hatte ihre Mutter geradezu verabscheut. Verabscheut und verachtet. Und während der letzten Jahre, als ihre Mutter alt und senil gewesen war und offenbar trotzdem unbedingt am Leben bleiben wollte, aus purem Trotz und reiner Bosheit, waren diese Gefühle in Haß und Abscheu umgeschlagen. Wenn Lillemor die Sache der Natur überlassen hätte, würde die Mutter vermutlich noch immer vor sich hinlallen. Zahnlos und vertrocknet und verwirrt.

Schon mit fünfundsechzig war die Mutter mehr oder weniger kahl gewesen. Und an dem Tag, an dem ihr die erste Rente ausbezahlt wurde, hatte sie sich umgehend eine Perücke gekauft. Aus unerklärlichen Gründen hatte sie sich für ein ungewöhnlich solides und naturgetreues Modell entschieden. Lillemor hatte das jedoch nicht für eine Sekunde für das Verdienst ihrer Mutter gehalten, sie ging davon aus, daß ein fachlich tüchtiger und qualitätsbewußter Friseur sie dazu überredet hatte. Wenn die Mutter nach ihrem eigenen billigen und vulgären Geschmack gegangen wäre, dann hätte sie sicher einen platinblonden Lokkenkopf oder eine kohlschwarze Kleopatrafrisur angeschleppt. Noch in ihrer allersenilsten Phase, als alle vernünftigen Gedanken längst ihren verknöcherten Schädel verlassen hatten, hatte die Mutter an ihre Perücke gedacht. Verkehrt herum und schief, das spielte keine Rolle, wenn sie nur die Perücke auf dem Kopf hatte. Die wenigen Male, wenn Lillemor es geschafft hatte, ihr die Perücke wegzunehmen, um dieser die dringend nötige Wäsche zu verpassen, hatte die Mutter so laut und herzzerreißend geschrien, daß die Nachbarn geklingelt und ihre Hilfe angeboten hatten.

Lillemor hatte Perücke und Krücke behalten, weil sie nicht gewußt hatte, wie sie sie loswerden sollte. So einfach war das. Kleider und Schuhe der Mutter hatte sie in große Plastiktüten gesteckt und zur Heilsarmee gebracht. Sie hatte es aber nicht über sich bringen können, dort auch Perücke und Krücke abzuliefern. Es hätte einfach zu dumm ausgesehen. Und jetzt hatten sich beide Gegenstände tatsächlich als nützlich erwiesen.

Lillemor war zufrieden. So zufrieden, wie sie nur sein konnte, nachdem sie eine schwierige Aufgabe bis aufs I-Tüpfelchen bewältigt hatte. Sie setzte Kaffeewasser auf und legte die beiden Heißwecken auf einen Teller. Eigentlich hatte sie einen bis zum Abend aufheben wollen, andererseits hatte sie doch wirklich Grund zum Feiern. Sie rauchte nicht, und Alkohol rührte sie auch nicht an. Lillemors einzige Ausschweifung war das Essen. Vor allem Süßigkeiten. Und sollte sie sich vielleicht keine Heißwecken gönnen, nachdem sie eine so anspruchsvolle Aufgabe erledigt hatte? Sollte sie denn nicht ein wenig stolz auf sich sein dürfen?

Alles war nach Plan gegangen. Wie vorgeschrieben. Perfekt. Niemand hatte gesehen, wie sie das Haus im Solvei verlassen hatte. Da war sie sich sicher. Zwei kleine Jungen hatten ihr aus einem Garten ganz am Ende der Straße »Dicke!« hinterhergerufen, aber sie hatte nicht auf die Bengels geachtet, weshalb die sich wieder über ihr Klettergerüst hergemacht hatten. Kurz vor der Straßenbahnhaltestelle war ihr ein älterer Mann mit einem Cockerspaniel begegnet, aber der hatte es so eilig gehabt, seine schwarze Hundekacketüte nach Hause zu schaffen, daß er sie wohl kaum registriert hatte. Sie hatte nur zwei Minuten auf die Straßenbahn warten müssen, und zu Lillemors freudiger Überraschung war sie voll gewesen. Junge Frauen mit Kinderwagen, eine Schulklasse, die das Munch-Museum besuchen wollte, Rentner mit Einkaufswägelchen und eine Gruppe von dunkelhäutigen Männern mit ausgesprochen kehliger Sprache.

Lillemor war beim Hauptbahnhof ausgestiegen. Sie war zuerst zu einem Kiosk gegangen und hatte sich einen Schokoriegel und eine Tüte Zitronenbonbons gekauft. Unbemerkt hatte sie beim Gehen ihre Krücke unter den Tresen schieben können. Die Krücke würde sicher auf dem Fundbüro landen. In einem riesigen Raum voller vergessener Handschuhe und Schirme und Skistöcke, nach denen niemals jemand fragte. Es würde sich nicht feststellen lassen, wem die Krücke gehörte. Sie war ein billiges Standardmodell, wie es alle Krankenhäuser und alle Gesundheits- und Sozialämter der Stadt auf Lager hatten und bereitwillig an alte und gebrechliche Personen verteilten. Vom Kiosk aus war Lillemor zur Damentoilette gegangen. Nachdem sie sich davon überzeugt hatte, daß sie allein in dem Raum war, hatte sie die Perücke abgenommen und in ihre tiefe Manteltasche gestopft. Sie war sich mit den Fingern durch ihre blonden, natürlichen Locken gefahren, hatte sie im Nacken mit einem Gummiband zusammengefaßt und sich die Hände ausgiebig gewaschen. Danach war sie mit der Straßenbahn nach Hause gefahren.

Sie leckte die letzten Zuckerkrümel vom Teller. Und bereute, nicht noch zwei Heißwecken gekauft zu haben.

Oder auch drei. Wenn sie schon feierte, warum dann nicht richtig? Sie hatte allen Grund, an einem so erfolgreichen Tag wie diesem großzügig und freigiebig zu sich selber zu sein. Ihr fiel ein, daß in der Gefriertruhe ein Karton mit dem teuren, leckeren Honigeis stand. Eigentlich hatte sie das am nächsten Tag zum Fernsehkrimi schlecken wollen, aber warum nicht? Nicht oft ließ sie sich dermaßen gehen und praßte so hemmungslos. Außerdem hatte sie an diesem Vormittag frei, und da gönnte sie sich immer etwas besonders Gutes. Lillemor holte das Honigeis und verpaßte ihm einen großzügigen Spritzer Karamelsoße. Dann schenkte sie sich die dritte Tasse Kaffee ein und ging mit Eis und Kaffee ins Wohnzimmer.

Es war zehn nach elf, und sie mußte erst um zwölf zur Arbeit. Da sie ihren Arbeitstag eine halbe Stunde vor den anderen Schreibkräften anfing (und oft Überstunden machte), durfte sie jede Woche einen Vormittag freinehmen. Und ihr halber freier Tag war der Donnerstagvormittag. Das hatte sie sich so ausgesucht. Die anderen Schreibkräfte begriffen nicht, warum sie nicht lieber den Nachmittag freihaben wollte. Oder den Freitag. Doch Lillemor hatte ihre Gründe. Wenn sie sich nachmittags freinahm, konnte sie nicht dafür sorgen, daß keine Arbeit bis zum nächsten Morgen liegenblieb. Und sie mußte sich immer davon überzeugen, daß alle Arbeiten erledigt waren, wie sich das gehörte, ehe sie das Büro verließ. Daß sämtliche Schreibtische aufgeräumt und bereit für den nächsten Morgen waren. Es wäre einfach unmöglich, sich freitags freizunehmen. Dann hätte die Gefahr bestanden, daß manche Arbeiten nicht nur bis zum nächsten Tag, sondern sogar bis Montagmorgen liegenblieben. Lillemor verließ das Büro immer erst, wenn die Arbeit dieses Tages beendet war und das Programm für den nächsten Tag feststand. Das war eine Ehrensache. Nicht mehr und nicht weniger.

Sie kratzte den letzten Rest Honigeis aus dem Karton. Dann spülte sie den Karton aus und warf ihn in den Müllsack. Sie hatte noch Zeit genug. Sie zog sich um und bürstete kräftig ihre volle, blonde Mähne, um alle Spuren der engen, muffigen Perücke zu tilgen. Schließlich kämmte sie sich die Haare aus dem Gesicht und steckte sie im Nacken zu einem lockeren Knoten zusammen. Nüchtern musterte sie dann ihr Spiegelbild. Sie hatte schöne Augen. Das bildete sie sich nicht nur ein, niemand hatte es gesagt, nur um ihr ein Kompliment zu machen. Das war eine Tatsache. Eine rein objektive Beobachtung. Ihre Augen waren groß, schön geformt und trotz ihrer Größe keine Glubschaugen. Sie waren von tiefem Blaugrau, und die grauen Einsprengsel gaben der blauen Grundfarbe eine dunkle, spiegelhafte Tiefe. Die weiße Sklera ohne einen Hauch von Verfärbung ließ ihren Blick kontrastreich funkeln. Lillemor ließ sich immer Zeit, wenn sie sich die Augen schminkte, obwohl sie eigentlich nur einen Hauch von Wimperntusche und Lidschatten nahm, um die Wirkung dieser schönen Gabe der Natur noch zu verstärken. Sie verpaßte ihren dunklen, schön geschwungenen Wimpern einige leichte Striche mit der Wimpernbürste. Dann markierte sie die Augenkonturen mit schwarzem Kajalstift. Mit einer dünnen, fast unsichtbaren Linie, die eigentlich nur zu ahnen war. Für ihre Augenbrauen brauchte sie dann Zeit. Sie waren kräftig und ebenso dunkel wie die Wimpern. Sie strich sie mit einer kleinen Bürste glatt und zupfte einige widerspenstige Haare auf der Unterseite aus. Wenn sie sich die Brauen nicht jede Woche zupfte, dann wurden sie dick und buschig und ließen sie wütend und mürrisch aussehen. Ihre dunklen Augen bildeten einen frappierenden Kontrast zu ihren blonden Haaren. Es war nicht der vulgäre Kontrast, den wir sehen, wenn natürlich blonde Frauen sich Augenbrauen und Wimpern schwarz färben, oder wenn dunkeläugige Südländerinnen sich die Haare platinblond färben lassen. Bei Lillemor war der Kontrast faszinierend, weil er echt war, wie das in seltenen Fällen auch bei Griechinnen oder Italienerinnen vorkommen kann.

Strenggenommen hast du keinen Grund zur Klage, sagte Lillemor zu ihrem Spiegelbild. Sie hatte gelernt, damit zu leben, daß diese Aussage nur für den Teil ihres Körpers galt, der sich im Rahmen des viereckigen Badezimmerspiegels befand. Für ihr Gesicht. Das Schlafpuppengesicht. Mit den weichen, blonden Locken, den großen, blauen Augen und der glatten, makellosen Haut. Ein Kindergesicht auf einem Elefantenkörper. Sie kannte es nicht anders. Sie war immer groß gewesen. Immer mindestens einen Kopf größer als die anderen in ihrer Klasse. Vor jedem Schuljahr hatte sie Gott gebeten, ihr doch im Laufe der Sommerferien jemand anderen – und sei es nur ein Junge aus der Klasse – über den Kopf wachsen zu lassen. Aber nein, der August kam, und in jeder neuen Klasse wurde sie von neuem enttäuscht. Nach der Pubertät überragte sie ihre Altersgenossen nicht nur um Haupteslänge, sondern ging noch dazu in die Breite und hatte schon vor der achten Klasse die Höhe-Gewichts-Tabelle des Schularztes gesprengt. Lillemor und die anderen Mädchen schienen unterschiedlichen Frauenrassen anzugehören. Wie Katzen. Unterschiedlich wie Siamesinnen und Perserinnen. Lillemor war nach einem anderen Modell zugeschnitten. In einer anderen Form gegossen. Zu einer anderen Größe. Nach anderen und deshalb nicht vergleichbaren Kriterien. Alles an Lillemor war groß. Alles, außer Händen und Füßen. Im Vergleich zu ihrem großen, schweren Körper waren Hände und Füße auffällig klein und adrett. Ihre Handrücken waren rund und glatt, ohne Leberflecken oder das bläulich schimmernde Adernetz, das oft schon bei weitaus jüngeren Frauen zu sehen ist. Sehnen und Knochenstruktur waren unsichtbar, eingekapselt in eine weiche Gewebemasse. Sie hätte für die erlesenste Handcreme Reklame machen können. Ihre Füße waren ebenfalls klein und wohlgeformt. Schmal, mit gewölbtem Spann und auffällig schmalen Fesseln. Anders als andere übergewichtige Frauen wurde sie nie von geschwollenen Füßen gequält. Und Krampfadern hatte sie auch nicht.

Nun ja, murmelte Lillemor vor sich hin. Sie gönnte sich hinter jedem Ohr einen Tropfen des teuren Eternity-Parfüms. Die Illustrierten lagen wirklich schändlich daneben. Es stimmte einfach nicht, daß sich die meisten Männer für magersüchtige, hohläugige Skelette interessierten. Echte Männer wünschten sich reife Frauen mit üppigen Formen. Lillemor hatte ihren Mann gefunden. Vorsichtig stellte sie die Parfümflasche auf das Regalbrett vor dem Spiegel. Die Flasche hatte sie seit fast zwei Jahren. Eternity. Von Calvin Klein.

Ehe die Sache zwischen ihnen ernst geworden war, hatte er ihr Chanel Nr. 5 gekauft. Auch das ein exklusives Parfüm. Aber unverbindlich. Die Eternity-Flasche kennzeichnete einen neuen Anfang. *Zur Erinnerung an die Liebesgeschichte des Jahrhunderts,* hatte er an dem Tag erklärt, als er ihr den Flakon überreicht hatte. Er hatte so verloren und unglücklich ausgesehen. Und dann und dort hatte Lillemor erkannt, daß die Lage ernst war. Absoluter, unwiderruflicher Ernst. Worte waren nicht nötig gewesen. Sie hatte ihm feierlich die Hand geschüttelt. Hatte bestätigend genickt. Und damit den Pakt besiegelt.

Um halb zwölf zog Lillemor die Wohnungstür hinter sich ins Schloß. Bisher war alles ganz nach Plan gegangen. Jetzt mußte sie einen kühlen Kopf bewahren. Sie durfte nicht übermütig werden und sich zu nichts verleiten lassen. Schon gar nicht zu Abkürzungen, um ihr Vorgehen zu beschleunigen. Sie durfte keinen Verdacht erwecken. Sie mußten Geduld haben. Durften sich nichts anmerken lassen. Erst nach einem ganzen Jahr würden sie sich in aller Öffentlichkeit zueinander bekennen können. Und damit mußten sie leben. Zwölf Monate hindurch. Einmal Weihnachten. Einmal Ostern. Und einmal Sommerferien.

Aber nächstes Jahr um diese Zeit… dachte Lillemor und spürte, wie sich das warme, gute Gefühl in ihr verbreitete. *Nächstes Jahr…* – Es lohnte sich, darauf zu warten. Nichts konnte sie jetzt noch aufhalten. Sie würde ihren Plan durchführen. Sie warf einen Blick auf die große Turmuhr, als sie das Krankenhaustor passierte. Sie war pünktlich. Die Uhr zeigte genau zehn Minuten vor zwölf.

3

Am nächsten Tag wurde der Mord im Solvei im Büro nicht erwähnt. Für Lillemor spielte das auch keine Rolle, aber solche Fälle erregten sonst das Interesse von Anne-Britt und Solveig, den beiden anderen Schreibkräften im Büro der Kardiologie. Lillemor war nur froh darüber. So brauchte sie sich nicht während der gesamten Mittagspause die törichten Spekulationen der anderen anzuhören, die hatten ja wirklich nicht die geringste Ahnung. Nicht, daß sie vom Gesprächsthema des vergangenen Tages mehr Ahnung gehabt hätten – da war es um Prinzessin Märtha Louises Verhältnis zu irgendeinem Stallburschen gegangen –, aber es wäre trotz allem noch schlimmer gewesen, sich blödsinnige Theorien über einen Fall anhören zu müssen, über den sie selber aus erster Hand informiert war.

Lillemor ging davon aus, daß die Sache nur um einen Tag aufgeschoben war. Der Mord im Solvei war vermutlich nur deshalb noch nicht erwähnt worden, weil weder Solveig noch Anne-Britt vor der Arbeit Zeit gefunden hatten, einen Blick in die Zeitung zu werfen. Auf jeden Fall hatten sie sie nicht systematisch und gründlich gelesen, wie Lillemor das jeden Morgen machte. Solveig hatte es offenbar nicht einmal geschafft zu frühstücken. Als sie wie üblich zehn Minuten zu spät auftauchte, hatte sie als erstes einen Joghurt und eine Cola vor sich hingestellt. Lillemor hatte nichts gesagt. Lillemor sagte nie etwas. Aber sie würde dafür sorgen, daß Solveig auch zehn Minuten (wenn nicht mehr) später Feierabend machen würde. Solveig würde den Schlüssel zu ihrem Garderobenfach nicht finden. Dafür würde Lillemor sorgen. Es war schließlich allgemein bekannt, daß Solveig immer wieder ihre Sachen verschusselte. Schlüssel und so. Und Kind im Kindergarten oder nicht, es war wirklich an der Zeit, Solveig eine Lehre zu erteilen. Strenggenommen war das nur zu ihrem Besten.

In der Zeitung hatte nicht viel gestanden. Und schon gar nicht auf der Titelseite. Nur ein kurzer, nüchtern gehaltener Einspalter auf der vierten Seite, unter der Überschrift: *Verdächtiger Todesfall in Nordstrand.* Am vergangenen Nachmittag war eine Frau in den Vierzigern in einem Haus im Stadtteil Nordstrand tot aufgefunden worden. Der Ehemann der Toten hatte sie gefunden, als er gegen halb fünf von der Arbeit gekommen war. Die Todesursache war noch unklar, die Polizei ging aber von Mord aus. Es ließ sich nicht ausschließen, daß man es mit einer Familientragödie zu tun hatte.

Mehr stand nicht in der Zeitung. Lillemor war ein wenig enttäuscht. Enttäuscht und irritiert. Familientragödie? Das konnte doch nur heißen, daß der Ehemann verdächtigt wurde. Karsten Vaage. Lillemor hoffte, daß er den ganzen Tag gearbeitet und ein verläßliches Alibi hatte. Sie hatte Karsten Vaage wirklich keine Schwierigkeiten machen wollen. Der arme Mann, er hatte mit der ganzen Sache doch gar nichts zu tun. Sicher mußte er jetzt die Beerdigung in die Wege leiten und Helenes Kleider und andere Habseligkeiten wegschaffen, aber das ließ sich natürlich nicht vermeiden. Außerdem erledigten die Bestattungsunternehmen ja das meiste, das hatte sie beim Tod ihrer Mutter erfahren. Lillemor war zur Firma Jølstad gegangen und sehr zufrieden mit deren Leistungen gewesen. Sie ging davon aus, daß Karsten Vaage gescheit genug sein würde, sich ebenfalls an ein solides und angesehenes Unternehmen zu wenden. Kleider und alles andere konnte er bei der Heilsarmee abgeben. Dann würden sie sogar einem guten Zweck zugeführt werden. Sie hoffte wirklich, daß er nicht der Versuchung erliegen würde, die Sache in einen der Container eines privaten caritativen Unternehmers zu stopfen; nach allem, was sie gelesen hatte, standen hinter solchen Unternehmen recht zwielichtige Charaktere. Eigentlich bestand in diesem Zusammenhang überhaupt kein Grund zum Mitleid mit Karsten Vaage. Er hatte schließlich einen großen Volvo-Kombi. Sie selber hatte zwei Fahrten mit der Straßenbahn machen müssen, um sich der Hinterlassenschaften ihrer Mutter zu entledigen. Und die Bürgersteige waren tief verschneit und spiegelglatt gewesen.

Lillemor gab das Paßwort für das Einwohnermeldeamt in ihren Computer ein und die nötigen Daten für Karsten Vaage. Wenn sie sich nicht irrte, hatte er bald Geburtstag. Und dann könnte sie ihm eine kleine Aufmerksamkeit zukommen lassen. Eine Karte. Sie könnte schreiben, herzlichen Glückwunsch zum Wiegenfest und alles Gute. Das war sie ihm immerhin schuldig. Vor allem wegen des Parketts. Lillemor war wirklich unglücklich, weil das schöne helle Parkett vom Blut dermaßen verschmiert worden war. Wenn die gedankenlose Helene nur ihren Bademantel geschlossen gehalten hätte, dann hätte sich der ganze Dreck vermeiden lassen. Aber nichts da, sie hatte mit weit offenem Bademantel dagestanden – und darunter noch dazu splitternackt! Entblößt hatte sie sich, jawohl. Und sich dabei *angefaßt!* Lillemor hatte versucht, sie nicht anzusehen. Wie sie das teure Parkett in der Diele versaut hatte. Die Polizei hatte sicher nicht sauber gemacht, Karsten Vaage würde die Flecken wohl selber entfernen müssen. Und jetzt hatte sie Vaages persönliche Daten auf dem Bildschirm. Geburtstag am 19. Dezember. Sie würde wirklich eine besonders schöne Karte für ihn aussuchen.

Lillemor überflog die Liste der Patienten, die an diesem Tag entlassen werden sollten und die die Stationsschwestern ihr hingelegt hatte. Freitags durften immer viele nach Hause, und in den Entlassungslisten durfte nichts durcheinandergeraten. Jedenfalls nicht, solange Lillemor das Büro der Kardiologie leitete. Solche Fehler, und wenn es sich nur um einen Tag mehr oder weniger handelte, konnten viel Geld kosten, das Krankenhaus und die Sozialämter. Und Lillemor war sich ihrer Verantwortung bewußt.

Rasch und routiniert erledigte sie ihre Arbeit. Sie schaute auf die Uhr. Sie war nervös. Unruhig. Und hungrig. Und *ihn* hatte sie heute auch noch nicht gesehen. Noch nicht. Sie spürte das seltsame Bohren im Leib, das ziehende Gefühl, das sich immer einstellte, ehe er auftauchte. Er hatte an diesem Tag nicht frei, das wußte sie. Sicherheitshalber hatte sie mehrmals überprüft, wer gerade Überstunden abstottern durfte. Es fiel ihr immer schwerer, sich zu konzentrieren. Zwischen halb neun und neun kam sie sich vor wie in einem Wartezimmer. Eigentlich war der ganze Morgen eine einzige lange, zusammenhängende Wartezeit. Und die letzten zehn Minuten vor seinem Erscheinen waren fast nicht zu ertragen.

Solveig hatte schon längst die Post sortiert und in die Fächer der verschiedenen Ärzte verteilt. Lillemor registrierte, daß *sein* Fach sehr gut gefüllt war. Das bedeutete, daß er besonders lange im Büro bleiben würde. Oft ging er zuerst seine Post durch, ehe er sich an die Visite machte. Er öffnete immer alle Laborproben und unterschrieb die dazugehörigen Mitteilungen, ehe er sie in den Korb zur Registrierung legte. Reklamebriefe von Pharmagesellschaften landeten zumeist sofort im Papierkorb. Wenn er viel Post hatte, kam er oft in Lillemors kleines Arbeitszimmer, setzte sich und sortierte seine Briefe an ihrem Schreibtisch.

Sie wußte, daß er es war, sowie die Tür sich öffnete. Wußte es, noch ehe sie seine Schritte hören konnte. Oder seine Stimme. Spürte es in ihrem ganzen gewaltigen Leib. Spürte, daß die Unruhe sie losließ. Daß das Bohren verstummte. Daß sich ein Gefühl der Sättigung einstellte. Daß die Unruhe verflog.

»Hallo, Mädels. Wieder an der Arbeit...«

Lillemor lächelte. Er war unvergleichlich. Fröhlich und freundlich zu allen. Nie ein mürrisches Gesicht. Obwohl sie wußte, daß er sich über Solveigs hoffnungslose Tippfehler und über Anne-Britts ewige Telefongespräche ärgerte.

An diesem Tag schaute er nicht wie sonst in sein Postfach. Sie lauschte auf seine Schritte. Horchte. Hörte sie näher kommen. Plötzlich stand er da, in der Tür, direkt vor ihrem Schreibtisch. Lächelte sein gutes, geheimnisvolles Lächeln, hielt mit einer Hand etwas hinter seinem Rücken versteckt.

»Na, Lillemor!« Er zwinkerte ihr vertraulich zu. »Geschenk für mein Lieblingsmädel!« Er legte vorsichtig einen elegant verpackten Blumenstrauß vor ihr auf den Tisch. »Bitte sehr.«

Lillemor errötete. »Tausend Dank.«

In solchen Situationen schaffte sie es nie zu sagen, was sie wirklich sagen wollte. Erst, wenn er gegangen war... erst zu Hause. Erst dann konnte sie wunderschöne Sätze formulieren. Erst dann die richtigen Worte finden. Ihre Zärtlichkeit und Dankbarkeit zum Ausdruck bringen. In Worten, die er verdiente, und die sie ihm so gern schenken wollte. Aber dann war es zu spät.

»Aber das wäre doch nicht...«, sie machte sich am Papier zu schaffen. »Blumen im November.«

»Aber sicher. Wenn auf dieser Welt überhaupt eine Blumen verdient hat...«, wieder lächelte er sein geheimnisvolles Lächeln. »Aber du solltest sie vielleicht lieber mit nach Hause nehmen. Ja, du weißt schon...« Er nickte zum anderen Teil des Büros hinüber, wo Anne-Britt und Solveig vorgaben, voll und ganz in ihrer Arbeit aufzugehen und nicht zu bemerken, was sich bei Lillemor abspielte.

»Ja«, sagte Lillemor. »Ich nehme sie mit nach Hause. Das ist sicher besser.«

Er schaute sie nachdenklich an. »Geht's dir gut, Lillemor?«

Nicht oft konnten sie so miteinander sprechen. Persönlich. Vertraulich. Im Lauf der Zeit hatten sie einen privaten Code entwickelt, den die anderen nicht verstanden. Jetzt fragte er, ob es ihr gutging... Und das mußte doch bedeuten, daß er *wußte...*

»Ja«, sagte Lillemor. Und das stimmte auch. In diesem Moment ging es ihr gut. Er stand nur einen halben Meter vor ihr, auf der anderen Schreibtischseite so nah, daß sie seinen Geruch wahrnahm und seine Gedanken spürte.

»Und du?« Lillemor musterte ihn mit ernster Miene. »Wie steht es mit dir?«

»Tja, ich kann eigentlich nicht klagen. Obwohl die Tage

jetzt dunkel und traurig sind. Aber das gilt ja nicht nur für mich...«

»Nein«, sagte Lillemor nachdenklich. »Das gilt nicht nur für dich...« Sie hätte so gern die Hand ausgestreckt, ihn berührt, sein Gesicht gestreichelt, ihn getröstet, ihm versichert, daß bald alles in Ordnung kommen würde. Ihm gesagt, daß sie alles unter Kontrolle hatte und die Wartezeit sich dem Ende entgegenneigte. Aber noch immer durften sie sich nichts anmerken lassen. Mußten sich mit geheimen Begegnungen und Nachrichten begnügen. So wie jetzt. *Ich kann nicht klagen.* Sie wußte, daß er Probleme hatte, daß er jedoch ausharren würde.

»Es ist dunkel und traurig, aber es werden auch wieder lichtere Zeiten kommen.« Lillemor wußte, daß er diesen Code verstand. »Das verspreche ich dir«, fügte sie hinzu, leise, Solveig und Anne-Britt durften sie schließlich nicht hören.

»Du, Lillemor, du, Lillemor, du weißt wohl für alles eine Lösung.«

Lillemor nickte ernst. Sie würde für alles eine Lösung finden. Sie wußte genau, worum er sie bat. Und sie würde die Lösung finden. Für ihn hätte sie alles getan.

»Ich habe hier etwas, das eilt.« Er zog eine kleine Kassette aus der weißen Kitteltasche und legte sie auf Lillemors Schreibtisch. »Für die Versicherung... die übliche Expertenerklärung. Sie haben sie schon angemahnt. Glaubst du, du könntest... keine schreibt so schnell und so fehlerlos wie du, weißt du.« Das letzte flüsterte er, damit die anderen es nicht hörten und beleidigt wären.

»Ich mach das sofort«, sagte Lillemor.

»Du bist ein Engel, mein Mädel. Was sollte ich ohne dich bloß anfangen?« Er zwinkerte ihr vielsagend zu und bedachte sie mit einer Kußhand, ehe er aus der Türöffnung verschwand. »Leg es einfach in mein Fach, wenn du fertig bist. Ich kann es dann später unterschreiben.«

Lillemor hielt sich an der Tischkante fest. *Mein Mädel. Was sollte ich ohne dich bloß anfangen.* Seine Worte hallten in ihren Ohren wider. So klar drückte er sich nur selten aus. Und es war ihm auch egal gewesen, daß die anderen ihn vielleicht gehört hatten. *Was sollte ich ohne dich bloß anfangen...* Bald würde er nie, nie mehr etwas ohne sie anfangen müssen.

4

»Wie du immer nach Torgeirs Pfeife tanzt«, sagte Anne-Britt.

»Blödsinn«, sagte Lillemor gereizt, weil sie aus ihren schönen, geheimen Träumereien gerissen worden war. »Und ich wünschte, ihr würdet Dr. Reiersen sagen«, fügte sie hinzu.

»Alle sagen Torgeir.« Solveig mischte sich gern in die Gespräche anderer. »Er hat selber gesagt, daß wir ihn beim Vornamen nennen sollen, wo wir doch seine Kolleginnen sind.«

»Kolleginnen!« Solchen Unsinn hatte Lillemor noch nie gehört. Diese dumme Göre verfügte wirklich über keinerlei Selbstkritik. Lillemor lag eine beißende Bemerkung auf der Zunge, doch die verkniff sie sich und bemerkte statt dessen: »Ihr sagt doch auch Dr. Bakke und Dr. Askeland. Nie im Leben würdet ihr die Trygve und Ole-Johan nennen.«

»Trygve und Ole-Johan!« Solveig kicherte. »Ich wußte gar nicht, daß diese beiden Essiggurken Vornamen haben!«

»Oder ein Privatleben«, fügte Anne-Britt hinzu.

»Bei Torgeir ist das anders«, Solveig ließ nicht locker. »Er ist doch so umgänglich. Und sieht toll aus. Dieses Lächeln!« Wieder kicherte sie.

Lillemor merkte, daß sie wütend wurde. Aber sie sagte nichts.

»Toll? Sicher. Ein echter Charmeur«, sagte Anne-Britt. »Und flirtet wie besessen, wenn du mich fragst.«

»Also wirklich. Jetzt reicht es aber.« Lillemor konnte sich nicht mehr beherrschen. »Es gibt ja wohl Grenzen für die Frechheiten die ihr euch herausnehmen dürft.«

»Ich habe doch gar nichts gesagt«, sagte Solveig. »Und mich kann er gern in Grund und Boden bezirzen.«

»Ich will mir dieses Gewäsch nicht mehr anhören müssen!« Lillemor hob sonst nie ihre Stimme. Jetzt hörte sie selber, daß sie das gerufen hatte. »Dr. Reiersen ist ein Mann von Welt, aber das könnt ihr wohl nicht begreifen.«

Lillemor hätte niemals von Torgeir gesprochen. Nicht laut. Nicht vor anderen.

»Reg dich ab, Lillemor.« Anne-Britt und Lillemor arbeiteten seit fast zehn Jahren zusammen. Und obwohl Lillemor die Chefin war, war Anne-Britt nicht unterwürfig, so wie Solveig. »Niemand hat behauptet, Dr. Schön und Charmant sei kein Mann von Welt, im Gegenteil.«

»Ich habe ja auch nicht angedeutet, Torgeir sei ein Schürzenjäger«, fügte Solveig hinzu. Und begriff sofort, daß sie das falsche Wort gewählt hatte. Eines der vielen Wörter, die Lillemor nicht ausstehen konnte. Ein Wort, das Lillemor als vulgär bezeichnen würde. Um es dann Solveigs Herkunft aus dem weniger vornehmen Stadtteil Enerhaugen zuzuschreiben. »Doch nicht bei der tollen Frau«, fügte sie hinzu, in der verzweifelten Hoffnung, Lillemor, deren Hals rot aufgeflammt war, damit zu besänftigen. Es war immer ein schlechtes Zeichen, wenn Lillemor einen roten Hals bekam.

»Dussel«, fauchte Lillemor. *Bei der tollen Frau…* Toll, du meine Güte. Nur ein Dussel aus Enerhaugen konnte Rita Reiersen als toll bezeichnen. Rita Reiersen war eine Schande! Sie war Psychologin und sah auch so aus. Fünfundvierzig Jahre, aufgetakelt mit einem langen, karottenroten Zopf, der ihr über den Rücken hing. Und sie verkleidete sich mit Baskenmütze und langen, geblümten Zigeunerröcken.

Solveig gab auf. Sie stülpte die Kopfhörer über, und bald füllte Dr. Bakkes monotone nordnorwegische Aussprache ihre Gehörgänge.

Anne-Britt war sauer. Sie ärgerte sich schon lange über Lillemors hemmungslose Bewunderung für Torgeir Reiersen. Und der Mann nutzte diese Bewunderung ebenso hemmungslos aus. Lillemor ließ alles stehen und liegen, wenn er sich mit seinen Diktatbändern näherte. Anne-Britt hatte den Verdacht, daß einige davon aus seiner Privatpraxis stammten. Außerdem war hier nicht nur von Schreibarbeiten die Rede. Lillemor scharwenzelte um ihn herum wie eine Kammerzofe. Jeden Morgen holte sie für ihn in aller Herrgottsfrühe frische weiße Kittel, sie ging für ihn zur Post und zur Bank, sie versorgte ihn sogar mit Pulverkaffee und spülte jeden Tag seine Kaffeetasse aus.

»Ein Aufreißer«, sagte Anne-Britt. »Ein gerissener Aufreißer. So sehe ich das, und so werde ich es auch weiterhin sehen.« An diesem Freitagmorgen hatte sie Lillemor und Dr. Reiersen und überhaupt das ganze Leben restlos satt. Ihre Scheidung hatte ihr mehr zu schaffen gemacht, als sie zugeben mochte. Nicht, daß sie den Arsch vermißte, mit dem sie verheiratet gewesen war, aber die Kinder waren unmöglich, seit sie in den Wohnblock gezogen und auf eine neue Schule gekommen waren. »Du weißt doch, daß er was mit Lena aus der Poliklinik hatte«, fügte sie hinzu. »Darüber hat doch das ganze Krankenhaus getratscht.«

Mit Schwester Lena? Aus der Poliklinik? Hatte Anne-Britt denn völlig den Verstand verloren?

»Schwester Lena ist verheiratet«, sagte Lillemor.

»Als ob das ein Hindernis wäre«, erwiderte Anne-Britt höhnisch. Sie wußte, wovon sie sprach.

Schwester Lena? Die aussah wie ein Schulmädchen? Die kleine schmächtige Schwester Lena mit den kurzen Kräuselhaaren?

»Aber Schwester Lena ist so jung!«

»Um so besser!« Anne-Britt sprach aus eigener, bitterer Erfahrung.

»Alles Lügen! Lügen und bösartige Gerüchte!« Lillemor füllte die ganze Türöffnung. Ihre Schläfen hämmerten dermaßen, daß sie glaubte, ihr Kopf müsse platzen. »Du bist ja nur eifersüchtig. Aber auch, wenn du deinen Mann nicht halten konntest und ihn mit einer Fünfundzwanzigjährigen ziehen lassen mußtest, hast du kein Recht, dein mißlungenes Leben...«

»Danke«, fiel Anne-Britt ihr ins Wort. »Danke, das reicht. Es ist wirklich schön, solche Kolleginnen zu haben, wenn man eh schon bedient ist.« Sie wußte kaum noch, worum diese Diskussion eigentlich ging, sie wußte aber, daß sie längst hätte aussteigen müssen, so wie Solveig. Lillemor hatte immer einen vergifteten Pfeil im Köcher, sie kannte die schwachen Stellen der anderen und schlug bei Bedarf gnadenlos zu.

Die Tür zum Büro öffnete sich, und Dr. Holm kam herein. Die vertretende Assistenzärztin Hilde Holm. Sie hatte Kassetten und Krankenberichte in den Händen.

»Hallo«, Hilde Holms Blick fiel auf Lillemors rotflammenden Hals und Anne-Britts zerlaufende Wimperntusche. »Ich habe die Anamnesen aller Neuzugänge aufgenommen.« Sie legte die Krankenberichte stolz auf den Tisch und hoffte, die Kampfhühner damit in bessere Laune zu versetzen.

»Wie schön, Hilde«, sagte Solveig und nahm die Kopfhörer ab. »Dann werden wir heute vielleicht ein wenig früher fertig, wo doch Freitag ist.«

Noch immer war die Stimmung gedrückt. Und Lillemor wich nicht aus der Türöffnung.

»Wir dürfen doch wohl Hilde zu dir sagen«, fügte Solveig hinzu, vor allem, um Lillemor und Anne-Britt daran zu erinnern, aus welch nichtigem Grund ihr Streit überhaupt entstanden war.

»Was ist los?« Hilde Holm musterte sie überrascht.

»Ob wir Hilde sagen dürfen, nicht Dr. Holm«, erklärte Solveig und war sich nicht mehr sicher, ob sie klug gehandelt hatte, als sie das sagte.

»Klar doch«, sagte Hilde. »Ich dachte, das wäre schon längst abgemacht. Außerdem... wenn die Patienten Dr. Holm zu mir sagen, glaube ich immer noch, sie redeten von meinem Vater.«

Diese gemeine, eingebildete Gans! Lillemor ertrug es nicht eine Sekunde länger. Das hatte Hilde Holm nun auch noch anbringen können. *Mein Vater ist Arzt. Was ist deiner?*

»Ich muß raus«, sagte Lillemor. »Weg von hier. Ich gehe... ins Zentralarchiv.« Sie schloß die Tür so laut wie möglich, ohne sie zuzuknallen.

Lillemor konnte Hilde Holm nicht ausstehen. Sie verabscheute sie seit dem Tag, als sie sich als die neue Assistenzärztin vorgestellt hatte. *Guten Morgen allerseits,* hatte sie laut und selbstsicher gesagt. *Ich bin die neue Assistenzärztin.* Als ob alle alles stehen- und liegenlassen sollten, um den königlichen Besuch zu ehren. *Die neue Assistenzärztin.* Eine Vertretung, das war sie. Und noch ganz frisch. Lillemor hatte selber in den Papieren nachgesehen. Dann hatte Hilde allen die Hand gegeben und sich laut und deutlich vorgestellt. *Hilde Holm, Hilde Holm, Hilde Holm.* Lillemor hatte nicht entkommen können. Sie haßte es, ihren Namen nennen zu müssen. Haßte es, ihn laut zu sagen. *Lillemor Johansen,* hatte sie schnell und leise gesagt und sich zu ihrem Bildschirm umgedreht. *Verzeihung, was hast du gesagt?* Hilde Holm hatte nicht lockergelassen, obwohl Lillemor sicher war daß sie ihren Namen beim ersten Mal sehr gut verstanden hatte und nur deshalb noch einmal fragte, weil sie ihn noch einmal hören wollte.

Lillemor Johansen. Lillemor hatte ihr diesen abscheulichen Namen geradezu ins Gesicht gespuckt. Und Hilde Holm hatte gelächelt. Und damit, ohne es zu wissen, ihr Schicksal besiegelt. Von diesem Moment an war Hilde Holms Krankenhauskarriere beendet. Beendet, noch ehe sie begonnen hatte. *Aber so bist du doch bestimmt nicht getauft worden, Lillemor,* hatte sie gesagt und damit endgültig die Grundlage für ihr eigenes Fiasko als innere Medizinerin und Kardiologin gelegt.

Wenn Lillemor etwas nicht vertragen konnte, dann, daß irgendwer Witze über ihren Namen machte. Niemand wußte besser, wie absurd es war, Lillemor, Mütterchen, zu heißen, wenn eine Person 179 Zentimeter groß war und 108 Kilo wog, als Lillemor selber. Und sie hatte ihrer Mutter diesen Namen niemals verziehen. Der Mutter, die in boshaften Stunden darauf hingewiesen hatte, daß doch niemand auf die Idee gekommen wäre, das winzige, zu früh geborene Mädchen, das, wie alle glaubten (oder hofften) ihr erstes Jahr nicht überleben würde, könne sich in ein Monstrum verwandeln, das einfach nicht mit Wachsen aufhörte, sei es nun in die Länge oder in die Breite. Lillemor war gewachsen wie ein Kuckuckskind, war aufgequollen, unersättlich wie ein Parasit, hatte alle Nahrung aufgesaugt, während die Mutter geschrumpft, immer kleiner geworden war, bis sie zum Schluß ausgesehen hatte wie ein gerupftes, ausgetrocknetes Küken.

Wenn Lillemor ihre Mutter verabscheut hatte, weil sie sie Lillemor genannt hatte, so hatte sie sie wegen des anderen Namens gehaßt. Wegen des Namens, den sie niemals laut gesagt hätte. Nicht einmal dann, wenn sie allein war. Marry. Ihr Taufname war Marry. Marry, mit zwei r. Und an einem solchen Namen konnte wirklich nur die pure Bosheit schuld sein. Der Wunsch, das unerwünschte und uneheliche Kind für den Rest seines Lebens zu brandmarken. So, wie das Kind die Mutter gebrandmarkt hatte. Marry. Kein Doppelname. Nicht Marry-Elise oder Marry-Cathrine. Nur Marry. Kein Ausweg. Marry Johansen. Der breite, ostnorwegische Akzent der Mutter machte alles noch viel schlimmer. Marry Joo-hansen. Mit langem o und Betonung auf der ersten Silbe. So hatte die Mutter sie vorgestellt, als sie in die neue Klasse gekommen war, mitten im Schuljahr, in der kackvornehmen Schule in Bærum, wo die Mutter eine Stelle als Haushälterin gefunden hatte.

Aber niemals sollte die selbstsichere, aufgeblasene Hilde Holm von Lillemor diesen abscheulichen Namen hören. Niemals würde Lillemor sich dermaßen grausam demütigen. Lillemor konnte sich schon vorstellen, wie Hilde Holm lächeln würde, ironisch und spöttisch, herablassend, um sie dann zu bitten, den Namen noch einmal laut und deutlich zu wiederholen.

Damals hatte Lillemor beschlossen, Hilde Holm fertigzumachen. Sie von ihrem hohen Roß zu zerren. Sie zu zerschmettern. Ihr Selbstvertrauen zu zertreten. Ihre Zukunftspläne zunichte zu machen. Ihr ihre rosaroten Träume von einer Karriere als Innere Medizinerin und Kardiologin zu versalzen. Lillemor hatte nichts gesagt. Sie sagte niemals etwas. Sie war keine, die leere Drohungen ausstieß. Aber was sie sich vorgenommen hatte, das führte sie auch aus. Voll und ganz.

Bitte, erklär mir den praktischen Arbeitsablauf, hatte Hilde Holm zu Lillemor gesagt, als die Vorstellungsrunde endlich ein Ende genommen hatte.

Das ist dein Postfach. Und um den Rest mußt du dich selber kümmern. Wir haben keine Zeit, alle neuen Vertretungen, die nur ein paar Monate hierbleiben, in unsere alltäglichen Krankenhausroutinen einzuführen. Lillemor hatte Hilde Holm schroff abgewiesen. Sie wußte, daß es Hildes erste Anstellung nach dem Klinikum war, und daß es sich nur um eine sechsmonatige Vertretung handelte. Mit der Möglichkeit einer Verlängerung. Doch wenn es nach Lillemor ginge (was sehr oft der Fall war), so würde diese Vertretung auch nicht um einen Tag verlängert werden. Das hätte sie Hilde Holm eigentlich auch gleich sagen können. Normalerweise hielt Lillemor es durchaus für ihre Aufgabe, neue Assistenzärzte einzuweisen, zu erziehen, wie Anne-Britt diesen Prozeß nannte. Nicht aus dem brennenden Wunsch heraus, den Neuen das Einleben zu erleichtern, sondern weil Lillemor keine Verstöße gegen die Routine und Fehler im System ertrug. Deshalb wurden Neue schroff, aber effektiv ins Diktieren von Krankenberichten und Entlassungsbescheiden eingewiesen, sie erfuhren, wie Testergebnisse registriert und in welche Körbe sie gelegt wurden, wo Rezeptblocks und Krankschreibungsvordrucke aufbewahrt wurden, und wie Diktiergerät, Telefonanlage und Kopierer funktionierten. Hilde Holm hatte ohne dieses Wissen zurechtkommen müssen. Das Resultat war dann auch entsprechend. Nach knapp drei Monaten konnte sie noch immer keinen Anruf durchstellen oder sich in Lillemors ausgefeiltem System von Eingangs- und Ausgangskörben zurechtfinden.

»Was in aller Welt ist denn in die gefahren«, sagte Hilde Holm, als Lillemor aus dem Zimmer stürzte. Hilde Holm war von Natur aus neugierig und normalerweise keine, die so leicht aufgab, auch wenn ihr Selbstvertrauen während der letzten zwei oder drei Monate einige Nasenstüber hatte hinnehmen müssen.

Schon an ihrem ersten Tag im Krankenhaus hatte Hilde Holm beschlossen, Lillemors Vertrauen und Anerkennung zu gewinnen. Sie war davon überzeugt, daß Lillemors feindseliges Auftreten und die ewigen Abfuhren, die sie ihr erteilte, im Grunde Verlegenheit und Unsicherheit zum Ausdruck brachten. Lillemors gesamte Erscheinung appellierte an Hilde Holms Mitleid und ihren brennenden Wunsch, einem der vielen Stiefkinder des Lebens das Dasein zu erleichtern.

Aus der naiven, aber bewundernswerten Überzeugung heraus, daß alle Menschen im Grunde nett und lieb seien und miteinander in Harmonie leben wollten, hatte Hilde Holm sich mit gewaltigem Engagement während ihrer Studienzeit auf allerlei Projekte geworfen. Sie betreute eine HIV-positive Frau, die zwischen Straßenstrich und Klinik pendelte, sie besuchte regelmäßig einen pädophilen Häftling, der noch viele Jahre sitzen würde. Und sie gehörte nicht weniger als acht Solidaritätskomitees und Unterstützungsgruppen an.

»Die arme Lillemor«, sagte Hilde Holm. »Sicher hat sie ihre schwarzen Stunden. Und die gleicht sie dann durch Aggression und Zurückweisung aus. Hat jemals eine von euch versucht, sie zu umarmen, sie einfach anzufassen ... in solchen Situationen?«

»Himmel, nein«, antwortete Solveig, der es bei der bloßen Vorstellung schon eiskalt den Rücken hinunterlief. Sie mußten an den wütenden Pekinesen denken, der im Haus in der Sørligate immer vom Hausmeister am Treppengeländer angebunden worden war. Ihr Bruder hatte sie damit aufgezogen, daß sie sich vor der kleinen Töle fürchtete, und hatte behauptet, der Hund kläffe nur, weil er gern gestreichelt werden wollte. Der Versuch hatte Solveig eine Tetanusspritze eingebracht, das Tier war vom Tierarzt mit einer anderen Injektion in die ewigen Jagdgründe befördert worden. Und die mit vier Stichen genähte Wunde hatte an ihrer Wade eine Narbe hinterlassen.

»Das kannst du gleich wieder vergessen«, sagte Anne-Britt. Sie tuschte ihre Wimpern nach und machte sich wieder an die Arbeit. »Lillemor ist so, wie sie ist. Wir haben wohl alle unsere Eigenheiten ...«

»Es war also gar kein großer Konflikt?« Hilde Holm hörte sich fast ein bißchen enttäuscht an.

»Aber nein«, beteuerte Anne-Britt. »Lillemor und ich arbeiten seit zehn Jahren zusammen, ohne uns in den Arm zu nehmen oder uns gegenseitig umzubringen. Kleine Kabbeleien und solchen Unfug wie eben nehmen wir nicht weiter ernst. Das gibt es doch an allen Arbeitsplätzen.«

»Und wenn Lillemor wieder aus der Garderobe kommt,

wird sie tun, als sei nichts passiert«, fügte Solveig beruhigend hinzu.

»Ja«, meinte auch Anne-Britt. »In der Mittagspause wird alles vergessen sein.«

»Aber sie hat doch gesagt, sie wollte ins Zentralarchiv«, erinnerte Hilde Holm.

Anne-Britt zuckte mit den Schultern.

»Glaubt ihr, sie sitzt unten in der Garderobe? Ganz allein?« Hilde sah eine einsame und verzweifelte Lillemor, die in der öden Damengarderobe weinend in einer dunklen Ecke saß. Und sie sah sich selber, wie sie den Arm um die schwerfällige, traurige Gestalt legte. Horchend, tröstend, während Lillemor ihr ihr Herz ausschüttete ... über eine unglückliche Kindheit, ein Leben voller Einsamkeit, vernachlässigt von der Familie und ohne enge Freunde oder Freundinnen, über Essen aus Kummer und vielleicht Bulimie, über ihre Wut darüber, in einem dicken, unförmigen Leib eingesperrt zu sein. Hilde Holm spürte, wie ihr die Tränen kamen.

»Sie sagt immer, daß sie ins Zentralarchiv geht«, sagte Solveig. »Aber du kannst sicher sein, daß sie in der Garderobe sitzt und sich mit Schmalzkringeln vollstopft.«

»Ja«, fügte Anne-Britt hinzu. »Wenn du dich mit Lillemor anfreunden willst, dann solltest du ihr lieber Schmalzkringel anbieten als eine Schulter zum Ausweinen.«

»Wir werden schon noch Freundinnen, Lillemor und ich. Wartet nur ab.«

Hilde Holm wischte sich eine Träne aus dem Augenwinkel und nahm ihre Post. Vielleicht sollte sie unter vier Augen mit Lillemor sprechen? Ein vertrauliches Gespräch führen? Unter Frauen? Vielleicht die Möglichkeit erwähnen, unter Anleitung abzunehmen? Sie selber könnte dann als Freundin und Helferin mitmachen. Und nebenbei wichtige medizinische Anleitung bieten. Aus Lillemor könnte wirklich eine gutaussehende Frau werden. Mit ihren üppigen blonden Haaren, der klaren Haut und den großen dunklen Augen. Augen, um die ein Fotomodell sie beneiden könnte. Und sie war groß, sicher an die einsachtzig. Wenn sie nur etwas mit ihrem gewaltigen Leib anstellte. Sie mußte dreißig Kilo abnehmen. Mindestens. Und dazu würde sie Hilfe brauchen. Professionelle Anleitung und andauernde Betreuung. Plastische Chirurgie vielleicht, um überflüssige Haut loszuwerden? Wie im Zeitraffer sah Hilde Holm die Pfunde schwinden und Lillemor zu einer großen, schlanken, glücklichen Frau werden. Und zu einer ewig dankbaren, treuen Freundin fürs Leben.

»Wartet nur ab«, wiederholte Hilde leise, als sie das Zimmer verließ. »Ihr werdet sie nicht wiedererkennen …«

»Wen denn?« fragte Solveig zerstreut. Sie schrieb ihre Einkaufsliste und hatte nicht zugehört. Am nächsten Tag war Samstag, und sie wollten ein Pfefferkuchenhaus backen. Die Kinder freuten sich schon seit Wochen darauf.

Anne-Britt stöpselte die Kopfhörer ins Tonbandgerät. Sie stülpte die Kopfhörer über, richtete den Blick auf den Bildschirm und hämmerte auf die Tastatur. Wenn dieses Scheißweihnachten doch erst vorbei wäre!

Als Lillemor einige Minuten später zurückkam, benahm sie sich ganz normal. Sie brachte einen Pappteller mit drei frisch gebackenen Waffeln mit.

»Ich habe in der Kantine vorbeigeschaut und uns was zum Kaffee gekauft«, sagte sie. Ein Glas Erdbeermarmelade stand in ihrem kleinen Pausenzimmer.

»Ich setze Kaffeewasser auf«, bot Anne-Britt an. »Aber vielleicht sollten wir erst die Krankenberichte erledigen?«

»Natürlich.« Lillemor griff zu den Berichten, die Hilde Holm gebracht hatte. »Die übernehme ich«, sagte sie. »Die sind bestimmt endlos lang, wie immer.«

»Ach, vielen Dank, Lillemor.« Solveig atmete erleichtert auf. Hilde Holm diktierte immer lange und umständliche Krankenberichte, da hatte Lillemor schon recht. Lillemor hatte mit dem Stationsarzt schon darüber geredet. Sie hatte klar gesagt, daß sie eine weitere Schreibkraft einstellen müßten, wenn die Berichte weiterhin über zwei Seiten wären. *Anfänger,* hatte der Stationsarzt gesagt. *Typische Anfängerprobleme.* Aber sie hatte gesehen, daß er sich ärgerte. Und als Lillemor das Problem eine Woche später wieder zur Sprache gebracht hatte, hatte er ihr anvertraut, daß er es bereits bereue, Hilde Holm angestellt zu haben. Er hatte sich dazu überreden lassen, sie frisch vom Klinikum wegzunehmen. Ihr Vater, Bezirksarzt Holm im Bamble, war ein alter Kommilitone, und die Vertretungsstelle für Hilde war gewissermaßen die Gegenleistung dafür, daß seine alte Mutter, die einen Platz in einem Pflegeheim brauchte, die Warteliste hatte umgehen dürfen. Anfangs hatte Hilde ja auch tüchtig und aufgeweckt gewirkt, aber leider hatte sich dann bald herausgestellt, daß dieser positive Eindruck wohl ein Irrtum gewesen war.

Lillemor spulte rasch die fünf Kassetten durch, die Hilde Holm besprochen hatte. Dann löschte sie vier davon und fing an zu schreiben. *Aufnahmebericht von ass. Vertretungsärztin H. Holm.* Sie setzte die Kopfhörer auf und schaltete den Rekorder ein.

»O verflixt!« Lillemor riß die Kassette aus dem Gerät.

Sie streifte die Kopfhörer ab und rief Anne-Britt zu: »Du, Anne-Britt, laß diese Kassette bitte mal bei dir durchlaufen.«

Anne-Britt legte die Kassette ein und starrte sie an.

»Sie ist leer«, Anne-Britt stöhnte resigniert. »Ganz leer.«

»Das habe ich schon befürchtet, ja«, sagte Lillemor. »Schon wieder leere Kassetten von Dr. Holm. Das Mädel ist seit fast drei Monaten hier und kann noch immer nicht die Knöpfe am Diktiergerät auseinanderhalten.«

»Hier sind noch drei. Die sind auch leer. Jaja, dann müssen wir wohl mal wieder den ganzen Abend hierbleiben... wenn die junge Frau Holm alles noch einmal diktieren muß.«

»O nein, nicht heute. Heute ist doch Freitag.« Solveig wollte den Wochenendeinkauf hinter sich bringen, ehe sie ihr Jüngstes im Kindergarten abholte. Sie kapierte die Sache mit Hilde Holm nicht. Die Frau war doch ausgebildete Ärztin, und anfangs hatte sie vor Selbstvertrauen geradezu gestrotzt. Und jetzt, nach nur wenigen Wochen, lieferte sie immer wieder leere Bänder, verlegte Krankenberichte und archivierte ihre Unterlagen falsch.

Nach dem Essen kam der Stationsarzt, um *seinen Damen* ein wunderschönes Wochenende zu wünschen.

»Danke gleichfalls«, antwortete Lillemor. »Aber wir werden leider ein wenig verspätet ins Wochenende starten, wir armen Schreibhilfen. Die junge Frau Dr. Holm kann noch immer nicht mit dem Diktiergerät umgehen... also müssen wir Überstunden machen«, fügte sie vielsagend hinzu.

»Unnötige Überstunden«, donnerte der Stationsarzt. »Es muß ja wohl Grenzen für Unfähigkeit geben, verdammt noch mal.« Auch er begriff nicht, was mit Hilde Holm passiert war. In der ersten Woche hatte sie ihm beim Einsetzen eines Herzschrittmachers assistiert und war ihm geschickt und gescheit vorgekommen, doch dann hatte sie sich im Laufe weniger Wochen in den hilflosesten Tolpatsch verwandelt, der ihm je über den Weg gelaufen war.

»Aber, aber. Du hast doch selber gesagt, daß wir mit diesen Anfängerschwierigkeiten leben müssen«, sagte Lillemor. »Und an uns soll es nicht liegen, wir greifen zu, wenn es sein muß. Das wäre ja noch schöner.«

»Das weiß ich, Lillemor«, sagte der Stationsarzt. »Ihr leistet wirklich gute Arbeit, das steht fest. Wenn auf dieser Station alles so gut liefe wie hier im Büro, dann hätten wir keine Probleme.« Er hatte machtgeile Krankenschwestern und mürrische, unzufriedene Assistenzärzte restlos satt. »Aber was Hilde Holm angeht, so hat sie ihre Patzerquote aufgebraucht. Das werde ich ihr sagen, und zwar sofort.« Mit rotem Gesicht marschierte er aus dem Büro.

»Arme Hilde«, murmelte Anne-Britt.

»Und wir Armen«, fügte Solveig hinzu.

»Unsinn«, sagte Lillemor. »Hilde Holm hat sich das selber zuzuschreiben. Und ihr könnt ganz normal Feierabend machen: Ich bleibe hier. Wenn ich rechtzeitig zu Derrick zu Hause bin …«

»Vielen Dank«, Anne-Britt atmete erleichtert auf. Im Grunde war Lillemor als Chefin doch in Ordnung. Auf sie war immer Verlaß, wenn es Probleme gab. Und ein solcher Berg Arbeit, noch dazu am Freitag nachmittag … die meisten hätten das auf ihre Untergebenen abgewälzt.

»Ach, wirklich, Lillemor? Das ist Spitze. Du bist einfach ein Schatz. Und tausend, tausend Dank!« Solveigs Danksagungen waren so überströmend, daß Lillemor sich für einen Moment versucht fühlte, ihr den kleinen Garderobenschlüssel wieder in die Handtasche zu schmuggeln. Aber sie riß sich zusammen. Solveig brauchte wirklich einen Denkzettel. Das war schließlich nur zu ihrem Besten.

5

»Mord im Solvei«, sagte Torgeir Reiersen. »Wer hätte das für möglich gehalten? Hier bei uns?«

Es war Sonntagnachmittag und *Dagbladet* und *VG* waren an allen Kiosken in der Umgebung ausverkauft gewesen. Torgeir Reiersen hatte zu einer Tankstelle im Mossevei fahren müssen, um Zeitungen zu besorgen, und auch dort gab es nur noch wenige Exemplare. Nichts trieb den Verkauf der Sonntagszeitungen besser in die Höhe als eine brutal erstochene, unschuldige Hausfrau im besten Villenviertel.

»Totschlag ist überall möglich«, sagte Rita Reiersen. Sie wollte das Wort Mord nicht benutzen.

Torgeir wußte, daß sie das sicher begründen könnte, aber an einem ansonsten friedlichen Sonntagnachmittag wollte er kein sozialpsychologisches Fachchinesisch hören. Er hatte Ritas Ausführungen über Mord und Totschlag schon früher über sich ergehen lassen, ohne richtig zuzuhören, und er erinnerte sich nur vage, daß »Mord« ein belastendes Wort war – und das fand er schließlich gut und richtig so.

»Der arme Joakim«, sagte Camilla. Sie besuchte dieselbe Schule wie Joakim Vaage, der dreizehnjährige Sohn des Mordopfers aus dem Solvei. Camilla ging in die achte Klasse und kannte Joakim im Grunde nicht. Mädchen in der achten Klasse kannten aus Prinzip keine Jungen aus der siebten. Aber sie wußte gut, wer er war – vor allem jetzt, nach dem Mord. Alle in der Schule gaben vor, schon immer dick mit Joakim befreundet und oft in der Villa im Solvei zu Besuch gewesen zu sein.

»Ist er seither schon wieder in der Schule gewesen?« fragte Rita.

Torgeir war sicher, daß sie eine klare und wohlbegründete Ansicht darüber hatte, warum er in die Schule kommen sollte, oder auch nicht.

»Nein«, sagte Camilla. »Niemand hat ihn gesehen. Und ich bin froh darüber, daß er nicht in meine Klasse geht. Stellt euch doch bloß vor, wie schrecklich der erste Tag sein wird, wenn er wiederkommt.«

»Er wird noch lange sachkundige Betreuung brauchen«, erklärte Rita. Und mit sachkundig meinte sie, pädagogisch. »Laßt uns hoffen, daß die Familie in diesen ersten Tagen Krisenhilfe bekommt, damit die Akutphase adäquat bearbeitet werden kann.«

Rita stellte offenbar für Familie Vaage einen Langzeitplan auf. In Gedanken fragte Torgeir Reiersen sich oft, wie sie aussahen, die Kinder, die bei Rita in der Klinik für Kinderpsychiatrie therapiert wurden ... vor und nach der Behandlung.

»Für Karsten Vaage gibt es wohl kaum Krisenhilfe«, sagte er. »Den Zeitungen zufolge ist er der Hauptverdächtige. Offenbar drehen sie ihn rund um die Uhr durch die Mangel.«

»Glauben sie, das war Joakims Vater?« Camilla schien wie aus allen Wolken gefallen. »Aber er war doch bei der Arbeit! Und er hat sie gefunden, als sie schon tot war.«

»Es gibt wohl Probleme mit dem Alibi, wenn ich richtig zwischen den Zeilen lese«, sagte Torgeir. »Er ist um halb acht losgefahren, zusammen mit Joakim, muß aber erst um halb neun im Büro sein.«

»Was macht er denn eigentlich?« fragte Rita. »Im *Dagbladet* stand nichts darüber.« Rita las aus Prinzip nicht den *VG*. »Außerdem steht hier nur was von Routineverhören.«

»Ja, und dann kannst du dich drauf verlassen, daß sie ihn für den Schuldigen halten«, behauptete Torgeir. »Karsten Vaage ist Ingenieur«, fügte er hinzu. »Er leitet eine Elektrofirma in Alnabru. Und die Frage ist, warum zum Henker er vom Solvei nach Alnabru eine Stunde braucht... mit dem Wagen. Er hätte durchaus kehrtmachen, nach Hause fahren und trotzdem um halb neun bei der Arbeit sein können.«

»Aber er hat eben gern Zeit«, warf Camilla ein. Sie hatte zuerst den *VG* an sich gerisssen und jedes Wort über den Mord im Solvei gelesen. »Er hat erklärt, daß er immer um halb acht losfährt. Punkt halb acht, jeden Tag.«

»Ja, wäre es nicht eine Ironie des Schicksals«, meinte Torgeir. »Einer von diesen pflichtbewußten Pedanten, die im Leben nie zu spät gekommen sind... so brav und ordentlich, daß nicht einmal die Polizei es glauben mag.«

»Es ist auf jeden Fall eine Tragödie«, sagte Rita. Und sie bezog dabei auch den Mörder mit ein, wer immer es gewesen sein mochte.

»Schaut mal«, Torgeir hielt den *VG* hoch. »Hier haben sie ein Bild von Helene Vaage im Badeanzug aufgetrieben. Die schöne, schlanke Blondine, steht hier.«

»Himmel, als ob das etwas mit dem Fall zu tun hätte. Ich begreife nicht, wie du den *VG* kaufen kannst.« Rita riß ihm die Zeitung aus der Hand und betrachtete das Bild von Helene. Ein Sommerferienbild, vermutlich aus einem Fotoalbum. Helene posierte auf einem Felsen am Meer, im Hintergrund lag eine Luftmatratze.

»Na, in diesem Fall sind vermutlich Alter, Geschlecht und Aussehen relevante Informationen«, meinte Torgeir. »Eifersüchtiger Ehemann, verschmähter Liebhaber, verzweifelter Sexualverbrecher. Es gibt viele Möglichkeiten.«

»Es ist ekelhaft«, sagte Camilla. »Daß es in der Nähe passiert ist. Irgendwie unheimlich. Beängstigend.«

»So unheimlich, daß du abends lieber zu Hause bleiben willst, jetzt, wo es so früh dunkel wird?« Torgeir ergriff die Gelegenheit beim Schopf.

»Sei nicht so blöd«, Camilla tappte nicht in diese Falle. »Bringt doch nichts, abends zu Hause zu bleiben. Joakims Mutter ist schließlich am hellichten Tage umgebracht worden, noch dazu zu Hause.«

»Stimmt«, mußte Torgeir zugeben. »Und da helfen wohl auch Sicherheitsschlösser und modernste Alarmanlagen nicht weiter. Helene Vaage muß selbst die Tür geöffnet und den Mörder ins Haus gelassen haben. Falls es nicht doch der liebe Karsten war ...«

»Auf jeden Fall muß sie ihn gekannt haben«, meinte Rita. »Und zwar gut.«

»Sie trug nur ihren Bademantel«, Torgeir las weiter. »Nur einen Bademantel und nichts darunter. Keine Unterhose. Das schreiben sie viermal. Daß sie keine Unterhose anhatte. Wer zum Henker badet schon in Unterhosen? Und hört euch das an: Hatte Helene Feinde? Die schöne, blonde Helene? ... Nach drei Tagen nennt ganz Norwegen Helene Vaage mit Vornamen.«

»Sie war früher bei der Gesundheitsfürsorge.« Bei Rita klang das wie ein Verdachtsmoment.

»Aber niemand haßt Leute von der Gesundheitsfürsorge«, meinte Camilla. »Es mag sie zwar auch niemand besonders leiden, aber ...«

»Da hast du recht«, sagte Torgeir. »Zweifellos haben Krankenschwestern, die auf die Fürsorgeschule überwechseln, eine seltsame Ader. Aber ein Mordmotiv ist das wohl kaum«

»Wir können uns einen Hund kaufen! Einen Wachhund! Einen Schäferhund!« Camilla fand immer einen Grund, um für die Anschaffung eines Hundes zu argumentieren. »Wenn sie bei Joakim einen Wachhund gehabt hätten... einen riesengroßen Schäferhund!«

»Kommt nicht in Frage«, erklärte Rita. »Diese Diskussion ist beendet. Wir schaffen uns keinen Hund an, weil wir keine hundegemäße Familie sind, so einfach ist das.«

»Aber ich bin hundegemäß«, behauptete Camilla. »Sehr sogar.«

»Das kannst du aber erst beweisen, wenn du hier ausziehst.« In der Hundefrage war Rita unerschütterlich.

»Aber stellt euch doch bloß vor, sie hätten einen Hund gehabt. Im Solvei...«, Camilla ließ nicht locker.

»Wir wissen nicht, ob das eine Rolle gepielt hätte«, sagte Torgeir. »Und ich will dein Hundegequengel nicht mehr hören. Du hast Fische und Vögel, die alle verhungern müßten, wenn ich nicht ab und zu daran dächte, sie zu füttern. Und du reitest. Und das ist auch in Ordnung so, aber einen Hund schaffen wir uns nicht an.«

»Ich gehe«, sagte Camilla. Ihr fiel ein, daß sie ihren Vögeln frisches Wasser geben mußte. »Ich dusche, und dann treffe ich mich mit den anderen. Wir wollen ins Kino.«

»Ich glaube, dieses Mädchen duscht jeden Tag hundertmal«, sagte Torgeir. »Sie duscht sogar vor dem Reiten. Und vor dem Handballtraining. Hat die Psychologin eine Diagnose?«

»Fünfzehn Jahre«, sagte Rita. »So sind sie alle. Auch die Jungs. Sauberkeitsfixiert. Denk doch nur an die ganze Reklame ...«

»Ja, da sagst du was Wahres.« Torgeir faltete die Zeitungen zusammen.

»Wenn wir jetzt lange genug in Privatleben und Tragödien der Nachbarschaft herumgestochert haben, dann mache ich Kaffee.« Rita verschwand in der Küche.

»Und ich seh mal nach, ob es Sport im Fernsehen gibt«, sagte Torgeir.

»Vater liest, Mutter näht«, rief Rita aus der Küche.

»Nur das Trabrennen«, sagte Torgeir und fand, Rita sei an allem schuld. Er schaltete den Fernseher ein und griff wieder zum *VG*.

»Ich dachte, wir könnten die Familie Vaage in Ruhe lassen«, sagte Rita vorwurfsvoll, als sie zehn Minuten später den Kaffee brachte.

»In der Zeitung steht wirklich auch noch etwas anderes. Über Sport zum Beispiel.« Torgeir begriff nicht, warum er immer so schnell in die Defensive geriet.

»Sicher, Mord und Sport.« Rita hatte wieder gewonnen. »Und du solltest dich vielleicht auf morgen vorbereiten ... Wo du doch Fastnachbar von Helene Vaage warst, werden morgen in der Klinik sicher Expertenansichten von dir erwartet.«

»Ja, bestimmt werden die Bürodamen mich durch die Mangel drehen.« Torgeir hatte sich das schon längst überlegt. »Sie glauben sicher, ich könnte interessante Informationen aus nächster Nähe liefern.«

»Du kannst ihnen sagen, daß ich auf dieselbe Schule gehe wie Joakim«, bot Camilla großzügig an. Mit nassen Haaren und viel zuviel Lippenstift kam sie herein.

»Um einer Meute hungriger Hunde einen Knochen hinzuwerfen...«

»Apropos Hunde«, Camilla ließ sich keine Gelegenheit entgehen.

»Camilla! Wenn heute noch einmal das Wort Hund aus deinem knallroten Mäulchen entweicht, dann kannst du das Aquarium saubermachen und alles vergessen, was Kino heißt.« Rita hatte ihre Methoden.

»Papa hat von Hunden geredet. Ich wollte nur helfen. Und ich habe gesagt, daß er seinen Bürodamen damit imponieren kann, daß ich Joakim kenne.«

»Papa schafft es zweifellos auch ohne irgendwelche Hilfe, seinen Bürodamen zu imponieren... und wenn er Hilfe braucht, braucht er nur Lillemor zu rufen.«

»In diesem Zusammenhang halten die Damen wohl zusammen«, sagte Torgeir. »Und Lillemor ist sicher die Sensationshungrigste, wo sie doch selber nichts erlebt.«

»Lillemor? Ist das diese schrecklich Dicke?« fragte Camilla. »Die finde ich ein bißchen unheimlich. Sie sieht so aus wie einer von den Dinos aus Jurassic Park. Ich weiß nicht mehr, wie welcher, auf jeden Fall ist es einer von den fleischfressenden.«

Torgeir prustete los.

»Der mit dem niedlichen, kleinen Gesicht und dem riesigen, häßlichen Rumpf.«

Er wußte genau, welchen Dino Camilla meinte. Und auch ihm fiel der Name nicht ein. Aber einwandfrei war es einer von den fleischfressenden.

»Du bist grausam«, sagte Rita. »Die arme Lillemor, die dir nach allen Regeln der Kunst zu Diensten ist und dich vor allen Gefahren und Unannehmlichkeiten beschützt... vor der Ehefrau, zum Beispiel.«

»Ach was?«

»Ja, ich komme telefonisch fast nicht durch. Höchstens, wenn ich schwöre, daß es eilig und lebenswichtig ist. Dann ist sie allergnädigst bereit, dir Bescheid zu sagen.«

»Das erzählt sie mir auch immer, wenn ich anrufe«, bestätigte Camilla. »Daß du beschäftigt bist. Aber sie kann dir etwas ausrichten, wenn es wirklich wichtig ist. Als ob ich anrufen würde, wenn es nicht wichtig wäre.«

»Natürlich tust du das«, sagte Torgeir. »Du rufst immer nur aus zwei Gründen an. Entweder brauchst du Geld, oder ich soll dich irgendwohin fahren.«

»Genau.« Camilla stimmte zu. »Und das ist wichtig.«

»Ich weiß nicht so recht«, Torgeir wurde ernst. »Lillemor ist in vieler Hinsicht Gold wert, sie ist unbegrenzt loyal und immer hilfsbereit. Und sie ist wirklich tüchtig. Nie verschreibt sie sich. Wahrscheinlich korrigiert sie auch stillschweigend unseren verkorksten Satzbau, und niemand beherrscht die Terminologie besser, lateinische Endungen und so. Sie sollte in einem Verlag oder einer Bibliothek arbeiten, statt ihr Leben in einem Krankenhausbüro zu vergeuden. Aber ... es kann auch zuviel des Guten sein. Ich komme mir fast schon vor wie eine Topfpflanze. Sie holt mir jeden Montag, ehe ich zur Arbeit komme, saubere Kittel aus der Garderobe. Und sie begnügt sich nicht damit, sie mir einfach ins Büro zu legen. Nichts da, sie hat Kleiderbügel angeschafft und hängt sie auf, in Reih und Glied. Und jeden Tag spült sie meine Kaffeetasse aus, die Tasse, die ich früher in den Ferien hier in die Spülmaschine gesteckt habe. Und immer steht ein neues Glas Nescafé da, noch ehe das alte leer ist.«

»Du meine Güte«, sagte Rita. »Du solltest sie gut behandeln. So eine findest du nie wieder. Ich würde gerne mal ab und zu wie eine Topfpflanze gepflegt werden.«

»Ab und zu, ja. Das ist es ja eben.« Torgeir war noch immer ernst. »Aber ich rede nicht von ab und zu. Sondern von jedem einzelnen Tag. Und langsam nervt mich das wirklich.«

»Die arme Lillemor.« Nun war auch Rita ernst. »Sie hat doch sonst niemanden zum Verhätscheln. Und nun war sie also so dumm, sich auf dich zu verlegen. Und du hast sie sicher noch ermutigt. Du hast doch noch nie eine Aufmerksamkeit von irgendeiner Frau abgelehnt, Fleischfresserin oder nicht.«

»Also wirklich, Rita. Lillemor! Miss Piggy!«

»Auf der Welt wimmelt es nur so von einfältigen Frauen. Traurig, aber wahr. Und du weißt, wie man sie ausnutzt.«

»Ausnutzt? Herrgott! Ich habe Lillemor ab und zu Pralinen und Blumen geschenkt... die ich von dankbaren Patienten bekommen habe. Ist das vielleicht ein Verbrechen? Wenn sie abends unbezahlte Überstunden gemacht und für mich Berichte an die Krankenkasse und so geschrieben hat. Ich will ihr damit doch nur zeigen, daß ich sie zu schätzen weiß... und ab und zu mal eine Parfümflasche aus dem Duty-free-Shop. Das ist alles, verdammt noch mal. Ausnutzen... ermutigen... Ich kann wirklich gar nichts richtig machen, nicht? Das ist so beschlossen und festgelegt worden.«

Rita ignorierte ihn und sagte: »Hat Lillemor nicht letztes Jahr zu Weihnachten ihre Mutter verloren?«

Torgeir ließ sich nicht zu einer Antwort herab.

»Oder nicht?«

Er zuckte mit den Schultern. Er glaubte, sich vage daran zu erinnern.

»Und ich nehme an, daß sie sehr aneinander gehangen haben, sie haben doch ihr Leben lang zusammen gewohnt, Mutter und Tochter, nur die beiden. Und jetzt sitzt sie allein da, ihr erstes einsames Weihnachtsfest. Ich finde eigentlich …«

»O nein, Mama! Nein! Bitte nicht! Nur das nicht!« fiel Camilla ihr ins Wort. Sie dachte schnell und hatte längst die Überlegungen ihrer Mutter durchschaut.

»Ich finde, wir sollten Lillemor für den Heiligen Abend einladen«, fuhr Rita fort. »Es ist einfach nicht richtig, sie allein zu Hause sitzen zu lassen …«

»Nein! Kommt nicht in Frage!« Torgeir und Camilla protestierten entsetzt. Torgeir wurde bei der bloßen Vorstellung schon schlecht. Ein Weihnachtsessen mit Lillemor auf der anderen Seite des Tisches, ihr rundes Porzellangesicht mit den großen, blanken Schlafpuppenaugen, zuzusehen, wie sie sich mit Soße und Reispudding vollstopfte, ihr gewaltiger unförmiger, bebender Leib, die Schweißperlen, die über ihren fetten, rotgeflammten Hals liefen.

»Dann müssen wir zwei Truthähne kaufen«, erklärte Camilla. »Denn sie ißt bestimmt einen allein.«

»Pfui Spinne«, sagte Rita aufrichtg empört. »Was seid ihr für egoistische Ärsche. Sehr beruhigend, eine Familie mit sozialem Gewissen zu haben. Ihr habt euch die Weihnachtsbotschaft wirklich zu Herzen genommen …«

»Also wirklich«, protestierte Torgeir und durchwühlte sein Gehirn nach ethisch hochwertigen Argumenten. Er wußte, daß Rita auf die tragische Lillemor-Gestalt hereingefallen war, nicht auf die wirkliche Ausgabe. Die wirkliche Ausgabe war durchaus keine verzagte, unterjochte Frau. Obwohl er selber nur die hingebungsvolle, aufopfernde und immer lächelnde Lillemor erlebt hatte, wußte er doch, daß es noch eine andere gab. Lillemor konnte ein Drache sein, herablassend und geradezu gehässig unsicheren, frisch eingestellten Assistenzärzten und Krankenschwestern gegenüber. Und er hatte selber gehört, wie sie die arme, treuherzige Solveig anpöbelte... »Camilla und ich haben deine Weihnachtsprojekte doch immer unterstützt, oder etwa nicht? Ob wir das nun wollten oder nicht. Und ich dachte, nun würden uns endlich weitere alternative Weihnachtsfeiern erspart bleiben. Und wir könnten ein einziges Mal normal Weihnachten feiern. Aber das war offenbar zuviel verlangt...«

»Genau das wollte ich auch sagen«, erklärte Camilla beleidigt. »Ganz normal Weihnachten feiern, wie eine normale Familie.« Sie konnte sich nicht beherrschen, obwohl sie wußte, daß ihre Mutter sich immer mehr ärgerte, je häufiger das Wort »normal« fiel. Es stand zwei gegen eine, diese Situation mußte ausgenutzt werden.

»Frauenhausweihnachten und Inzestweihnachten und Multikultiweihnachten.« Camilla leierte die verhaßte Liste mehr oder weniger korrekter Bezeichnungen herunter. »Und Pennerweihnachten. Als ich klein war. Vielleicht hat mir das geschadet!«

»Das war verdammt noch mal nicht genug! Nicht dann, wenn fünfzig Prozent der Erbanlagen von einem psychosozialen Analphabeten stammen!« Rita zeigte anklagend auf Torgeir.

Er schwieg. Inzwischen hatte er die Suche nach Gegenargumenten längst aufgegeben.

»Ich kann Lillemor gern selber anrufen und sie einladen«, bot Rita an. »Obwohl es anständiger wäre, wenn du das machen würdest. Obwohl, wenn es um Anstand geht...«

»Na gut.« Torgeir sah ein, daß die Schlacht verloren war. Aber nur vorläufig. Um nichts in der Welt würde er Rita die Einladung überlassen. Er würde Lillemor selber einladen. Auf seine Weise. Und er würde dafür sorgen, daß sie ablehnte. Ohne Ressentiments. Und sein eigener Anstand würde auch unangetastet bleiben.

»Papa!« Camilla fühlte sich verraten, beschloß aber rasch, es jetzt, wo das Eisen heiß war, zu schmieden und den Hauch von schlechtem Gewissen auszunutzen, den sie ihren Eltern hoffentlich verpaßt hatte. Sie hatte eine wunderbare Idee und sie lächelte zuckersüß.

»Von mir aus kann Lillemor gern kommen. Wenn ich zum Beispiel zu Weihnachten ein Hundebaby kriege?«

»Camilla! Das Aquarium wartet!« Rita zeigte in Richtung von Camillas Zimmer.

»Ich muß los!« Camilla stand schon in der Diele.

»Soll ich dich zur Straßenbahn fahren?« rief Torgeir hinter ihr her. »Draußen ist es schon dunkel und kalt.«

»Nichts da«, erklärte Camilla heroisch. »Ich kann zu Fuß gehen. Obwohl ein Messerstecher umgeht. Wenn ich allerdings einen großen Hund hätte, dann...«

»Dann würdest du ihn mit ins Kino nehmen?«

Doch Camilla war schon längst losgerannt.

»Heiligabend mit Lillemor«, Torgeir stöhnte laut. Rita reagierte mit ihrem ganz besonderen vorwurfsvollen Schweigen. Die Diskussion war unwiderruflich beendet. Torgeir griff zu einer Computerzeitschrift, die er bereits gelesen hatte, und blätterte zerstreut in den grellbunten Reklameseiten.

Im tiefsten Herzen war Rita ganz seiner Meinung. Es war keine angenehme Vorstellung. Bei genauerem Nachdenken jedenfalls nicht. Aber um nichts in der Welt würde sie das zugeben. Lillemor würde die Festtafel sicher nicht lustiger machen. Schlimmstenfalls könnte es ein richtig unangenehmer Abend werden. Rita war Lillemor im Laufe der Jahre häufiger begegnet, und Lillemor war immer so mürrisch und sauer und abweisend gewesen, daß ein Staatsexamen in Psychologie nicht ausreichte, um mit ihr ins Gespräch zu kommen. Erst vor wenigen Wochen hatte Rita im Krankenhaus einige Unterlagen abgeben wollen, die Torgeir zu Hause vergessen hatte. Wie üblich hatte Lillemor so getan, als habe sie keine Ahnung, wer Rita war, hatte sie von Kopf bis Fuß gemustert und sie behandelt wie eine potentielle Diebin auf der Suche nach Betäubungsmitteln. Aber, aber, dachte Rita. Rita hatte schließlich nicht umsonst sechs Jahre lang die menschliche Natur studiert. Wer hat gesagt, daß die, die es in diesem Leben schwer haben, auch noch nett, sympathisch und dankbar sein müssen? Als ob sie dazu einen besonderen Grund hätten! Wenn Lillemor am Heiligen Abend sauer und unhöflich sein wollte, dann war das ihr gutes Recht. Eingeladen werden sollte sie trotzdem. Und wenn sie ablehnte, war auch das ihr gutes Recht. Und dann könnten sie vielleicht jemand anderen einladen. Es gab an diesem Weihnachtsfest ja noch mehr Menschen, die ihr Mitleid verdient hatten. Der kleine Joakim Vaage war so ein Fall. Dreizehn Jahre alt, und das Leben brutal auf den Kopf gestellt. Sein ganzes Dasein war in sich zusammengefallen, während er nichtsahnend auf der Schulbank gesessen hatte. Von einer Minute zur anderen war er mutterlos geworden. Eben hatte Helene Vaage noch das Frühstück serviert, hatte ihm ein Pausenbrot geschmiert und ihm nachgewunken, als er zur Schule ging. Und gleich darauf hatte sie halbnackt in der Diele in ihrem Blut gelegen. Tot. Ermordet.

Rita sah immer wieder Helene Vaage vor sich. Sie begriff nicht, warum irgendwer eine ganz normale Hausfrau aus dem Solvei erstechen sollte. Eine normale Frau, ungefähr in ihrem Alter. Mutter eines Jungen, der fast so alt war wie Camilla. Und daß nun der Vater unter Verdacht stand, Karsten Vaage? Ein ganz normaler Ehemann und Familienvater? Der riskierte, daß sein Sohn aus der Schule nach Hause kam und dort seine Mutter in einer Blutlache fand? Eheprobleme? Wer hatte die denn nicht? Seitensprünge? Na, dann stritt man sich und reichte die Scheidung ein.

»Könntest du mich ermorden?« fragte Rita. Sie zeigte, wie in einem Taubstummenprogramm im Fernsehen, zuerst auf Torgeir, dann auf sich.

»Mit dem Gedanken habe ich durchaus gespielt.« Torgeir hielt die Frage für einen Scherz. »Erst vor fünf Minuten, als du beschlossen hast, Lillemor zu Heiligabend einzuladen. Über Camillas und meinen Kopf hinweg.«

»Ich meine das ernst, Torgeir. Glaubst du, du könntest… mich ermorden?« Dabei wiederholte sie das Zeigeritual ganz sorgfältig. »Ich möchte eine aufrichtige Antwort.«

»Aufrichtig? Himmel, so eine Frage läßt sich doch eigentlich gar nicht beantworten… auf jeden Fall nicht aufrichtig. Ja oder nein? Gott weiß… ich kann nur sagen, daß ich den Mord an dir niemals planen könnte, kalt und berechnend. Aber wozu ich in irgendeiner Situation im Affekt fähig wäre, das kann weder ich noch sonst irgendwer mit Sicherheit sagen.«

Rita schwieg.

»Und was ist mit dir«, sagte Torgeir jetzt. »Könntest du mich umbringen? Ganz ehrlich? Ja oder nein?«

»Ja«, antwortete Rita ernst. »Ich glaube schon. Einmal wäre ich dazu auf jeden Fall imstande gewesen. Nicht im Affekt, sondern kalt und berechnend. Damals bei der Sache mit Lena…«

»O Himmel, Rita!« Jetzt ging das wieder los. »Ich dachte, das wäre schon seit langem geklärt und gegessen. Mußt du immer wieder Dinge aufwühlen, die schon eine Ewigkeit her sind?«

»Zwei Jahre«, korrigierte Rita. »Ziemlich genau zwei Jahre sind es in diesen Tagen. Das heißt zwei Jahre, seit ich dir auf die Schliche gekommen bin…«

»Führst du Buch darüber? Bist du in die Buchhalterbranche übergewechselt?« Torgeir wußte, daß der Angriff die beste Verteidigung war. »Was zum Teufel willst du eigentlich?«

»Was ist mit Lena, Torgeir? Siehst du sie noch? Immer noch? Das will ich wissen.«

»Nein, zum Henker. Natürlich sehe ich sie. Ja! Ab und zu. Wir arbeiten immerhin im selben Krankenhaus. Aber das ist wirklich alles. Ich hätte gedacht…«

»Daß ich Vertrauen zu dir hätte? Ganz und gar, für immer und ewig? Dazu habe ich keinen Grund. Ich verlasse mich darauf, daß du die Wahrheit sagst, wenn ich dich frage.«

»Du meine Güte, was für ein Vertrauen!«

»Das Vertrauen, das du verdient hast. Gibt es denn noch andere… die du triffst?«

»Die ich treffe?«

»Mit denen du schläfst?«

»Nein.«

»Und was ist mit der neuen Assistenzärztin? Mit Hilde, von der du dauernd redest?«

»Hilde Holm? Himmel, die ist doch noch so jung, frisch vom Klinikum.«

»Das hast du beim letzten Mal auch gesagt.«

»Beim letzten Mal?«

»Die neue Assistenzärztin in Forde, Torgeir. Deine Affären haben mich offenbar mehr beeindruckt als dich.«

»Da sagst du was Wahres, verdammt noch mal. Ganz genau. Ich kann mich nicht einmal an ihren Namen erinnern.«

»Anne. Anne Solheim.«

»Alles klar, Rita, du bist wirklich tüchtig. Und was deine Buchführung angeht, so schlafe ich nicht mit Hilde Holm. Und ich habe das auch nicht vor. Notier dir das.«

»Komm mir nicht mit Versprechungen, Torgeir. Du hast ja selber gesagt, daß wir nicht wissen können, wie wir im Affekt reagieren werden.«

»Rita, bitte. Hör auf damit. Laß uns aufhören, ehe wir wieder alles kaputtmachen. Ich dachte, wir hätten jetzt ein gutes Leben. Mein Leben ist gut, und ich dachte, das wäre auch bei dir der Fall.«

»Sicher. Wir haben es gut. Jetzt. Aber für wie lange?«

»Ich habe mir die Sache mit dem Segelboot überlegt ...« Torgeir hoffte, daß die Sache fürs erste erledigt sei. »Im Sommer ... Ich wünsche mir schon lange ... ein Boot. Und Camilla würde vor Begeisterung sicher an die Decke springen, deshalb habe ich es ihr gegenüber noch nicht erwähnt. Aber wir müssen das alle wollen, die ganze Familie. Also, was sagst du, Rita?«

»Wer segelt, sündigt nicht.«

»Zum Teufel.« Torgeir gab auf. Konnte nicht mehr. Für einen kurzen Moment sah er Rita auf dem Dielenboden liegen. Rita mit einem Messer in der Brust. Ihr großer Mund war endgültig verschlossen. Und in diesem kurzen Moment wußte er nicht, wie er reagiert hätte, wenn Rita Helene Vaage gewesen wäre.

6

Die Zeitungen machten munter weiter. Der *Bekkelagsmord* war zu einem festen Begriff geworden. Lillemor hielt es rein sprachlich, wenn auch nicht geographisch, für eine gute Wahl. *Nordstrandmord* war einfach hoffnungslos, mündlich wie schriftlich. »Versucht mal, das ein paarmal laut zu sagen, dann wißt ihr, was ich meine«, sagte Lillemor. Anne-Britt und Solveig machten diesen Versuch. Und waren sofort überzeugt. Es mußte »Bekkelagsmord« heißen, »Nordstrandmord« war der pure Zungenbrecher.

»Wie unheimlich«, meinte Solveig. »Wenn so etwas in der Nachbarschaft passiert.« Sie versuchten, Torgeir Reiersen auszuhorchen, der ein Jahr zuvor möglicherweise bei einer Nachbarschaftsaktion mit Helene Vaage zusammengearbeitet hatte. »Ich wohne auch in Nordstrand«, fügte sie hinzu.

»Du wohnst in Holmlia«, korrigierte Lillemor.

»Es heißt amtlich Nordstrand-Süd.« Solveig ließ sich nicht beirren. Dieses eine Mal wußte sie, daß sie recht hatte.

»Unsinn«, sagte Lillemor. »Das ist ein künstlicher Name. Holmlia ist Holmlia, und Nordstrand ist Nordstrand. *Das* wissen doch alle.«

Solveig wußte genau, wie dieses »das« zu verstehen war.

»Na ja, sehr weit liegt es ja nicht auseinander«, warf Torgeir Reiersen diplomatisch dazwischen. Er war froh, daß das Gespräch sich endlich nicht mehr um die unglückselige Familie Vaage aus dem Solvei drehte.

»Ja, leider«, erklärte Lillemor. Soweit kam es noch, daß Solveig sich mit Nachbarschaft (oder anderen engeren Beziehungen) zu Torgeir Reiersen brüstete!

»Ich bin sicher, daß es der Mann war«, sagte Anne-Britt. »Karsten Vaage.« Vermutlich wäre sie auch dieser Ansicht gewesen, wenn Karsten Vaage über ein hieb- und stichfestes Alibi verfügt hätte. »Ich habe im *VG* ein Bild von ihm gesehen, und er sieht wirklich aus wie ein Mistkerl.«

Auch Lillemor hatte dieses Bild gesehen und Karsten Vaage eigentlich ziemlich normal gefunden. Ein rundes, trauriges Gesicht unter dünnen, zerzausten Haarsträhnen. Er hatte alle, die sich am Donnerstag morgen in der Nähe des Solvei aufgehalten hatten, angefleht, sich bei der Polizei zu melden. Selbst wenn sie nichts gesehen oder gehört hatten, was ihnen wichtig vorkam, so könnten sie vielleicht doch weiterhelfen.

»Er muß es gewesen sein. Egal, wie unglücklich und bemitleidenswert er auch aussieht.« Anne-Britt war ganz sicher. »Wer hätte denn sonst die Möglichkeit gehabt, einfach so ins Haus zu kommen? Und hätte Helene sich nicht gewehrt, wenn es ein Fremder gewesen wäre?«

»Sie kann doch die Tür selbst geöffnet haben, für irgendeinen Bekannten«, meinte Solveig.

»Für wen denn? So früh am Morgen? In Pantoffeln und Bademantel? Nein, es muß Karsten Vaage gewesen sein.« Anne-Britt war unerschütterlich in ihrer Überzeugung.

»Ein heimlicher Liebhaber.« Solveig war von Anfang an davon ausgegangen, daß Helene Vaage einen Liebhaber gehabt hatte. Und das Zeitungsbild des aufgedunsenen Karsten hatte sie dann endgültig überzeugt.

»Pantoffeln«, sagte Anne-Britt. »Nicht vergessen.«

Und Solveig mußte zugeben, daß es so nicht sein

konnte. Die elegante Helene Vaage hätte niemals mit Pantoffeln an den Füßen einen Liebhaber empfangen, nicht einmal einen abgewiesenen und verschmähten.

»Ja, das ist wirklich rätselhaft, jedenfalls bis auf weiteres«, sagte Torgeir Reiersen. »Entweder hatte der Mörder einen Schlüssel, oder sie hat ihn selber hereingelassen. Es wurde nichts gestohlen, sie ist nicht vergewaltigt worden, und zur Wehr gesetzt hat sie sich offenbar auch nicht. Wir müssen eben abwarten; irgendwann werden wir die ganze Geschichte erfahren. In den Zeitungen steht ja schließlich nicht alles. Die Polizei braucht sicher einige Zeit, um sich einen Überblick über Freunde und Bekannte der Familie zu beschaffen. Und wenn ein Liebhaber, oder auch eine Liebhaberin, mit im Spiel ist, dann werden sie das garantiert feststellen. Die meisten Morde werden aufgeklärt, und in der Regel ist es jemand aus dem engsten Umkreis ...«

»Ja«, sagte Anne-Britt. »Karsten Vaage. Ich hab's ja gleich gesagt. Als ich das Bild gesehen habe und lesen mußte, wie er seine Seele über zwei Zeitungsseiten verschmierte, erinnerte er mich viel zu sehr an den letzten Mörder ... erinnert ihr euch an den? Der im Fernsehen rumgeheult hat, als seine Frau verschwunden war ...«

»Ach ja«, an den erinnerte Solveig sich natürlich. »Der zwischen seinen beiden kleinen Kindern vor der Kamera saß und die Zuschauer anflehte, bei der Suche nach seiner geliebten, verschwundenen Frau zu helfen. In einem Meer von Blumen, alle von Leuten, denen er leid tat.«

»Und in Wirklichkeit hatte der Arsch sie umgebracht, während die Kinder schliefen. Und sie dann in den Fluß geworfen.« Anne-Britt vollendete die Geschichte.

Himmel, dachte Torgeir Reiersen. Wenn diese Mädels

doch auch auf anderen Gebieten so ein gutes Gedächtnis für Details hätten ... seit zwei Jahren versuchte er, Solveig beizubringen, daß es »Salzwasser instillieren« hieß, doch immer wieder tippte sie »installieren«. Er machte, daß er aus dem Büro kam, ehe noch weitere entsetzliche Ereignisse aus der norwegischen Kriminalgeschichte aufgerollt wurden.

Lillemor sagte nichts. Sie sagte nie sehr viel. Aber sie war unzufrieden mit der Arbeit der Polizei. Wieso waren die nicht gescheit genug, den armen Karsten Vaage in Ruhe zu lassen? Der Mann mußte doch soviel Praktisches erledigen, und er mußte sich doch auch um seinen Laden kümmern. Karsten Vaage war selbständiger Geschäftsmann, und seine kleine Firma konnte unmöglich wochenlang ohne den Chef auskommen. Lillemor nahm auch nicht an, daß die Polizei ihm die Gelegenheit gab, sich um das blutbesudelte Parkett zu kümmern, wahrscheinlich latschten sie weiterhin mitten durch diese Schweinerei. Karsten Vaage müßte eine Reinigungsfirma beauftragen, den Schaden zu schätzen, je eher, desto besser. Wenn es zu lange dauerte, dann würden sich die Flecken vermutlich nicht mehr entfernen lassen, ohne daß das Parkett ruiniert würde. Vielleicht würde der ganze Boden abgeschliffen werden müssen. Und die Rechnung müßte dann der Polizei präsentiert werden. Es lag doch auf der Hand, daß Karsten Vaage nichts mit dem Mord zu tun hatte. Daß der Mann sich morgens gerne Zeit ließ, sollte doch für ihn sprechen. Aber nein, in den Augen der Polizei machte ihn das zu einem potentiellen Verbrecher. Karsten Vaages gute Manieren und sein ordentlicher Lebensstil wurden gegen ihn verwendet, machten ihn zum Hauptverdächtigen. Lillemor ließ sich selber auch gern Zeit. Sie kam immer mindestens eine halbe Stunde früher ins Büro als Anne-Britt und Solveig und war überhaupt in ihrem ganzen Leben noch kein einziges Mal zu spät gekommen. Vielleicht riskierte sie damit auch, daß eine Tugend wie Pünktlichkeit eines Tages als verdächtiges Verhalten ausgelegt und gegen sie verwandt werden würde?

Lillemor war empört darüber, wie die Polizei Karsten Vaage behandelte. Und die viele Aufmerksamkeit, die Helene Vaage zuteil wurde, ärgerte sie fast noch mehr. In allen Zeitungen hieß es, Helene hier und Helene dort, wieder und wieder. Innerhalb einer Woche war Helene Vaage zur bekanntesten Person Norwegens geworden. Alle nannten sie beim Vornamen. Und alle kannten sie. Wußten Bescheid über ihre Herkunft, ihre Jugend, ihre Ausbildung, ihre Familie, ihre Freunde, ihre Interessen. Alles wurde gedruckt. Als sei Helene Vaage eine interessante Person gewesen. Als sei Helene Vaage überhaupt irgend etwas gewesen. Aber dann wäre sie heute noch am Leben.

Helene Vaage war tot. Sie war tot, weil sie belanglos gewesen war, unnötig. Ein zufälliges Werkzeug. So einfach war das. Doch nun wurde sie auf den Schild gehoben. Helene Vaages mittelmäßige Versuche in der Porzellanmalerei erweckten plötzlich allgemeines Interesse. Die Künstlerin Helene! Und ihre Arbeit bei der Fürsorge! Man könnte meinen, es wäre die Rede von Florence Nightingale. Dabei war sie gar nicht mehr berufstätig gewesen. Eine einfache Hausfrau. Eine verwöhnte Närrin, die den Vormittag in der Badewanne verbrachte und sich ansonsten in Frisiersalon, Schönheitssalon und Fitneßzentrum aufhielt. Karsten Vaage konnte seinem Schöpfer dafür danken, daß er diese Person endlich los war.

Nach und nach würde ihm das auch aufgehen. Und das würde dann die Probleme ausgleichen, mit denen er gerade zu kämpfen hatte.

Wenn die Polizei nicht so restlos unfähig wäre, müßte sie erkennen, daß Karsten Vaage der reine Unschuldsengel war. Viel Zeit war doch wirklich nicht nötig, um zu dieser Erkenntnis zu gelangen. Aber nein, es war unglaublich, wofür die Polizei Zeit und Steuergelder verschwendete. Helene Vaage war tot. Unwiderruflich. Und damit hatte es sich. Nichts ließ sich daran ändern. Und auf die Dauer würde niemand sie vermissen. Ein nutzloses und unnötiges Frauenzimmer weniger auf der Welt. Das ganze Geschrei war doch wahrlich überflüssig. Polizei und Presse sollten eigentlich wichtigere Aufgaben haben. Was das wohl kostete, allein die Überstunden aller Polizeibeamten, die seit über einer Woche an diesem Fall arbeiteten? Hätten die nichts Sinnvolleres tun können? Und wo war die Polizei, wenn man sie wirklich brauchte? Erst im vorletzten Sommer war Lillemor ihre Brieftasche gestohlen worden, als sie in der Konditorei Møllhausen am Tresen gewartet hatte. In der Brieftasche hatte sie Scheckkarten, Straßenbahnfahrkarte und ziemlich viel Bargeld gehabt. Und in der Straßenbahn war sie mehr als einmal von Betrunkenen und Drogensüchtigen belästigt worden. Lillemor spielte mit dem Gedanken, sich schriftlich zu beschweren. Ab und zu machte sie das. Aber jetzt, wo Polizeichef Haugli nicht mehr im Amt war, interessierten solche Briefe wohl niemanden mehr. Sie hatte früher direkt an ihn geschrieben. Er war ein richtiger Polizeichef nach Lillemors Geschmack gewesen, nur schade, daß er aus dem Norden kam. Nach dem Diebstahl in der Konditorei hatte sie ihm einen langen Brief geschrieben, hatte ihre eigenen Überlegungen und Beobachtungen angeführt und zugleich gegen die Wache Majorstua Klage wegen Dienstversäumnisses erhoben. Sie hatte einen netten Brief als Antwort erhalten. Haugli hatte persönlich die fehlerhaften Ermittlungen in ihrem Fall bedauert. Aber der Fall war trotzdem noch nicht aufgeklärt, und der Verbrecher befand sich weiterhin auf freiem Fuß.

Lillemor dachte auch daran, sich bei den Zeitungsredakteuren zu beschweren. Sie hatte nur selten solche Schlamperei erlebt. *Aftenposten* war ebenso übel wie *VG* und *Dagbladet*. Sie achteten nicht auf ihre Sprache und druckten Fehler und Ungenauigkeiten, was die Details anging. Karsten Vaages Name wurde immer wieder falsch geschrieben, mit C. Das galt auch für den Namen seines Sohnes, Joakim. Abwechselnd hieß der Kleine Joakim und Joachim. Lillemor hatte zweimal in den Listen des Einwohnermeldeamtes nachgesehen und wußte, daß beide Namen mit K geschrieben wurden. Karsten und Joakim. Es enttäuschte sie ein wenig, daß Karsten Vaage nicht selber auf diesen Irrtum hingewiesen hatte, als er im *VG* interviewt worden war. So ordentlich und korrekt, wie er aussah, hätte er diesen störenden Fehler doch beseitigen müssen. Aber vielleicht fühlte er sich überfordert, weil ihm unfähige Polizisten und nervige Journalisten gleichermaßen zusetzten. Und dann war da ja auch noch das Problem mit dem versauten Parkett in der Diele. Nicht einmal das hatten die Journalisten auf der Reihe. Mehrere Male hatte Lillemor lesen müssen, Helene sei in einer Blutlache auf dem Dielenteppich gefunden worden. Wenn die Reporter nicht einmal wußten, daß die Diele einen Parkettboden hatte, dann hätten sie sich damit begnügen müssen, »in der Diele« zu schreiben. Wie konnte man den Zeitungen noch etwas glauben, wenn sie dermaßen pfuschten? Sogar die nüchterne *Aftenposten* hatte behauptet, Helene sei mit einem Messer im Herzen gefunden worden. Das Messer lag zu Hause bei Lillemor in der Küchenschublade, und sie hätte fast aus Protest ihr Abonnement gekündigt. Strenggenommen hatten die Gerichtsmediziner nicht einmal nachweisen können, daß es sich bei der Mordwaffe um ein Messer gehandelt hatte. »Ein scharfer, messerähnlicher Gegenstand«, hatten sie gesagt. »Vermutlich ein Messer.« Und die beiden ungezogenen Bengel, die ihr aus einem Garten im Solveig hinterhergerufen hatten, waren im *VG* ausgiebig zu Wort gekommen. »Die Zwillinge Per-Fredrik und Lars-Christian spielten nichtsahnend im Nachbargarten, als der Messermörder zuschlug«, stand auf der ersten Seite. Wie Nr. 98 den Nachbargarten zum Nr. 62 haben konnte, stand dort natürlich nicht. Und die Jungen beteuerten, niemanden gesehen zu haben, nur einige Autos (was wohl kaum ein Vorteil für Karsten Vaage war, dachte Lillemor). Als sie dann in der Zeitung das Interview mit den Knaben las, stellte sich heraus, daß unter »niemanden« auch eine »alte Oma« zu verstehen war. Und diese alte Oma war uralt und kugelrund gewesen, behaupteten die jungen Zeugen. Als die Fünfjährigen dann näher erklären sollten, was sie unter uralt und kugelrund verstanden, stellte sich heraus, daß »uralt« mindestens fünfzig war, und kugelrund »mindestens doppelt so dick wie unsere Oma«. Kaum eine Spur, die die Polizei weiterverfolgen würde, dachte Lillemor. Da war es doch einfacher, Karsten Vaage noch einige Wochen lang zu verhören.

Nach zwei ruhigen Tagen, an denen Helene Vaages Leben und Sterben wiedergekäut worden war, schlug *Dag-*

bladet mit einer gewaltigen Schlagzeile zu. *Endlich heiße Spur im Bekkelagsmord*, stand quer über die Titelseite. Ein wichtiger Zeuge hatte sich gemeldet, ein Zeuge, der Helenes Mörder gesehen hatte. Lillemor erkannte den Mann mit dem Cockerspaniel, den älteren Mann, der ihr kurz vor der Straßenbahnhaltestelle begegnet war. Das heißt, sie erkannte nicht den Mann, sondern seinen Hund. Denn auch auf dem Zeitungsbild war der kleine Hund dabei, deshalb erkannte Lillemor ihn. Und das bestätigte sie in ihrer Überzeugung, daß es darauf ankommt, *wie* man erkannt wird. Als Lillemor ihren Testmord geplant hatte, war ihr ein Kriminalroman eingefallen, den sie vor langer Zeit gelesen hatte. Sie konnte sich an die eigentliche Geschichte nicht mehr erinnern, wußte aber, daß der Mörder sich nacheinander als Polizist und als Pastor verkleidet hatte, aufgrund der Theorie, daß ein Mensch niemals unsichtbar sein kann und deshalb darauf achten muß, wie er erkannt werden kann. Alle Zeugen konnten berichten, daß sie am Tatort einen Polizisten oder einen Pastor gesehen hatten, eine weitergehende Beschreibung konnten sie jedoch nicht geben. Lillemor mit ihren hundertacht Kilo konnte nicht unsichtbar sein, deshalb mußte sie die Aufmerksamkeit der anderen auf etwas lenken, das noch auffälliger war als ihr Umfang. Die silbergraue Perücke und die Krücke waren da sehr nützlich gewesen. Der Mann mit dem Hund konnte das bestätigen. Sein Hund hatte sich schließlich in Lillemors Gedächtnis eingeprägt.

Der Mann mit dem Cockerspaniel durfte sich über die beiden Mittelseiten der Zeitung auslassen. Er war davon überzeugt, Helene Vaages Mörder gesehen zu haben. Oder die Mörder, wie er sagte. Lillemor stutzte kurz und fragte sich, ob die Mehrzahl hier ein Druckfehler sein könne, dann las sie weiter. Vier dunkelhäutige Männer wurden zu den Mördern ernannt. Der Mann behauptete, die dunkelhäutigen Ausländer seien aus dem Solvei in Richtung Straßenbahnhaltestelle gerannt. Er war ganz sicher, daß es zwischen neun und halb zehn gewesen war. Er hatte die Neunuhrnachrichten gehört, ehe er von zu Hause weggegangen war, und als er das Radio wieder eingeschaltet hatte, war es kurz nach halb zehn gewesen. Er führte seinen Hund sonst immer erst um zehn Uhr Gassi, teilte er mit (was erklärte, warum Lillemor ihm bei ihrer Rekognoszierung nie begegnet war), doch an diesem Donnerstag hatte er um halb elf einen Fußpflegetermin im Seniorenzentrum gehabt, und deshalb war er mit seinem Hund früher als gewöhnlich unterwegs. Deshalb war er sich auch sicher, daß es am fraglichen Tag gewesen war. Am Donnerstag der vergangenen Woche. Er hatte sich erst jetzt gemeldet, weil er mit einer Grippe im Bett gelegen hatte. Und die Leser saßen danach mit dem klaren Eindruck da, daß es an der miesen medizinischen Versorgung alter Leute lag, daß Helene Vaages Mörder nicht längst gefaßt war.

Ob der Mann die finsteren Gestalten beschreiben könne, die er im Solvei gesehen hatte? Aber sicher. Kanaken! Ja, aber warum er sich so sicher sei, daß diese vier Ausländer Dreck am Stecken gehabt hatten. Weil hier keine Kanaken wohnen, erklärte der Mann, die wohnen in Holmlia. (Lillemor hoffte, daß Solveig diesen Ausspruch registrieren würde). Ob er eine Vorstellung hätte, welcher Nationalität die vier Männer gewesen sein könnten? Eine Vorstellung? Nichts da. Da konnte er viel mehr liefern. Er war sich seiner Sache sicher. Sie waren Pakistaner. »Die Pakistaner kenne ich«, sagte der Mann mit dem Hund.

Und dann folgte eine lange Geschichte. Er war früher Lageraufseher in einer großen Schokoladenfabrik gewesen und hatte sich mit einigen pakistanischen Arbeitern angelegt. Was ihm sein Dasein als Frührentner, ein Magengeschwür und einen verlorenen Prozeß vor dem Arbeitsgericht eingetragen hatte. Wenn er überhaupt irgendein Volk identifizieren konnte, dann Pakistaner. Gauner waren die, einer wie der andere, ihnen war einfach alles zuzutrauen. Sie waren schuldig, solange sich das Gegenteil nicht beweisen ließ.

Lillemor begriff sofort, daß die vier Ausländer, die an der Straßenbahnhaltestelle gewartet hatten, jetzt zu den »Bekkelagsmördern« ernannt worden waren. Sie war sich ziemlich sicher, daß es sich nicht um Pakistaner handelte, sie tippte eher auf Türken. Und sie waren durchaus nicht durch den Solvei gerannt. Denn dann hätten sie an ihr vorbeilaufen müssen, was nicht der Fall gewesen war. Aber das war ja auch egal. Sie konnte selber auch keine dunkelhäutigen Ausländer leiden, und es traf sicher zu, daß diese vier Männer Dreck am Stecken hatten. Sie hatten zwar Helene Vaage nicht umgebracht, aber was hatten sie eigentlich an einem frühen Donnerstagmorgen in einem der besten Villenviertel der Stadt zu suchen? Vielleicht hatten sie sich die Taschen mit Diebesgut vollgestopft? In Nordstrand wohnten schließlich keine Pakistaner. Und auch keine Türken. Die wohnten, wie der Mann so korrekt bemerkt hatte, in Holmlia.

7

Lillemor war erleichtert über diese Entwicklung. Sie freute sich für Karsten Vaage. Presse und Polizei kamen ihr gleichermaßen leichtgläubig vor. Beide hatten die Geschichte des Hundemannes geschluckt und richteten jetzt ihre volle Aufmerksamkeit auf die sogenannte »Pakistanerspur«. Der Mann mit dem Hund war zum Volkshelden geworden. Am fraglichen Tag hatten zwei weitere Rentner auf die Straßenbahn gewartet, und sie meldeten sich nun zu Wort und konnten berichten, daß die vier »unheimlichen Ausländer« an der Straßenbahnhaltestelle »wild gestikuliert und laut miteinander gesprochen« hatten. Sie wollten sich zur Nationalitätenfrage nicht äußern, mochten aber dem Mann mit dem Hund nicht widersprechen, denn der war inzwischen zum Experten für Pakistaner und unverständliche Kehllaute avanciert. *Die Pakistaner sollen sich augenblicklich als Zeugen melden*, forderte *Dagbladet* drohend auf der Titelseite. Auf der Rückseite lächelte der Mann mit dem Hund übers ganze Gesicht, wie ein Lottogewinner. Und der Rechtspopulist Carl I. Hagen konnte sich in Radionachrichten und Fernseh-Talk-Shows über die Konsequenzen einer liberalen Einwanderungspolitik verbreiten.

»Die sind sicher abgetaucht«, meinte Solveig.

»Und wenn, dann in Holmlia.« Lillemor konnte sich nicht beherrschen. Solveig hielt alles Gedruckte für die reine Wahrheit und war sofort auf die Pakistanerspur aufgesprungen sowie der Mann mit dem Cockerspaniel sich zum ersten Mal in seiner ganzen Weisheit auf der Titelseite des *Dagbladet* offenbart hatte. »Oder sie haben das Land schon längst verlassen.« Solveig war darin geübt, Lillemors ironische Bemerkungen zu überhören. Sie verfolgte den Bekkelagsmord mit demselben glühenden Interesse, mit dem sie vor Jahren alle Folgen von *Falcon Crest* gesehen hatte.

»Oder sie stehen in der Spülküche vom SAS-Hotel«, sagte Lillemor jetzt.

»Was?« Solveig schaute zu Anne-Britt hinüber und hoffte dort auf eine Erklärung.

»Pakistaner lesen kein *Dagbladet*«, übersetzte Anne-Britt.

Da mußte Solveig zustimmen. Das pakistanische Reinigungspersonal im Krankenhaus tat das jedenfalls nicht. Nicht einmal große Zettel mit kurzen Mitteilungen wurden gelesen. Sie konnten einfach kein Norwegisch. Einige konnten auch kein Urdu lesen, das wußten sie von Kumar, dem zuständigen Betriebsrat und Sprachkundigsten unter ihnen.

»Türken auch nicht«, teilte Lillemor mit und wußte sofort, daß sie zuviel gesagt hatte. Anne-Britt blickte sie fragend an, konnte aber nichts mehr erwidern, da Lillemor unglaublicherweise gerade von Solveig aus ihrer Klemme gerettet wurde. Solveig hatte einem Fernsehinterview mit Karsten Vaage entnommen, daß die Polizei im Solvei auf dem Küchentisch eine Ausgabe von *Aftenposten* gefunden hatte, in der zwei Reiseanzeigen angekreuzt gewesen waren. Karsten Vaage stritt jegliche Verbindung nach Italien oder in die Türkei ab. Ja, er habe überhaupt nichts mit Ausländern zu tun, beteuerte er. Doch die Polizei hatte diese rätselhaften Annoncen mit den vier Ausländern zusammengebracht, die an der Straßenbahnhaltestelle gesehen worden waren. Und damit hatte der Fall eine neue und exotische Dimension gewonnen. Es wurde von Mafia, Drogen und schwarzem Geld getuschelt.

»Erzähl«, sagte Lillemor. Und Solveig erzählte. Zum ersten Mal durfte sie sich in ihrer eigenen Sprache so lange äußern, wie sie wollte, während Lillemor zuhörte, ihr nicht ins Wort fiel, keine spöttische Bemerkungen machte und sie nicht korrigierte. Solveig hatte das Gefühl, bei einer mündlichen Prüfung ihr Spezialthema erwischt zu haben und der ersten Eins ihres Lebens entgegenzureden.

Lillemor hörte aufmerksam zu und war mit allem zufrieden. Sie war sogar ausgesprochen zufrieden. Nicht nur wurde hier ihr allgemeiner Verdacht über die Unfähigkeit der Polizei bestätigt, sondern sie freute sich auch darüber, daß Karsten Vaage nicht mehr des Mordes verdächtigt wurde. Lillemor war so zufrieden, daß sie mittags Bienenstich und Butterkuchen springen ließ. (Und sich auch für zu Hause noch etwas mitnahm). Sie kaufte für Torgeir Reiersen ein neues Glas Pulverkaffee, obwohl das alte noch längst nicht leer war, und ließ das Preisschild daran kleben. Auf diese Weise würde er sehen, daß sie im teuren Kaffeeladen in der Thereses gate gewesen war, nicht in einem billigen Supermarkt mit Sonderangeboten. Ja, sie war so blendender Stimmung, daß sie der Versuchung nicht widerstehen konnte und eine riesige Yucca-Palme erstand. Um sein Büro für Weihnachten ein bißchen schön zu machen.

Und als sie vor der Fensterbank auf dem Boden Platz für die Yucca-Palme freiräumte (und sich zugleich davon überzeugte, daß die Putzfrau auf seinem Schreibtisch und seinem Telefon staubgewischt hatte), entdeckte sie den

Brief. Den weißen Briefumschlag mit dem Firmenlogo in der Ecke, der unter das Telefon geschoben worden war. »Mit L sprechen!!!«, hatte er hingekritzelt, mit rotem Kugelschreiber und drei Ausrufezeichen. Dann hatte er es noch quer über den Briefumschlag hinweg rot unterstrichen. Seine kräftige gerade Handschrift war unverwechselbar. »Mit L sprechen!!!« Mit drei Ausrufezeichen dahinter? Und darunter, mit kleinerer Schrift, stand dort »R???« Lillemor wußte sofort, daß sie es mit einer kodierten Mitteilung zu tun hatte. Sie öffnete den Brief. Es war eine Einladung von einer großen Pharmagesellschaft zu einem Kongreß über Blutdruckprobleme in San Francisco, in der letzten Maiwoche. Für Dr. Torgeir Reiersen und Begleitung, wie es auf der Einladung hieß.

Sie ließ sich mit dem Brief in der Hand in den Schreibtischsessel fallen. San Francisco? Kalifornien? »Mit L sprechen!!!« Wollte Torgeir sie dazu einladen? Nach Amerika? Wollten sie und Torgeir nun den entscheidenden Schritt machen? Und verreisen? Zusammen? Als Paar? Nach Kalifornien? Für eine ganze Woche? Im Hotel wohnen? Pazifik und Golden Gate sehen? Sollte sie Torgeirs offizielle Begleiterin sein? Seinen Kollegen vorgestellt werden? Und deren Frauen? In aller Öffentlichkeit?

Lillemor konnte ihre Gedanken nur mit Mühe im Griff behalten. Sie hatte noch zwei Wochen Urlaub gut, das war kein Problem. Im letzten Sommer hatte sie sich nur zwei Wochen freigenommen, und schon in dieser kurzen Zeit hatte es im Archiv so viele Fehler gegeben und die Krankenkassen hatten sich beschwert, weil die Krankschreibungen nicht rechtzeitig eintrafen. Sie betrachtete noch einmal den Briefumschlag. »R???« R für Rita? So mußte es wohl sein. Rita war die Frage. Rita war das Problem.

»Mit L sprechen!!!« – »R???« Würde Rita im Mai noch immer ein Problem sein? Lillemor war sicher, daß Torgeir den Brief für sie dorthin gelegt hatte. Und sie wußte, daß das Telefon von nun an das Versteck für kodierte Mitteilungen sein würde. Sie nahm einen schwarzen Filzstift aus der Schreibtischschublade und beantwortete die Mitteilung. Mit drei dicken Strichen übermalte sie die Fragezeichen hinter dem R. Das Problem Rita würde rechtzeitig gelöst werden. Dann setzte sie ein Häkchen hinter »Mit L sprechen!!!« Die Meldung war registriert, die Botschaft verstanden.

Jetzt kam es auf sie an. Und sie mußte sich alles noch einmal überlegen. Eigentlich hatte sie Rita erst nach Weihnachten entfernen wollen. Hatte warten wollen, bis sich die ganze Aufregung um Helene Vaage gelegt hatte und die Ermittlungen eingestellt worden waren. Jetzt mußte sie sich alles noch einmal durch den Kopf gehen lassen und andere Pläne machen. Wenn die lebendige Rita Reiersen die Reise nach Kalifornien nicht torpedieren sollte, dann würde die tote Rita Reiersen das erst recht nicht schaffen. Aber sicher würde Torgeir nicht unmittelbar nach Ritas Tod nach Amerika fahren können. Das würde keinen guten Eindruck machen. Sie würden Monate, am besten ein halbes Jahr nach der Beisetzung vergehen lassen müssen, bis er ganz offen mit seiner neuen Bekannten verreisen könnte. Karsten Vaage würde sicher nicht einmal auf die Kanarischen Inseln fahren dürfen, egal, wie sehr er sich danach sehnte. Vielleicht hatte die Polizei ja sogar seinen Paß eingezogen? In den Fernsehkrimis kam das immer wieder vor. Aber Torgeir sollte das nicht erleben müssen. Sein Alibi würde hieb- und stichfest sein. Dafür würde sie, Lillemor, persönlich sorgen.

Lillemor fiel ein, daß sie keinen Paß hatte. Sie hatte niemals einen gebraucht. Solange die Mutter noch einigermaßen gesund und klar im Kopf gewesen war, hatte Lillemor es nicht gewagt, sie allein in der Wohnung zu lassen, man wußte ja nicht, was für zweifelhafte Gestalten sie nach Hause schleppen würde. Später, als die Mutter vergeßlich und vertrottelt geworden war, konnte Lillemor sie höchstens während ihrer Arbeitszeit sich selber überlassen. Und während der letzten Jahre hatte sie sie anbinden müssen, erst an den Sessel, dann ans Bett, wenn sie tagsüber ins Krankenhaus gegangen war.

Jetzt brauchte Lillemor einen Paß, denn für den würde sie in Zukunft ausreichend Verwendung haben. Zusammen mit Torgeir. Der fuhr oft zu Kongressen und Tagungen, auf Einladungen der verschiedenen Pharmaunternehmen. Schmiertouren, so nannten die Ärzte das, und oft wurde auch die »Begleitung« dazugebeten. Lillemor wußte, daß Rita einige Male mitgefahren war, und sie war sicher, daß Torgeir sich ihrer geschämt hatte. Rita Reiersen war wahrscheinlich mit ihrem langen Zopf in Lederjacke und Sandalen aufgetreten, während die anderen Arztgattinnen mit frisch gewellten Haaren in Kostüm und hochhackigen Schuhen erschienen waren. Torgeir sollte sich in Zukunft nicht mehr schämen müssen. Lillemor hatte Geschmack und wußte, was ihr stand. Auch große Frauen konnten ohne weiteres elegant und gepflegt sein. Das einzige Problem könnte darin bestehen, um diese Jahreszeit die Sommergarderobe zu vervollständigen. Lillemor bestellte ihre Kleider meist per Postversand. Das Versandhaus Ellos bot Qualität und eine reichliche Auswahl an modischen Kleidern in Übergrößen. Obwohl Lillemor bisweilen auch in einem Schaufenster Kleidungsstücke sah, die ihr gefielen, konnte sie doch die engen Umkleidekabinen mit dem grellen Licht und die neugierigen Verkäuferinnen nicht ertragen, die den Vorhang öffneten, während die Kundin noch im Unterrock dastand.

Lillemor wußte jedoch Rat. Sie würde bei Ellos anrufen und darum bitten, ihr den neuen Sommerkatalog zu schikken, sowie er aus der Druckerei kam. Sie würde ihnen klarmachen, daß es wirklich eilte, und die große Bestellung einer langjährigen guten Kundin ankündigen. Sie stand auf. Sie konnte auch gleich ans Werk gehen. Zuerst mußte sie sich bei der Auskunft die Nummer von Ellos geben lassen. Dann mußte sie sich erkundigen, was für ein Paß nötig war, sicher mußte sie einen Termin bei einem Fotografen machen. Es war soviel zu erledigen.

Lillemor und Torgeir faßten gleichzeitig nach der Türklinke.

»Was in aller Welt machst du denn hier, Lillemor?« Torgeir konnte seine Irritation nur mit Mühe verbergen. Natürlich war es praktisch und notwendig, daß die Sekretärinnen Schlüssel zu den Arbeitszimmern der Ärzte hatten, denn immer wieder mußten sie vermißte Krankenberichte suchen und fanden sie in der Regel auf der Fensterbank eines Arztes, der gerade Überstunden abstotterte. Aber es mußte ja wohl Grenzen geben. Lillemor ging fast jeden Tag in seinem Büro aus und ein, und heute schien sie durchaus nichts gesucht zu haben. Für einen Moment hatte er den Verdacht, daß sie seinen Schreibtisch durchwühlte. Aber diesen Gedanken schob er gleich wieder zur Seite. Lillemor war zu redlich und anständig. Wenn es Anne-Britt gewesen wäre… Nicht, daß er große Geheimnisse hätte, aber… egal. Lillemor durfte in sein Arbeitszimmer kommen, wenn sie einen Grund dafür hatte, sonst nicht. Es war trotz allem sein Arbeitszimmer.

»Suchst du etwas Bestimmtes?« Torgeir blockierte die Tür.

»Das nicht«, sagte Lillemor. »Ich habe nur neuen Kaffee gebracht.«

»Himmel, Lillemor, das ist nun wirklich nicht nötig.«

»Und ich habe das Zimmer ein wenig verschönert, in der Ecke unter der Fensterbank«, fügte sie hinzu.

Torgeir Reiersen entdeckte die Yucca-Palme, die auf dem falschen Planeten gelandet zu sein schien. Er konnte Grünpflanzen nicht ausstehen. Rita hatte eine Zeitlang das ganze Haus mit Grünpflanzen vollgestellt. Badezimmer, Schlafzimmer und Treppe. In allen Räumen war er über diese blöden Grünpflanzen gestolpert, die innerhalb weniger Monate groß wie Bäume wurden und überdies vermutlich giftig und fleischfressend waren. Grünpflanzen gehörten ins Freie, davon war Torgeir Reiersen felsenfest überzeugt. Wenn die Leute ums Verrecken Pflanzen im Haus haben wollten, dann sollten sie sich mit kleinen Topfblumen mit roten Blüten begnügen, wie seine Mutter sie gehabt hatte, und diese Blumen gehörten auf die Fensterbank und unter gar keinen Umständen auf den Fußboden.

Torgeir machte einen Schritt auf das riesige grüne Ungeheuer zu. Es mußte verschwinden! Raus aus seinem Büro! Er wandte sich zu Lillemor um. Und begegnete ihrem erwartungsvollen Blick. Torgeir schluckte alles hinunter. Diese großen, blanken Augen. Dieser erwartungsvolle Hundeblick. Er brachte es nicht übers Herz, etwas zu sagen. Wie ein Bernhardiner, der Pfötchen gegeben hat und einen liebevollen Klaps erwartet. Torgeir Reiersen seufzte resigniert. Er wußte, daß er diese Sache klären mußte, nur wußte er nicht, wie.

»Ich wollte gerade gehen«, sagte Lillemor. »Ich weiß, daß du viel zu tun hast.« Sie hörte ihn seufzen und wußte, daß er sich nicht wohl in seiner Haut fühlte. Vielleicht fürchtete er, sie könne den Brief und seine Mitteilung nicht gesehen haben? Vielleicht zweifelte er daran, daß sie ihren Plan durchführen werde?

»Lillemor«, sagte Torgeir. »So kann es nicht mehr weitergehen. Wir können nicht auf diese Weise ...«

»Nein«, sagte Lillemor. »Das können wir nicht. Das weiß ich doch.«

»Es macht mir inzwischen wirklich zu schaffen. Es ist so schwer ...«

»Glaubst du denn, das hätte ich nicht begriffen? Himmel... aber ich gebe mir doch alle Mühe ...«

»Wirklich?« Er starrte sie ungläubig an.

Lillemor nickte ernst. »Mach dir keine unnötigen Sorgen... ich bring das schon in Ordnung, das ist doch klar ...«

»Ich weiß, daß du nur das Beste willst, das ist es nicht, aber... ich glaube einfach, wir beide... wir brauchen eine klarere, mehr professionelle Beziehung... hier am Arbeitsplatz ...«

Lillemor verstand sofort, was er meinte. Und natürlich hatte er recht. Sie durften auf keinen Fall Verdacht erregen. Im Krankenhaus war alles zu übersichtlich, schnell gab es Klatsch und Gerüchte. Sie hatte Anne-Britts boshafte Bemerkungen über Lena noch nicht vergessen.

»Himmel«, Lillemor schämte sich ihrer Unentschlossenheit so sehr, daß sie seinen Blick nicht erwidern konnte. »Ich weiß ja, daß ich mich dumm verhalten habe ...« Sie merkte, wie sie errötete. »Natürlich hast du völlig recht…«

»Na ja«, er schien unsäglich erleichtert zu sein. »Dann hoffen wir, daß das Leben leichter wird… für uns beide.«

Lillemor begriff, daß er davor zurückgescheut war, das Problem zur Sprache zu bringen. Er hatte Angst gehabt, sie zu verletzen.

»Gut, daß du rechtzeitig Bescheid gesagt hast«, sagte Lillemor. »Ich werde von nun an auf der Hut sein, darauf kannst du dich verlassen. Wir werden keine unnötigen Risiken mehr eingehen…« Sie lief aus dem Büro, aber er rief sie zurück, noch ehe sie den halben Flur hinter sich gebracht hatte.

»Lillemor! Ich muß noch etwas anderes mit dir besprechen!«

Er schien nervös zu sein. Lillemor blickte ihn fragend an und wartete gespannt. Dachte er an die Reise nach Kalifornien? Wollte er sicherstellen, daß sie die Nachricht unter dem Telefon gefunden hatte? Glaubte er, sie werde vielleicht ablehnen?

»Es geht um Heiligabend…«

»Heiligabend?«

»Ja, wenn du dich traurig und einsam fühlst…«

Lillemor wartete ab. Er schien Anlauf nehmen zu müssen, um weiterreden zu können. »Du bist zum Essen eingeladen. Am Heiligen Abend. Wenn du willst, meine ich.«

»Bei dir?« Lillemor war restlos verwirrt. Würde Torgeir allein zu Hause sein? Am Heiligen Abend? Hatte Rita Reiersen denn nicht einmal den geringsten Anstand? Blieb sie am Heiligen Abend nicht zu Hause? Setzte sie sich vielleicht auf die Kanarischen Inseln ab? Und überließ Mann und Kind ihrem Schicksal?

»Ja, bei Rita und Camilla ... und mir.«

»Ach, Torgeir!« Zum ersten Mal sagte Lillemor seinen Namen laut. Es rutschte einfach so aus ihr heraus. Und es kam ihr ganz richtig vor. Wußte er, was er da sagte? Wollte er sie Rita vorstellen? Am Heiligen Abend? Wollte er verkünden, daß er die Feiertage in Zukunft mit Lillemor verbringen würde? Sie hatte ihn nur selten so nervös erlebt. Lillemor wußte sofort, daß sie einen klaren Kopf behalten mußte und nichts überstürzen durfte. Sie mußte nachdenken. Für sie beide.

»Also, was sagst du?«

»Ich weiß nicht.« Lillemor brauchte Zeit. Zeit zum Denken. Sie war nie gut im Improvisieren gewesen. »Ich weiß nicht, ob das eine so gute Idee wäre.«

»Nein, vielleicht nicht.« Torgeir war ganz ihrer Ansicht. »Du mußt es ja wissen ...«

Lillemor nickte dankbar. Es wäre keine gute Idee. Und eine Konfrontation mit Rita mußte nun wirklich nicht sein. Das würde ihren Plan nur erschweren. Sie hoffte, daß Torgeir das einsah. Natürlich wollte sie nichts lieber auf dieser Welt, als mit ihm zusammen Weihnachten zu feiern, aber sie mußte hart sein und nein sagen.

»Danke, Torgeir«, sagte Lillemor feierlich. »Tausend Dank. Aber nicht in diesem Jahr.«

Das Wichtigste war ja trotz allem die gute Absicht.

»Das ist völlig in Ordnung, das ist doch klar«, er lächelte. »Völlig in Ordnung.«

»Es ist noch zu früh«, sagte Lillemor.

»Ja, vielleicht«, sagte Torgeir, ohne zu ahnen, was er da sagte.

»Aber auf jeden Fall vielen Dank.« Lillemor stiegen die Tränen in die Augen. »Nicht in diesem Jahr ...«

»Aber, aber«, Torgeir legte ihr den Arm um die Schulter. »In der Weihnachtszeit werden so viele Gefühle geweckt...«

Lillemor konnte nicht mehr. Die Tränen strömten unkontrolliert über ihre Wangen.

»Verzeihung.« Ihr Gesicht ruhte an seinem Hals, und sie schloß die Augen.

»Aber Lillemor«, Torgeir fuhr ihr über die Haare. Dann hob er vorsichtig ihr Gesicht hoch und reichte ihr ein Papiertuch aus dem Behälter über dem Waschbecken. »Aber ein Weihnachtsgeschenk bekommst du auf jeden Fall, da kannst du sagen, was du willst.«

Wieder quollen ihr die Tränen aus den Augen. Vor lauter Rührung wurde ihr schwindlig.

»Aber Liebe...«, Torgeir reichte ihr neue Papiertücher. »Wenn ich gewußt hätte, daß du so heftig reagierst...« Er machte ein verlegenes Gesicht. Lillemor ging plötzlich auf, daß es noch mitten in der Arbeitszeit war, und daß er jeden Moment mit einer Patientin rechnen mußte.

»Ich gehe jetzt«, flüsterte sie mit tränenerstickter Stimme. Sie streichelte zärtlich seine Wange. »Tausend Dank. Aber nicht in diesem Jahr.« Sie mußte sich wirklich zusammenreißen. »Nächstes Jahr. Torgeir. Ganz sicher.« Sie warf die zerknüllten Papiertücher in den Papierkorb und stürzte davon, um nicht noch einmal von ihren Gefühlen überwältigt zu werden.

Lillemor schlich die Hintertreppe hinunter und gelangte ungesehen in die Damengarderobe. Sie wusch sich das Gesicht mit eiskaltem Wasser. Dann schloß sie sich in der Klozelle ein und setzte sich auf den Toilettendeckel. Seine Worte hatten sich in ihr Gedächtnis eingeätzt. »So kann es nicht mehr weitergehen...« Er hatte es ganz offen gesagt. Wir. Sie waren jetzt zusammen. Und eine andere Lösung gab es nicht.

Sie faßte ihren Entschluß. Es mußte vor Weihnachten passieren. Davon war die Reise nach Kalifornien abhängig. Januar wäre zu spät. Es ging nicht nur um eine Auslandsreise, sondern um ihre ganze Zukunft. Um den Rest des Lebens. Sie würde ihre Pflicht tun. Darauf konnte er sich verlassen.

8

Zwei Tage später platzte der Ballon. Die Pakistanerspur erwies sich als Reinfall. Und die Ruhmestage des Hundemannes waren unwiderruflich zu Ende. *Pakistanerspur führt in Sackgasse* titelte *Dagbladet*. Der Leitartikel warf der Polizei schlampige Ermittlungen und rassistische Tendenzen vor.

Die vier Ausländer an der Straßenbahnhaltestelle waren durchaus keine Pakistaner gewesen – (und auch keine Türken, wie Lillemor angenommen hatte). Es handelte sich um Palästinenser, die an einem internationalen Fußballturnier teilgenommen hatten. Sie hatten bei einem Trainer des Sportvereins von Bekkelaget gewohnt. Er hatte sie persönlich zur Straßenbahnhaltestelle gefahren. Innerhalb weniger Tage in Oslo hatten die vier Männer eine solche Begeisterung für die Straßenbahnen und die wunderbare Aussicht auf der Fahrt nach Ekeberg entwikkelt, daß sie vor dem Rückflug noch eine letzte Rundfahrt unternommen hatten. Danach waren sie mit einem Taxi zum Flugplatz gefahren und hatten die Maschine nach Gaza genommen. Zeit, um sich im Solvei herumzutreiben, hatten sie ganz einfach nicht gehabt. Der Trainer war unmittelbar nach der Abreise seiner Gäste zu einem Turnier nach Osteuropa aufgebrochen und hatte von der »Pakistanerspur« erst erfahren, als er auf dem Rückflug in norwegischen Zeitungen geblättert hatte.

Lillemor verfluchte den Trainer. Nicht ihretwegen, sondern aus Sorge um Karsten Vaage, auf den sich nun bald wieder die Aufmerksamkeit der Polizei konzentrieren würde. Sie empfand eine Art Verwandtschaft mit Karsten Vaage, eine Zärtlichkeit und eine Fürsorge, wie sie sie noch nie einem anderen Menschen entgegengebracht hatte. Lillemor, die keine Geschwister hatte, fragte sich, ob so vielleicht Geschwisterliebe aussehen könne. Wie Schwester und Bruder waren sie und Karsten Vaage in einer Schicksalsgemeinschaft miteinander verbunden. Verbunden durch die Bande des Blutes, und das im wahrsten Sinne des Wortes.

Lillemor wußte genau, daß Karsten ohne ihre Hilfe verloren wäre. Vor wenigen Tagen bei seinem Fernsehinterview hatte er so rührend hilflos gewirkt. Verloren und verzweifelt, unfähig zu begreifen, was passiert war, was seine Welt auf den Kopf gestellt hatte. Der Reporter hatte gefragt, ob Karsten und Helene Spannung gesucht hatten, oder leicht verdientes Geld. Karsten Vaage hatte total verwirrt ausgesehen. Er hatte gestammelt und gestottert. Er hatte die Frage überhaupt nicht verstanden. Mafia, Drogen und Geldwäscherei waren ihm nur aus dem Kino geläufig.

Karsten Vaage hatte in Lillemor empfindsame Saiten angeschlagen. Seine offene Verzweiflung und Hilflosigkeit wirkten so ehrlich, so echt. Sie hätte sich sehr gern um ihn gekümmert. Ihn beschützt. Am liebsten wäre sie mit der Straßenbahn in den Solvei gefahren, um eigenhändig das Chaos zu beseitigen, in dem Karsten Vaage sich so sinnloserweise befand. Als erstes würde sie die Flecken vom Dielenparkett entfernen. Danach würde sie Helenes Kleider in Säcke packen und zur Heilsarmee bringen lassen. Dann würde sie ein gutes Essen kochen. Karsten Vaage lebte sicher seit Wochen von Broten und Konservendosen. Vielleicht Lammrücken mit überbackenen Kartoffeln. Und zum Nachtisch Reispudding. Der Junge würde sich bestimmt darüber freuen. Nach dem Essen würde sie Karsten zum Mittagschlaf aufs Sofa schikken. Und alle Zeitungen weit wegräumen. Sie würde die Waschmaschine anwerfen. Der Korb für die schmutzige Wäsche lief sicher über, und Karsten brauchte saubere, frischgebügelte Hemden. Wenn sie noch Zeit hatte, würde sie einen Apfelkuchen zum Kaffee backen. Oder Waffeln. Und dann könnten sie es sich vor dem Fernseher gemütlich machen und den Abend vielleicht mit »Palm Beach Duo« oder »Die Aufrechten« ausklingen lassen.

Doch Lillemor wußte, daß sie nicht mit der Straßenbahn in den Solvei fahren durfte. Sie wußte, daß sie in Karsten Vaages Haus nicht für Ordnung sorgen durfte. Sie fühlte sich unter Druck gesetzt, mit dem Rücken zur Wand, sie war müde und unausgeglichen. Sie schlief nachts schlecht, und ihre Kopfschmerzen hatten sich wieder eingestellt. Die Kopfschmerzen schlugen zu, wenn sie morgens die Augen aufmachte. Sie hatte das schon mehrmals mitgemacht, zuletzt vor einem Jahr, in den Wochen vor dem Tod ihrer Mutter. Der Vertrauensarzt hatte etwas von hohem Blutdruck erwähnt, als sie ihm von den Schmerzen erzählt hatte. »Beunruhigend hoher Blutdruck«, hatte er gesagt. Er hatte ihr Tabletten gegeben und gesagt, sie müsse abnehmen. Mindestens dreißig Kilo. Lillemor war außer sich gewesen, als der rotzwichtige Schnösel verlangt hatte, daß sie sich auszog und auf die Waage stellte. Lillemor hatte beides verweigert und ihm klar gesagt, daß sie zu Hause eine Badezimmerwaage besitze, und wenn ihr Blutdruck nicht in Ordnung sei, so sei das auf jeden Fall ein Problem der Inneren Medizin, das sie keinem schnöden praktischen Arzt anvertrauen wolle. Sie war nur zu ihm gegangen, weil sie ein Mittel gegen ihre Kopfschmerzen brauchte. Sie war aus dem Sprechzimmer marschiert und hatte sich niemals wieder dort sehen lassen. Torgeir hatte ihr ein paar Paralgin Forte gegeben, und damit waren die Kopfschmerzen verschwunden.

Aber selbst diese Diagnose des untauglichen Vertrauensarztes hatte noch ihr Gutes gehabt. Lillemor hatte das Rezept aufbewahrt und sich aus der Apotheke das Blutdruckmittel geholt, als die Zeit gekommen schien, es anzuwenden. Zusammen mit den Nerventabletten der Mutter hatte eine Handvoll Blutdrucktabletten wahre Wunder gewirkt. Die Mutter war eingeschlafen. Still und ruhig. Sie hatte ihre schweren Augenlider bewegt, hatte immer langsamer geatmet, bis ihr Atem gegen Morgen endgültig zum Stillstand gekommen war. Lillemor hatte ihr die Perücke abgenommen und den Notarzt angerufen. Der Notarzt war müde und kaputt und fragte Lillemor, welche Todesursache er auf den Totenschein schreiben solle. Sie erzählte ihm wahrheitsgemäß, die Mutter sei im Laufe der Nacht eingeschlafen. Aufgrund ihrer weit fortgeschrittenen Senilität sei es schwer gewesen, die Signale zu deuten, die die Mutter aussandte, aber im nachhinein glaubte sie sich zu erinnern, daß die Mutter während der letzten Tage über Übelkeit und stechende Schmerzen in der Brust geklagt habe. Der Arzt war dankbar für diese Auskünfte gewesen und hatte Lillemor gebeten, sich keine Vorwürfe zu machen. Was sie ja auch gar nicht tat. Dann schrieb er auf den Totenschein *Infarctus cordis* und darunter *Dementia senilis* und schlug ihr vor, sich so bald wie möglich an ein Bestattungsunternehmen zu wenden. Lillemor hatte natürlich gewußt, daß ein alter, seniler Pflegefall, der noch dazu zwei Tage vor Heiligabend mitten in der Nacht seinen Geist aufgab, für die überarbeiteten Pathologen der städtischen Krankenhäuser keine dringliche Aufgabe bedeuten würde.

Lillemor würde aber erst zur Ruhe kommen, wenn die Polizei Karsten Vaage aus ihren Krallen gelassen hätte. Sie mußte etwas unternehmen. Sie konnte nicht ruhig dasitzen und der Ungerechtigkeit ihren Lauf lassen, nicht, wenn sie das auf irgendeine Weise verhindern könnte. Denn was konnte schlimmer sein, als unschuldig des Mordes bezichtigt zu werden? Und, als sei das noch nicht genug, noch dazu des Drogenhandels, der Geldwäscherei und Beziehungen zur Mafia?

Lillemor hatte nicht vor, einen Unschuldigen zugrunde gehen zu lassen, ohne einen Finger zu rühren. Sie mußte etwas unternehmen. Sie mußte handeln. Einen Justizirrtum verhindern. Sie spielte mit dem Gedanken, einen anonymen Brief an die Kripo-Chefs zu schreiben und mit einem gewaltigen Skandal zu drohen, wenn diese Schikanen gegen einen Unschuldigen nicht sofort eingestellt würden. Aber das wäre zu riskant. Und vielleicht würde sie Karsten Vaage damit nur einen Bärendienst erweisen.

Lillemor wußte nicht, was sie tun sollte. Sie wußte, daß Karsten Vaages Schicksal mit ihrem Vorgehen stand und fiel, und daß er verloren wäre, wenn sie nichts unternähme. Sie konnte den Alptraum dieses Unglücklichen und seines bedauernswerten kleinen Sohnes nicht über die Feiertage hinweg andauern lassen. Immer wieder ging sie ihre Möglichkeiten durch. Schließlich kam sie zu der Erkenntnis, daß es die beste Lösung wäre – und zwar für alle Beteiligten –, den Mord vorzuziehen. Den eigentlichen Mord. Dann wäre Karsten Vaage vom Verdacht befreit und die Polizei tappte im dunklen. Eine Beschleunigung würde außerdem die Reise nach Amerika retten. Sie würde damit zwar gegen ihr Prinzip verstoßen, niemals von ihrem einmal gemachten Plan abzuweichen, aber die ganze Sache war inzwischen zu einer Gewissensfrage geworden. Es ging ganz einfach darum, womit sie leben könnte.

Lillemor fühlte sich nicht wohl. Der bloße Gedanke an eine Improvisation machte sie nervös. Die Vorstellung, ein Risiko eingehen zu müssen. Unter Druck zu stehen. Unter Zeitnot. Aber es gab keinen anderen Ausweg. Sie zog die Schneiderpuppe aus dem Garderobenschrank und schloß die Vorhänge. Dann nahm sie das Tranchiermesser aus der Küchenschublade.

Daneben. Der erste Stich ging daneben. Ein dicker Patzer. Mehr als fünf Zentimeter neben dem Herzen. Eine punktierte Lunge, das würde dabei herauskommen. Und das Opfer würde selber noch in der Lage sein, Polizei und Notarzt zu verständigen. Übelkeit stieg in ihr auf, und die Kopfschmerzen hämmerten erbarmungslos in ihrem Schädel. Lillemor wußte, daß diese verdammten Kopfschmerzen an ihrer Unfähigkeit sich zu konzentrieren Schuld waren. Und wenn sie treffen wollte, war Konzentration unabdinglich. Sie machte noch einen Versuch. Doch als sie das Messer in die Büste stieß, hatte sie das Gefühl, am Hinterkopf von einem Hammer getroffen zu werden. Der Schmerz pflanzte sich zu beiden Seiten fort, strahlte in ihre Schläfen, und vor ihren Augen tanzte eine Wolke aus schwarzen und weißen Punkten wie ein wütendes Schneegestöber. Sie mußte gar nicht erst nachsehen, sie wußte, daß sie gepatzt hatte.

Sie nahm zwei Kopfschmerztabletten und legte sich

hin. Heinz-Friedrich Lorentz starrte sie besorgt von seinem Ehrenplatz an der Wand über dem Sofa an. Erst nach dem Tod der Mutter hatte Lillemor ihn dort aufgehängt. Zuvor hatte er mehrere Jahre mit seinem schönen Silberrahmen in ihrer Nachttischschublade gelegen. »Für Lillemor, von Vater«. Das stand in kräftiger Füllfederhalterschrift unten in der Bildecke. Niemand könnte darin Lillemors Schrift erkennen. Sie hatte diese energische, maskuline Schrift monatelang geübt, ehe sie endlich gewagt hatte, die Buchstaben auf das Foto zu malen. »So, soviel Norwegisch hat er immerhin gelernt«, hatte der Mann in der Rahmenhandlung mit offenkundiger Verachtung in der Stimme gemurmelt, als Lillemor das Foto brachte und sich den teuren Silberrahmen aussuchte. Lillemor war außer sich. Sie war wütend auf sich selber, weil sie die Widmung auf norwegisch geschrieben hatte. Natürlich hätte sie auf deutsch sein müssen. Das hätte richtiger ausgesehen und auch viel besser zu der stolzen Wehrmachtsuniform gepaßt. Außerdem hatte sie sich Diskriminierung und boshafte Kommentare verbeten. Mit klaren Worten hatte sie dem Mann in der Rahmenhandlung klargemacht, daß sich die Deutschenkinder über fünfzig Jahre nach Kriegsende nicht mehr von sogenannten »guten Norwegern« schikanieren und demütigen ließen. Sie hatte mit dem Gedanken gespielt, den Mann zu verklagen, und sie hatte in einem langen Brief an einen bekannten Anwalt um juristischen Rat gebeten. Doch der Rahmenmann war ein ungewöhnlich tüchtiger Handwerker gewesen, deshalb hatte Lillemor Gnade vor Recht ergehen und ihn mit einer Ermahnung davonkommen lassen.

Lillemor überlegte schon lange, der Interessengemeinschaft der Deutschenkinder beizutreten. Sie hatte in mehreren Zeitschriften über diese Organisation gelesen und einige Briefentwürfe gemacht, hatte es aber noch nicht über sich gebracht, einen abzuschicken. Einerseits wollte sie sich gern mit den Deutschenkindern identifizieren – sie hätte auch nichts dagegen gehabt, selber von einer Illustrierten interviewt zu werden –, aber andererseits wollte sie auch nicht mit den Analphabeten und psychiatrischen Fällen, die immer wieder unter der Überschrift »Tragisches Schicksal eines Besatzungkindes« in den Illustrierten auftauchten, über einen Kamm geschoren werden. Lillemor war ja wohl kein »trauriges Schicksal«. Im Gegenteil, sie hielt sich selber für eine überdurchschnittlich begabte und angepaßte Person. Strenggenommen war sie auch gar kein Deutschenkind. Denn den verwirrenden und unzusammenhängenden Erklärungen der Mutter zufolge war Lillemors Vater aller Wahrscheinlichkeit nach ein Bauernsohn aus Rømskog, der Asbjøorn Soundso geheißen und die Kriegsjahre in deutscher Uniform an der Ostfront verbracht hatte. Aber auf die Mutter war nie Verlaß gewesen, deshalb ließ sich eine mögliche deutsche Herkunft nicht ganz und gar ausschließen. Wäre Lillemor ein oder zwei Jahre früher geboren worden, dann hätte sie sich auf jeden Fall mit dem besten Gewissen bei den Deutschenkindern anmelden können. Daran bestand keinerlei Zweifel, weder in der Erinnung der Mutter noch in deren kleinem Heimatdorf.

Was jedoch auf jeden Fall feststand, war, daß Heinz-Friedrich Lorentz die Vaterschaft nicht anzulasten war. Im Laufe seiner »Karriere« in Norwegen hatte er zwar sein Gewissen mit vielen Menschenleben belastet, aber Lillemors war nicht darunter. Sie hatte sein Foto zufällig in einer Illustrierten gefunden. Und sofort hatte sie sich für das strenge, scharfgeschnittene Gesicht unter der stolzen Uniformmütze begeistert. Für die hohe, intelligente Stirn und die klaren, tiefliegenden Augen. Für die arische Nase und die schmalen Lippen, die ein Lächeln nicht einmal anzudeuten schienen. Lillemor hatte selber auch eine feine arische Nase und fand die Ähnlichkeit überwältigend. Und auch den klangvollen Namen liebte sie. Heinz-Friedrich Lorentz. Lillemor hatte das Bild ausgeschnitten und von einem guten Fotografen kopieren lassen. Danach hatte sie sich bei den Behörden nach der Möglichkeit einer Namensänderung erkundigt. Lillemor Lorentz. Dieser Name hatte doch Klang. Ein Name mit Stil und Würde. Mit einem solchen Namen könnte sie sich vor aller Welt laut und deutlich vorstellen. Sie hatte die Formulare kommen lassen, die ausgefüllt an die Behörden zurückgehen sollten, aber das schob sie noch vor sich her. Sie wollte die Sache erst noch mit Torgeir besprechen. Vielleicht war er in dieser Hinsicht ja altmodisch. Vielleicht wäre es ihm lieber, wenn sie seinen Namen annähme. Sie könnte Lorentz vielleicht als Doppelnamen führen. Rita Reiersen hatte auch den Namen ihres Mannes angenommen und ihren eigenen in die Mitte gesetzt. Lillemor hatte das beim Einwohnermeldeamt überprüft, dort war sie als Rita Bang Reiersen gemeldet.

Als Lillemor erwachte, lief der Fernseher. Es war Viertel vor drei. Sie fühlte sich benommen und verwirrt. Sie schlief sonst nie auf dem Sofa ein. Schon gar nicht, wenn der Fernseher lief. Ihr Körper war steif und wie gerädert, ihre Kopfschmerzen jedoch hatten sich gelegt. Zum ersten Mal seit über einer Woche hatte sie keine Kopfschmerzen. Sie schaltete den Fernseher aus und merkte, daß sie Hunger hatte. Sie ging in die Küche und machte sich zwei Marmeladenbrote und eine Tasse Kräutertee. Lillemor Lorentz, sagte sie laut. Plötzlich fühlte sie sich wohler als seit langem. Lillemor Lorentz. Im Wohnzimmer befestigte sie die Schnur der Schneiderpuppe am Haken unter der Dekke. Heinz-Friedrich Lorentz starrte sie von seinem Platz an der Wand gegenüber her unergründlich an. Für einen Moment schienen seine schmalen Lippen sich zu bewegen. Lillemor stand mit dem Tranchiermesser in der Hand ganz still. Sie hätte schwören können, daß seine Lippen sich zu einem ganz leichten Lächeln verzogen. Heinz-Friedrich Lorentz, sagte Lillemor mit lauter, klarer Stimme. Die Pflicht ruft. Mit aller Kraft stieß sie das Messer in die baumelnde Büste. Heinz-Friedrich Lorentz lächelte wieder. Lillemor hatte keine Zweifel. Und diesmal wußte sie, daß sie getroffen hatte.

9

»Weiber«, sagte Torgeir Reiersen. Und damit meinte er Rita und Lillemor und die Zahnärztin Berit Flem, deren Praxis sich über seiner in der Storgate befand. Es war Dienstagnachmittag, und normalerweise hätte Torgeir Reiersen inzwischen von seinen Privatpatienten viertausend Kronen eingesackt. Doch als er um halb vier in die Storgate kam, um seine Sprechstunde abzuhalten, herrschte das komplette Chaos, und auf dem Boden standen drei Zentimeter Wasser. Zahnärztin Flem im Stockwerk über seinem rannte hysterisch zwischen Klempner und Hausmeister hin und her und verstand einfach nicht, wie das passieren konnte. Torgeir verstand es auch nicht.

Natürlich war es möglich, daß der Schlauch des Sterilisators ganz von selber abgefallen war, doch daß die Frau weitergebohrt und -plombiert hatte, während ihr das Wasser schon bis zu den Knöcheln stand, war unbegreiflich. Torgeir selber hatte eigentlich nur bei der Versicherung anrufen können. Dann hatte er die zehn Patienten verständigt, die an diesem Nachmittag Termine hatten. Zum Glück hatte er alle noch erreicht. Die meisten kamen schon lange zu ihm, und einige schienen froh darüber zu sein, bei diesem Schweinewetter nicht zur Kontrolle kommen zu müssen. Sie waren absolut zufrieden damit gewesen, daß er ihnen das Rezept mit der Post zuschicken würde.

»O verdammt, was für eine sexistische Bemerkung«, erwiderte Rita. Camilla war wie üblich zum Handballtraining, und Rita hatte sich auf einen ruhigen Abend allein gefreut. Die Post hatte ihr ein neues Buch von ihrem Buchclub gebracht, und sie hatte Käse und eine Flasche Rotwein bereitgestellt. Das letzte, wozu sie Lust hatte, war, den Abend mit Torgeir zu verbringen und sich seine blöden Chauvisprüche anhören zu müssen.

»Das ist jetzt schon das zweite Mal in diesem Jahr, daß dieses Drecksgerät ausgelaufen ist.« Torgeir ließ nicht locker.

»Und dieses Drecksgerät läuft aus, weil Dr. Flem ein Frauenzimmer ist, nehme ich an?«

»Vielleicht nicht. Aber ein Mann hätte es im Auge behalten und den Schlauch überprüft«, behauptete Torgeir. »Und auf jeden Fall wüßte er, wo der Hahn zum Abdrehen ist«, fügte er triumphierend hinzu.

Er war überzeugt, daß Rita keinen Beweis für diese Behauptung verlangen würde. Noch vor wenigen Jahren hätte sie sich eine solche Chance nicht entgehen lassen. Sie hätte darauf bestanden, umgehend mit ihm in die Storgate zu fahren und sich von ihm zeigen lassen, wo der Haupthahn angebracht war. Und natürlich hätte er das nicht gewußt. Nach einem solch eleganten Sieg wäre Rita dann fröhlich und liebevoll gewesen. Auf dem Heimweg hätten sie eine Pizza oder ein chinesisches Gericht mitgenommen, dann hätten sie eine Flasche Rotwein geköpft und den Abend auf dem Teppich vor dem Kamin beendet, Rita natürlich in Siegerinnenposition oben. Aber jetzt? Rita siegte noch immer gern, das war es nicht. Aber der Siegesrausch war verflogen. Auf jeden Fall teilte sie ihn nicht mehr mit ihrem Mann.

»Und im Krankenhaus«, sagte er nun, »lastet eine Giftwolke aus Hormonen über dem Arbeitstag, prämenstruelle Furien, wohin man auch schaut.«

»Hat eine prämenstruelle Furie dem Kleinen aufs Pfötchen gehauen, oder was? Ja, ja, so was passiert, wenn man sich vom Hormonduft durchs Leben führen läßt.« In ihrer Stimme lag unverhohlene Verachtung.

»Das war keine deiner besten Repliken, Rita«, parierte Torgeir eiskalt. »Du bist leider nicht mehr ganz auf der Höhe, weder was deine Sarkasmen anbelangt noch deine Hormone.«

»Und wie steht es mit den Hormonen dieser armen kleinen Assistenzärztin? Hat sich der Sonnenstrahl Hilde Holm in eine prämenstruelle Furie verwandelt?«

»Hilde Holm verwandelt sich derzeit in ein nervliches Wrack, sie wird gerade gnadenlos unter der eisernen Ferse der Oberfurie zertreten. Erzähl mir mehr über Frauensolidarität, Rita, du bist doch unter dieser Fahne mitmarschiert.«

»Oi, oi, der heldenhafte Beschützer! Der edle Ritter auf seinem stolzen Schimmel, der Hildchen vor dem großen bösen Drachen retten will!« Rita lachte hämisch.

»Ja, denn mit der Solidarität ihrer großen feministischen Schwester und Barrikadenstürmerin kann sie offenbar nicht rechnen.«

»Ach, halt die Klappe, Torgeir.« Rita knallte ihre Kaffeetasse auf den Tisch. »Was zum Teufel erwartest du eigentlich? Gratispsychotherapie für deine verdammten Tussis?«

»Hilde Holm...« setzte Torgeir mit mühsam erkämpfter Ruhe an und ballte dabei unter dem Tisch die Faust.

»Ich hab es satt, mir was von Hilde Holm erzählen lassen zu müssen. Kapierst du das? Fick los und bring es hinter dich, so wie sonst.«

»Wenn ich mit Hilde gefickt hätte, würde ich hier wohl kaum über sie sprechen ... mit dir.«

»Meine Güte, was für hehre Prinzipien! Das heißt also, daß du erst in Fahrt kommst, wenn Hilde nicht mehr das tägliche Gesprächsthema bietet? Dann weiß ich wirklich nicht, was mir lieber wäre.«

Torgeir hatte keine Lust mehr, dieses Gespräch fortzusetzen. Jede Diskussion mit Rita entwickelte sich unvermeidlich zu einem Pingpongspiel, bei dem Hohn und Sarkasmen über den Tisch hin und her jagten. Meistens gab Torgeir dann klein bei. Er zählte schon längst keine Punkte mehr, wußte aber, daß sie beide nicht mehr in Topform waren.

Torgeir hatte durchaus nicht vor, ein Verhältnis mit Hilde Holm zu beginnen. Er hatte jedenfalls keinen konkreten Plan. Es wäre natürlich nicht unmöglich, aber er war einfach noch nicht auf den Gedanken gekommen. In gewisser Hinsicht überraschte ihn das ein wenig. Die Frau war nett und charmant, und er konnte nicht abstreiten, daß sie ihn an ihrem ersten Tag auf der Station beeindruckt hatte. Sie hatte so intensiv gewirkt, so quicklebendig und neugierig. Ein lebhaftes, lächelndes Gesicht unter ihrer witzigen dunklen Pagenfrisur, nicht direkt hübsch, aber anders, spannend. Ihr Gesicht war etwas ganz Besonderes, die verschiedenen Bestandteile saßen ein wenig weiter voneinander entfernt als üblich – Augen, Nasenlöcher, Vorderzähne. Jedes Teil an sich hätte häßlich aussehen können, aber bei Hilde Holm wirkte alles geplant, sorgfältig angelegt wie bei einem Kunstwerk.

Torgeir hatte versucht, Hilde Holm die Eingewöhnung an ihrem neuen Arbeitsplatz zu erleichtern. Ohne irgendwelche Hintergedanken. *Ganz einfach, weil ich ein verdammt netter und hilfsbereiter Kerl bin, egal, was Rita sagt,* dachte er. Er wußte, daß es nicht leicht war, frisch vom Klinikum in ein geschäftiges hochspezialisiertes Krankenhaus zu kommen. Und in der ersten Zeit hatte Hilde Holm wirklich gute Arbeit geleistet. Sie war vielleicht kein technisches Naturtalent, aber sie war lernwillig und immer bereit gewesen. Doch schon nach wenigen Wochen schien diese verheißungsvolle Entwicklung den Rückwärtsgang eingelegt zu haben. Hilde Holm verlegte wichtige Anamnesen und Röntgenergebnisse, ihre Krankenberichte wiesen Lücken und Fehler auf, sie kam mit dem Haustelefon nicht zurande und ließ wichtige Anrufe unbeantwortet. Fachwissen und Selbstvertrauen schienen ihr langsam aber sicher abgezapft zu werden. Und Torgeir hatte den Verdacht, daß Lillemor hier am Zapfhahn stand. Er wußte nicht, warum, aber es war ganz deutlich, daß Lillemor Hilde Holm vom ersten Moment an gehaßt hatte. Und je mehr Hilde versuchte, sich anzupassen und sich bei Lillemor einzuschmeicheln, um so schlimmer wurde die Sache. Er hätte eigentlich eingreifen müssen. Etwas unternehmen. Sich ermannen und Lillemor in ihre Schranken weisen. Ihr klarmachen, daß sie neuen Assistenzärztinnen nicht das Leben vergällen durfte. Denn Hilde Holm war nicht die erste, die von Lillemor in den Wahnsinn getrieben wurde. Doch Torgeir steckte den Kopf in den Sand. Er hatte zu Hause genug Ärger und Auseinandersetzungen. Und in seinem Büro stand noch immer diese riesige, scheußliche Yucca-Palme. Er hatte absolut keine Ahnung, wie er sich von der befreien sollte.

Torgeir Reiersens Dasein war ohnehin schon kompliziert genug, da brauchte er sich nicht auch noch ein neues

Verhältnis aufzuhalsen. Seit Rita sein Techtelmechtel mit Lena entdeckt hatte, hatte er sein Versprechen gehalten. Es hatte keine Seitensprünge mehr gegeben. Nicht in erster Linie, weil er es versprochen hatte, sondern weil ihm ganz einfach die Lust fehlte. Oder vielleicht, weil es sich nicht so ergeben hatte. Nicht nach Lena. Für Lena war die Trennung schwer gewesen, das wußte er. In der ersten Zeit hatte sie sich krankschreiben lassen, dann hatte sie sich ein Jahr beurlauben lassen, um ihren versoffenen Journalisten von Mann nach Brüssel zu begleiten. Jetzt war sie wieder da und schien sich zu freuen, wenn sie ihn sah, auch wenn sie nur auf dem Parkplatz und im Krankenhausflur höfliche Grüße wechselten. Doch das reichte, um Torgeir klarzumachen, daß sie ihm fehlte. Das rastlose Bohren war wieder da gewesen, schon beim ersten Blickkontakt. Er hatte mit dem Gedanken gespielt, bei der nächsten mehr oder weniger zufälligen Begegnung den Blutdruckkongreß in San Francisco zu erwähnen. Ihre allererste Reise hatte sie zu diesem jährlichen Treffen in San Francisco geführt. Viele Kongreßreisen waren gefolgt, aber Torgeir wußte, daß diese Maitage in Kalifornien ihn und Lena bis an ihr Lebensende begleiten würden, als einzigartiges erotisches Erlebnis. Die Liebesgeschichte des Jahrhunderts, hatten sie es genannt, nach irgendeinem Buch, das Lena gelesen hatte. Und so war es mehr als zwei Jahre geblieben. Ihm fiel auf, daß Lena und Hilde viele Gemeinsamkeiten hatten … Eigenschaften, die Rita fehlten. Hilde und Lena waren neugierige Sucherinnen, mit einem offenen, naiven Wesen, das nichts mit ihrem jungen Alter zu tun hatte. Sie fragten, staunten … während Rita alle Antworten wußte. Und beiden fehlte glücklicherweise Ritas sarkastische Art. In den ersten Jahren hatten ihn diese Pingpongdiskussionen, bei denen die Argumente über den Tisch hin und her jagten, fasziniert. Aber auf die Dauer waren sie zur Routine geworden, anmaßend und ermüdend, wie eigentlich ihre ganze Ehe.

»Lillemor möchte übrigens nicht zum Essen kommen«, sagte Torgeir mit schlecht verhohlenem Triumph in der Stimme.

»Vielleicht hing das auch mit der Einladung zusammen?« Im tiefsten Herzen war Rita wirklich erleichtert. Der bloße Gedanke an die Weihnachtsvorbereitungen war ihr zuwider. Wenn Camilla nicht wäre, hätte sie sich freiwillig gemeldet und den Heiligen Abend im Krankenhaus verbracht.

»Ruf sie doch einfach an«, Torgeir forderte sein Schicksal heraus.

»Von Cheffurie zu Cheffurie?«

»Ist ja auch egal, wie viele von der Sorte ich am Heiligen Abend vor der Nase habe. Das pure Appetitregulativ …«

»Vielleicht gar keine so blöde Idee, mein Lieber.« Rita bohrte ihm einen spitzen Zeigefingernagel in den Bauch.

»Zum Teufel.« Er haßte diesen boshaften Zeigefinger, der sich in seine schlaffe Bauchmuskulatur bohrte. »Hör auf damit.« Er war nicht dick. Überhaupt nicht. Aber als direkt mager konnte man ihn auch nicht bezeichnen. Und da er niemals irgendeine Form von systematischem Training betrieben hatte, hatte er sich im Laufe der Jahre ein Bäuchlein zugelegt. Dieses Bäuchlein zog er normalerweise ein, aber Rita schlug gekonnt in den Momenten zu, in denen er nicht auf der Hut war. In den letzten Jahren hatte er es halbherzig mit Tennis, Fitneßstudio und Jogging versucht, hatte aber alles wieder aufgegeben. Keine dieser Aktivitäten sprach ihn so richtig an. Und alles war langweilig. Pflichtübungen. Er hatte sich dann ein Fahrrad gekauft. Ein Geländerad mit achtzehn Gängen. Während der ersten Wochen hatte es jedes Wochenende geregnet. Und morgens reichte die Zeit einfach nie.

»Ach herrje, mein Lieber. Stell dir vor, Hildchen entdeckt das kleine, feine Bäuchlein ihres Traumprinzen.« Wieder bohrte der Zeigefingernagel sich in sein Zwerchfell.

»Scheiß drauf!« brüllte Torgeir. Es tat weh. »Und scheiß auf Hilde Holm.«

»Klar doch«, brüllte Rita zurück. »Ich scheiß drauf. Darauf kannst du Gift nehmen. Auf Lillemor und Hildchen und Lenchen und dein ganzes Drecksleben. Scheiß auf alles!«

»Ich gehe mal in der Storgate vorbei und schaue mir die Überschwemmungsschäden an«, sagte Torgeir. Er stand auf. Wenn er sich jetzt beherrschen könnte, dann hätte er gewonnen. Aber dazu mußte er das Haus verlassen, und zwar schnell. Weg hier, weg, ehe Rita die ganze Litanei von früheren und derzeitigen Sünden herunterleierte.

Er wußte nicht genau, wohin. In der Storgate konnte er nicht viel ausrichten, solange die Versicherungsgesellschaft die Schäden noch nicht taxiert hatte. Er beschloß, im Krankenhaus Zuflucht zu suchen, in aller Ruhe in seinem Büro zu sitzen und sich vielleicht mit dem neuen Computerprogramm vertraut zu machen. Er wußte, daß Hilde Holm Dienst hatte und sich freuen würde, ihn zu sehen. Sie konnte sicher ein wenig Trost und Aufmunterung gebrauchen, vielleicht auch ein paar gute Ratschläge und Tips, wenn im Laufe des Nachmittags komplizierte Fälle eingeliefert worden waren.

»Von einem Katastrophengebiet ins nächste«, meinte Rita säuerlich.

»Und beide von Frauen verursacht.« Torgeir knallte nachdrücklich die Tür. Dieses eine Mal hatte er das letzte Wort behalten.

Torgeir Reiersen lief die wenigen Meter zum Auto, das in der Auffahrt zum Haus stand. Es war erst kurz nach sechs, aber es war fast schon dunkel. Kalter Regen strömte vom wolkenschweren Himmel. Torgeir mußte an Karsten Vaage denken, als er durch den Solvei fuhr. Was mochte dessen letztes Wort gewesen sein, als er an dem schicksalhaften Morgen vor fast drei Wochen von zu Hause weggefahren war? Hatte er, aufgrund einer plötzlichen und unerklärlichen Ahnung, irgendwo zwischen Solvei und Alnabru kehrtgemacht? War er nach Hause gefahren, um Helene das Messer in die Brust zu stoßen? War er danach, ruhig und gelassen, zum zweiten Mal an diesem Morgen von zu Hause aufgebrochen und wie immer schon im Büro gewesen, als die beiden Mitarbeiter aufgetaucht waren? Aber was zum Henker hatte er mit dem Messer gemacht? Lag es blankgeputzt in der Brotschublade, als die Polizei das Haus durchsuchte? War er wirklich kalt und ruhig genug gewesen, um das Messer zu spülen und wegzulegen? Ohne auch nur eine mikroskopische Blutspur zu hinterlassen, nicht in der Küche und auch nicht an seiner Kleidung? Daß er das Messer mitgenommen und irgendwo unterwegs weggeworfen hatte, war noch weniger wahrscheinlich. Die Polizei hatte sicher Auto und Firmenräume durchsucht. Und wie zum Teufel hatte Karsten Vaage es geschafft, Helene voll ins Herz zu treffen? Aus purem Zufall? Anfängerglück? Und wieso hatte er sich seiner Sache so sicher sein können, daß er sich mit einem einzigen Stich begnügt hatte? Mit einem einzigen Stich? Torgeir war sich durchaus nicht sicher, ob es ihm gelingen würde, ein Messer direkt in die linke Herzkammer einer aufrechtstehenden, bekleideten Person zu stoßen. Und er war doch immerhin ein erfahrener Herzspezialist. Daß der Diplomingenieur Karsten Vaage überhaupt über so große anatomische Kenntnisse und Fähigkeiten verfügen sollte, kam Torgeir mehr als unwahrscheinlich vor. Außerdem operierten Messerstecher nur selten aufgrund von anatomischem Wissen. Der normale Messerstecher sticht mehrmals auf das Opfer ein, zumeist zielt er mehr oder weniger exakt auf den Brustbereich oder auf die linke Seite, wo das Herz ist. Torgeir wußte nicht mehr viel aus Lundervalls Lehrbuch der Gerichtsmedizin, aber daran konnte er sich immerhin erinnern. Das Opfer eines Messerstechers weist fast immer zahlreiche Einstiche auf... die meisten durchstoßen die Lunge, während Herz oder Blutadern eher zufällig getroffen werden. Und in der Regel zeigen Hände und Arme des Opfers zahlreiche Wunden, weil es ja versucht hat, sich zu wehren. Doch je länger Torgeir über die Sache nachdachte, um so unwahrscheinlicher kam es ihm vor, daß Karsten Vaage der Mörder sein könne, falls er nicht über eine geheime Vergangenheit als Messerwerfer verfügte. Und wenn er der Mörder war, dann war er nicht nur ein glänzender Schauspieler und Glücksritter, sondern auch ein thorax-chirurgisches Naturtalent von seltener Güte. Doch wenn Karsten Vaage unschuldig war... Wer war dann der Mörder? Ein verschmähter Verehrer aus dem Zirkus Arnardo? Ein psychotischer Herzchirurg? Himmel, wenn Karsten Vaage wirklich unschuldig war... was hatte er dann gedacht, als er Helene tot aufgefunden hatte? Was hatte er empfunden? Welche Gedanken und Gefühle waren durch seinen Kopf gejagt, als er nichtsahnend gegen fünf Uhr nachmittags die Haustür aufgeschlossen und Helene halbnackt in einer Blutlache auf dem Boden vorgefunden hatte? Was hätte er, Torgeir, dann selber gedacht? Wenn ein wahnsinniger Messerstecher auf der Jagd nach einem beliebigen Opfer zugeschlagen hätte, während er selber bei der Arbeit war? Und wenn er dann Rita tot aufgefunden hätte... mit einem Messer in der Brust? Wie hätte er reagiert? Rita tot... Rita eliminiert, Rita nicht mehr da. Für immer. Plötzlich und unerwartet. Nicht durch Krankheit oder Leiden. Nicht durch eine nervenzerrüttende Scheidung. Einfach entfernt. Ganz einfach, auf einen Schlag, entfernt. Nicht mehr da. Würde er, wenn der erste Schock sich gelegt hatte, Trauer oder Erleichterung empfinden? Torgeir konnte beim besten Willen nicht behaupten, die Antwort zu wissen. Er wußte nur, daß das Leben weitergehen würde. Und daß es unleugbar eine neue Dimension gewonnen hätte.

10

Scher dich zum Teufel, du Arsch, dachte Rita Reiersen. Sie schloß sorgfältig hinter Torgeir die Haustür ab und ging mit der Weinflasche ins Wohnzimmer. Der Regen trommelte gegen das große Terrassenfenster. Die Grünpflanzen auf der niedrigen Fensterbank warfen lange, verschlungene Schatten über das Parkett. Rita wünschte, sie könnte die Vorhänge schließen. Sie vergewisserte sich, daß die Terrassentür geschlossen und verriegelt war. Dann legte sie zwei Holzscheite in den Kamin, steckte Brennanzünder dazwischen und riß ein Streichholz an. Das erlosch, noch ehe die Zeitung Feuer gefangen hatte. Nach vielen Streichhölzern und allerlei Brandstellen an den Fingerspitzen brannte die Zeitung, die Holzscheite lagen noch immer unberührt und weiß vor ihr. Sie hatte eigentlich Torgeir bitten wollen, Feuer zu machen, hatte aber darauf verzichtet, als sie sah, in welche Richtung ihr Gepräch sich entwickelte. Sie wollte lieber erfrieren, als Torgeirs pompöse Betrachtungen über genetisch festgelegte Eigenschaften über sich ergehen zu lassen. Für Torgeir waren Feuermachen und Einparken die klassischen Eigenschaften, die durch das Y-Hormon übertragen wurden. Und Rita galt ihm als perfektes Beispiel für die Richtigkeit dieser Theorie.

Rita schaltete den Heizstrahler ein und holte sich eine Decke. Sie wußte selber nicht so recht, warum sie immer wieder Hilde Holm aufs Tapet brachte. Eigentlich war sie sich sicher, daß Torgeir gerade keine Liebschaft hatte, und daß das schon lange nicht mehr der Fall gewesen war. Er war zu reizbar und unruhig, ironischerweise war er niemals ausgeglichener und umgänglicher gewesen als auf dem Höhepunkt seiner Leidenschaft für Lena. Im tiefsten Herzen fragte Rita sich, ob sie sich eigentlich einen neuen Seitensprung von Torgeir wünschte. Ob das mit Hilde Holm einfach Wunschdenken ihrerseits sein könnte. Es wäre zweifellos leichter, ihn zu verlassen, wenn er ihr einen konkreten Grund lieferte. Dann würde er weder protestieren noch eine Erklärung verlangen können. Sie wußte, sie hätte ihn schon längst aufgeben sollen, auf jeden Fall damals bei der Sache mit Lena. Sie hätte ihn vor die Tür setzen und einen Schlußstrich unter ihrer ganzen tristen Ehe ziehen müssen. Aber aus purer Eitelkeit hatte sie das nicht getan. Sie hatte sich in eine Konkurrenzsituation schliddern lassen... hatte Lena als Rivalin betrachtet... hatte den Kampf aufgenommen und sich geweigert, als Verliererin dazustehen. Damals wäre es ihr als Zeichen von Schwäche erschienen, ihn aus dem Haus zu werfen. Als Niederlage. Jetzt dagegen wäre es ein Beweis für Selbständigkeit und Stärke. Die Wahrheit war, daß sie Torgeir nicht mehr brauchte. Oder höchstens zum Feuermachen und Einparken. Und sie konnte sehr gut ohne beides leben.

Sexuell steckten sie fest, und keine Therapie würde ihre massakrierten Gefühle heilen oder wiederbeleben. Es hatte eine Phase gegeben, in der ersten Zeit nach Lena, als Rita versucht hatte, sich als Weltmeisterin im Bett zu beweisen. Besser als Lena oder irgendeine andere, mit der Torgeir jemals geschlafen hatte. Und sie hatte sich wirklich Mühe gegeben. Sie hatte auf keinen billigen Effekt oder Trick verzichtet, und Torgeir war auf einen nach dem anderen hereingefallen. Danach hatte es eine Phase totaler Abweisung gegeben, sie hatte ihn noch für den jämmerlichsten Beischlafversuch wie einen Sklaven schuften lassen... pathetische Veranstaltungen, auf die sie beide gut hätten verzichten können, doch sie als Beleidigte hatte ihn als demütigen Bettler erleben wollen. Seither war Sex für sie beide zu einem notwendigen Übel geworden. Zu einem Wegwerfartikel, einem Service, den das Gegenüber eigentlich gar nicht verdient hatte. Jetzt führten sie eine Ehe, in denen beide sich als beleidigte Seiten empfanden.

Es gab keinen Grund, noch länger zu warten. Rita schlürfte ihr erstes Glas Rotwein und beschloß, mit Torgeir über die Scheidung zu sprechen sowie er wieder zu Hause war. Sie hatte keine Ahnung wie er reagieren würde, erleichtert oder überrascht. Sie rechnete eigentlich nicht mit Widerspruch, aber sicher war sie sich nicht. Auch nach fünfzehnjähriger Ehe konnte sie seine Reaktionen noch nicht voraussagen.

Rita stellte sich eine saubere, ordentliche Scheidung vor. Was die ökonomische Seite anging, so hatte sie alle Karten in der Hand. Gütertrennung. Sowohl für das Haus als für den Landsitz bei Holmbru. Aber sie konnte es sich leisten, großzügig zu sein, auch darin lag eine Art Triumph. Und sie mußten an Camilla denken. Sie mußten das Haus behalten, bis Camilla mit der Schule fertig war. Camilla hatte schon längst angedeutet, daß sie wußte, was in der Luft lag, und daß die Trennung ihrer Eltern sie nicht weiter stören würde. Aber sie wollte im Haus bleiben. Das hatte sie ganz deutlich gesagt. Egal, was ihre Eltern anstellten, Camilla wollte nicht umziehen, das war in dieser ganzen Angelegenheit ihre einzige und wichtigste Forderung. Rita hätte nichts gegen einen Umzug einzuwenden gehabt. Gegen eine große Altbauwohnung mitten in der Stadt wäre nichts einzuwenden gewesen. Sie hatte Mautschranken und Verkehrsstaus restlos satt. Sie würde gern abends in die Parkcafés oder ins neue Hafenviertel gehen können, statt den ekelhaften Grillqualm der Nachbarn einzuatmen und nervige Rasenmäher zu hören. Das Ferienhaus im Golsfjell gehörte ihnen beiden, und das konnte Torgeir gern behalten. Dort konnte er im Kamin Feuer machen und Schnee schaufeln und seine anderen Y-Chromosom-bedingten Aktivitäten pflegen – wie Kloputzen und Wasserschleppen. Rita wollte in den Winterferien und an Ostern ohnehin lieber verreisen. Doch das Landhaus bei Holmbru wollte sie behalten. Es war schon seit Generationen in der Familie und lag in angenehmer Entfernung von der Stadt. Außerdem brauchte Torgeir kein Landhaus, er wollte sich schließlich ein Segelboot zulegen.

Das Birkenholz schwelte jetzt ein wenig. Rita riß die Sportseiten aus *Aftenposten*, knüllte sie zusammen und zündete sie an. Das Zeitungspapier loderte kurz auf, was das Birkenholz jedoch nicht weiter beeindruckte. Rita hätte gern gewußt, ob es auch Pyromaninnen gab, oder ob auch das zu Torgeirs Y-Chromosom-bedingten Fähigkeiten gehörte. Befähigte das Y-Chromosom Männer dazu, an einem regengrauen Herbstabend ein Streichholz unter eine Fußmatte zu halten und damit Mietshäuser und Kirchen abzufackeln? Rita glaubte sich vage zu erinnern, daß Zündflüssigkeit Alkohol enthielt. Optimistisch goß sie ein halbes Glas Rotwein über die Holzstücke, worauf vor ihren Augen auch das letzte kleine Glühen erlosch.

Es war kühl in dem großen Eckzimmer, und die Schatten der Yucca-Palme und der Zwergfeige wirkten plötzlich märchenhaft gespenstisch … verzerrt, grotesk und bedrohlich. Der Regen hämmerte gegen die schwarze, spiegelglatte Fensterscheibe, ein nackter Zweig schlug im Takt der Windstöße gegen die Regenrinne. Rita kam sich kalt und allein vor. Sie zog die Decke fester um ihre Schultern, und sah in der Fensterscheibe ihr Spiegelbild... klein, verängstigt und zusammengekrochen in einer Sofaecke. Vorsichtig schlich sie sich an der Wand entlang zum Terrassenfenster. Dort trat sie hinter den schmalen Vorhang und lugte vorsichtig hinaus. Die Straße lag öde und still da, nur beleuchtet von zwei einsamen Laternen. Im Haus gegenüber war alles dunkel. Das alte braune Haus sah aus wie ein düsteres, gespenstisches Krähenschloß. Wenn der Wind die dichten Kiefernzweige auseinanderriß, fegte das Licht der Straßenlaterne über die dunkle Holzwand.

Rita stand bewegungslos hinter dem Vorhang. Sie fuhr zusammen. Etwas bewegte sich entlang der Tannenhecke zur Straße. Sie sah zwischen den Zweigen etwas Blankes, Weißes flattern. Panik überkam sie. Sie wagte nicht, den flatternden Gegenstand aus den Augen zu lassen. Ein Windstoß traf die Fensterscheibe, und die Pappelzweige schlugen gegen die Regenrinne. In diesem Moment riß sich der weiße Gegenstand von der Tannenhecke los. Er flatterte wild über den Rasen, fuhr wie ein Geschoß auf das Haus zu und kam erst zur Ruhe, als er gegen das Terrassenfenster klatschte. Rita spürte, wie der nasse, glänzende Gegenstand an der Glasscheibe kleben blieb, auf Höhe ihrer Waden. Sie verbarg ihr Gesicht im Vorhang und schrie. Als ihr nach einigen Sekunden langsam aufging, daß die Fensterscheibe unversehrt war und kein geheimnisvoller Gegenstand an ihren Beinen hing, schaute sie vorsichtig nach draußen. Sofort sah sie die weiße Plastiktüte, die jetzt unter der Treppenstufe vor der Terrassentür klemmte. Rita ließ den Vorhang los, trat einen Schritt zurück und lachte und weinte vor Erleichterung. In diesem Moment merkte sie, daß dort draußen jemand war. Daß sie beobachtet wurde. Eine dunkelgekleidete Gestalt stand ruhig im Licht der Straßenlaterne und betrachtete sie. Rita fuhr hinter dem Vorhang zusammen und wußte, daß der Mann sie gesehen hatte. Er ging langsam an der Auffahrt vorbei. Dann lief er die leere Straße hinunter.

Rita zitterte wie im Fieber. Ihre Hände waren feucht und kalt, ihr Herz hämmerte wie besessen. Vorsichtig schlich sie sich an der Wand entlang, fort vom Fenster, hinüber zum Lichtschalter, wo sie die beiden Deckenlampen ausknipste. Sie schloß hinter sich die Wohnzimmertür, drehte den Schlüssel um, schleppte die schwere Dielenkommode vor die verschlossene Wohnzimmertür. Dann setzte sie sich auf den Telefonhocker und wartete. Sie wählte die Nummer von Torgeirs Praxis in der Storgate, doch dort meldete sich niemand. Sie wählte den Notruf der Polizei, legte jedoch auf, ehe der Hörer dort abgenommen wurde. Was hätte sie sagen sollen? Verängstigte Frau, allein zu Hause gegen sieben Uhr abends, fürchtet sich vor der Dunkelheit und hat panische Angst vor einer flatternden Plastiktüte? Noch eine hysterische Hausfrau aus Nordstrand, die zuviel über den Mord im Solvei gelesen hat? Die Wache in Manglerud konnte sie auf keinen Fall anrufen. Dort war sie bekannt. Und zwar als die durch nichts zu erschütternde Psychologin, die ein großes gemeinsames Projekt von Polizei und Fürsorge geleitet hatte, die Frau, die den Anführer der schlimmsten Jugendbande zusammengestaucht und ihn dann später um den Finger gewickelt hatte. Sollte diese durch nichts zu erschütternde Psychologin etwa die Polizei anrufen, weil sie Angst im Dunkeln hatte, und weil um sieben Uhr abends ein unheimlicher Mann an ihrem Haus vorbeigelaufen war?

Rita versuchte sich einzureden, daß ihre Angst irrational und lächerlich sei. Du bist Psychologin, zum Henker. Du läßt dir doch von einer im Wind flatternden Plastiktüte keine Angst einjagen.

Sie versuchte das laut zu sagen, doch ihre Stimme gehorchte ihr nicht. Ihr Mund war wie ausgedörrt, und die Worte hörten sich hohl und furchtsam an. Die Angst ließ sich nicht unterdrücken, sie schien ihre Brustknochen wie eine eiskalte Kralle zu umklammern. Ihrer Furcht ausgeliefert, saß sie zusammengekrümmt auf ihrem Hocker und wartete. Wartete auf den Mann, der durch den Regen gelaufen war. Der Joggingmörder von Nordstrand... Ob das die nächste Schlagzeile sein würde? Ging er so vor? Hatte er Helene Vaage auf diese Weise dazu gebracht, die Tür zu öffnen? Hatte er mit Trainingsanzug und Stirnband im Solvei auf der Treppe gestanden? Als einer der frühen Morgenjogger? Hatte er um ein Glas Wasser gebeten, weil er sich plötzlich unwohl fühlte? Oder darum gebeten, telefonieren zu dürfen, weil er sich den Knöchel verstaucht habe? Und was würde er sich diesmal ausdenken? Was würde er sagen, wenn er vor der Tür stand?

Rita wußte, daß der Mann unter der Laterne sie gesehen hatte. Er wußte, daß sie allein war, er wußte, daß sie sich fürchtete. Er wußte auch, daß sie ihn gesehen hatte. Und er wußte, daß sie es wußte. Vielleicht sprang er ja auf ihre Angst an? Auf ihre Angst, und auf die Gewißheit, daß er Macht über sie hatte, daß er die Lage kontrollierte und dominierte? Jetzt wollte er spielen, wie die Katze mit der

Maus. Jetzt wollte er ihre Angst anheizen, sie dazu bringen zu zittern, um Gnade zu bitten, sich zu unterwerfen. Und während sie bettelte und flehte, würde er mit dem Messer spielen, seine Macht auskosten und seine Waffe liebkosen. Er würde sich für den endgültigen Stoß in Erregung bringen. Wie das Raubtier seine Beute lähmt, hatte auch er sie schon in seiner Macht. Noch hinter verschlossenen Türen war sie verloren. Sie war wehrlos, gelähmt, konnte nicht aufstehen, konnte nichts unternehmen. Wie ein verängstigtes Kind saß sie zusammengekrümmt und zitternd unter der Decke und horchte auf Schritte. Auf Schritte, die kommen mußten, das wußte sie. Schritte über den Kiesweg, Schritte auf der Treppe vor der Haustür. Sie horchte auf die Türklingel, die die Stille im Zimmer zerreißen würde. Um ihr zu sagen, daß die Zeit gekommen sei.

Ritas Angst war in ein apathisches Dösen übergegangen, als sie das erste leise Knirschen des Tores hörte. Sie wagte kaum zu atmen und starrte die Türklinke an. Es war ganz still. Sie hörte keine Schritte. Aber sie wußte, daß sie nicht mehr allein war.

»Lieber Gott«, betete Rita lautlos. »Lieber Gott, hilf mir.«

Das Tor fiel ins Schloß, und der Kies draußen knirschte. Ich höre dich, flüsterte sie in Gedanken. Ich weiß, daß du da bist. Ich weiß, daß du das willst. Daß ich dich höre. Daß ich weiß, daß du da bist.

Etwas Schweres fiel gegen die Hauswand. Sie hörte Schritte, die um die Ecke bogen. Die Schritte kamen die Treppe hoch. Und hielten inne. Klingeln, dachte Rita. Jetzt mach schon.

Klingel doch einfach. Bring es hinter dich.

Ein Schlüssel wurde ins Schloß gesteckt. Rita registrierte das scharfe Klicken und sah, wie die Türklinke sich bewegte. Er hat einen Schlüssel. Der Messerstecher hatte also doch einen Schlüssel.

Die Tür öffnete sich. Rita klammerte sich an ihre Decke und schrie.

11

An diesem Abend weinte Lillemor sich in den Schlaf.

Schon, als sie aus der Straßenbahn ausgestiegen war, hatte sie ein unangenehmes Gefühl gehabt. Ihre Kopfschmerzen waren zwar verschwunden, aber sie war restlos erschöpft gewesen, als sie nach Hause gekommen war. Sie hatte keinen Appetit gehabt, sondern nur zwei kalte Fischfrikadellen verschlungen, ehe sie sich bereit gemacht hatte. Es hatte den ganzen Tag geregnet, und schon um sechs Uhr abends war es stockdunkel. Lillemor zog ihren langen weiten Polyestermantel mit den tiefen Taschen an. Sie band sich ein Kopftuch um, zog es tief in die Stirn und machte einen Knoten unter ihrem Kinn, wie sie es bei muslimischen Frauen gesehen hatte. Dann klebte sie sich mit Pflaster eine weiße Mullkompresse auf das eine Auge. Sie überzeugte sich davon, daß Treppenhaus und Hof menschenleer waren, dann schlich sie sich hinaus. Unterwegs fiel ihr auf, daß die Treppe nicht geputzt worden war. Und daß wieder diese rothaarige Schminkpuppe Linda Hansen ihre Pflicht nicht getan hatte. Als ob dieses zuckersüße Närrchen etwas anderes zu tun hätte. Den ganzen Tag im Frisiersalon zu stehen, konnte ja kaum schrecklich anstrengend sein. Und daß die Treppe so übel aussah, verdreckt von verschlammten Kinderwagen und Dreirädern, lag an Linda Hansens Gören. Lillemor beschloß, ihr später an diesem Abend einen Zettel zu schreiben und sie an die Hausordnung zu erinnern. Eigentlich hätte sie sich schon längst beim Hausmeister und dem Mieterbeirat beschweren sollen.

Sie machte einen kleinen Spaziergang durch den Bogstadvei, dann fuhr sie mit der Straßenbahn weiter. Bei diesem Wetter war die Bahn nur halbvoll. Lillemor hatte eine Monatskarte und stieg in den letzten Wagen ein. Weiter vorn im Wagen lachte eine Bande von Halbwüchsigen sich scheckig über die eigenen Witze, im Mittelgang versuchte eine hochschwangere Pakistanerin zwei rotzige Gören, vier Einkaufstaschen und einen Kinderwagen im Griff zu behalten. Vor Lillemor saß ein junges Mädchen und wiegte sich stumpfsinnig hin und her; sie hatte lila Haare, auf ihren Knien lag ein Walkman.

Lillemor setzte sich auf die hinterste Bank. Die anderen Fahrgäste schienen mit ihren eigenen Angelegenheiten beschäftigt zu sein. Vielleicht fiel die Frau mit dem großen schwarzen Kopftuch und dem Pflaster auf dem Auge jemandem auf. Vielleicht nicht. Aber niemand hier hatte Lillemor Johansen gesehen.

Die kalte Stahlklinge ruhte sicher und beruhigend an ihrem warmen Oberschenkel. Doch die Unruhe ließ sie trotzdem nicht los. Eine vage Unruhe, ein diffuses, unbehagliches Gefühl, verstärkt durch den allgegenwärtigen Druck im Hinterkopf. Und der grobe Patzer des Vortages ließ sich auch nicht so einfach aus ihren Gedanken tilgen.

Es nieselte jetzt nicht mehr, sondern goß aus allen Wolken, ein beißender Wind wehte. Obwohl es dunkel war und kaum jemand unterwegs, kam sie sich unangenehm groß und sichtbar vor. Sie hatte das Gefühl, zwischen den Laternen Spießruten zu laufen, verfolgt von mißtrauischen Blicken aus großen, erleuchteten Fenstern auf beiden Straßenseiten. Ihre Hände, die schweißnaß gewesen waren, als sie aus der Straßenbahn ausgestiegen war, waren im peitschenden Regen kalt und naß geworden. Sie hatte keine Handschuhe bei sich. Dieses Detail hatte sie bei ihrer Planung vergessen. Sie hatte vor dem Aufbruch daran gedacht, aber weil sie beim Training mit der Schneiderpuppe niemals Handschuhe getragen hatte, hatte sie das Risiko nicht eingehen wollen, ein unerprobtes Moment einzuführen. Sie konnte sich nicht so recht vorstellen, ein Zwischenglied zwischen Haut und Messergriff zu haben. Die Handschuhe auszuziehen, wäre ein zusätzliches Risiko. Denn was, wenn sie vergaß, sie wieder anzuziehen? Oder wenn sie sie vor dem Haus verlor?

Der Weg von der Straßenbahnhaltestelle zum Haus dauerte um einiges länger, als sie erwartet hatte. Sie hatte vorher nur einen Probelauf gemacht. Und zwar während der Sommerferien, die die Familie Reiersen in ihrem Landhaus verbracht hatte. Der Hang war ihr im Sommer nicht so lang und steil vorgekommen. Und Lillemor war das Gehen nicht gewöhnt. Spaziergänge waren ihr immer als Zeitverschwendung erschienen. Sie ging zwar manchmal den Bogstadvei hinunter, meist jedoch nahm sie die Straßenbahn.

Am Fuße des langen Hanges hatten sich die Kopfschmerzen wieder eingestellt. Später umschlossen sie sie wie eine boshafte Kralle und jagten bei jedem Schritt, den sie sich mühselig den beschwerlichen Weg hinaufpreßte, unheilverkündende kleine Blitze in ihre Schläfen. Die weiße Mullkompresse klebte kalt und widerlich am Augenlid. An der Straßenkreuzung oben mußte sie anhalten, um Atem zu schöpfen. Und dabei entdeckte sie den einsamen Jogger. Eine dunkelgekleidete Gestalt, die direkt auf sie zuhielt. Lillemor war sich ganz sicher, daß der Jogger sie unter der Straßenlaterne bemerkt hatte. Deshalb ging sie ruhig weiter. Der Jogger war einer dieser mageren Männer mittleren Alters, die verbissen und ohne Ziel und Zweck bei strömendem Regen die Straßen entlanglaufen. Als sie einander begegneten, verlangsamte der Mann sein Tempo und schien für einen Moment ganz anhalten zu wollen. Er starrte sie mit einer Mischung aus Verachtung und Irritation an, dann schien er sich die Sache plötzlich anders zu überlegen. Denn was wollte er schon mit dieser seltsamen fetten Frau? Mit einem verstörten, einäugigen Frauenzimmer, das aus irgendeiner Anstalt entwichen war, allein im strömenden Regen, ohne Regenschirm, vermutlich wirr im Kopf. Der Mann schaute auf die Uhr und lief weiter. Wortlos. Als habe er einen Entschluß gefaßt. Als habe er beschlossen, sich seine Joggingtour nicht von einer verrückten Halbblinden ruinieren zu lassen. Lillemor war das nur recht, aber trotzdem war sie empört über das rücksichtslose Verhalten des Mannes. Am liebsten hätte sie das Messer aus der Manteltasche gezogen und in sein gewissenloses, hämmerndes Herz unter der triefnassen Trainingsjacke gestoßen. Es war eine plötzlich Eingebung gewesen, ein wahnwitziger Impuls, fast schon so etwas wie eine Besessenheit. Es hätte nur einige Sekunden gedauert, die Zeit, in der sie sonst nach der Uhrzeit hätte fragen können. Danach wäre sie weitergegangen. So, als sei nichts geschehen.

Als sie das Tor vor Nummer 36 erreichte, fiel ihr auf, daß nicht alles so war, wie es sein sollte. Das Haus sah so verdächtig dunkel und leer aus. Natürlich gehörte es zu ihrem Plan, daß Torgeir in seiner Praxis in der Storgate wäre und die Kleine beim Handballtraining. Und Rita allein zu Haus. Doch Rita hielt sich ja wohl kaum in diesem stockfinsteren Haus auf. Lillemor überlegte. Wenn

Rita nicht zu Hause war, dann konnte sie daran nichts ändern. Wenn doch, dann machte sie vielleicht ein Nickerchen. Und dann würde sie sie wecken. Und sich genau an ihren Plan halten.

Das Tor hatte beim Öffnen unangenehm laut geknirscht, aber im Haus war kein Licht eingeschaltet worden, Lillemor hatte keine Bewegung erkennen können. Sie hatte sich neben dem Tor hinter der kräftigen Tannenhecke versteckt und sich die nasse Kompresse vom Auge gerissen, dann war sie noch einmal ihren Plan Schritt für Schritt durchgegangen. Rita war im Lauf der Jahre so oft im Krankenhaus gewesen, daß sie Lillemor zweifellos erkennen würde. Und das sollte sie auch. Und wenn Lillemor behauptete, unter vier Augen mit ihr sprechen zu müssen, und zwar über Torgeir, dann würde Rita sie natürlich sofort ins Haus lassen. Während Lillemor sich noch fragte, ob sie für die Rückfahrt die Kompresse wieder aufkleben sollte, hörte sie plötzlich ein Fahrrad, das sich aus der Richtung näherte, aus der sie selber gekommen war. Sie konnte gerade noch zwischen den Büschen in die Hocke gehen, dann hielt das Rad auch schon vor der Tür. Eine schmächtige Gestalt in gelber Regenjacke und mit einem Rucksack öffnete das Tor und schob das Rad in den Garten. Die gelbe Gestalt machte sich nicht die Mühe, das Tor hinter sich zu schließen, sondern lief die wenigen Meter zum Haus, ließ das Rad gegen die Wand fallen, rannte dann um die Hausecke und verschwand durch die Eingangstür.

Lillemor wußte, daß Camilla eine Stunde zu früh vom Handballtraining zurückgekommen war. Sie schlich sich aus dem Garten und schloß so vorsichtig wie möglich das Tor hinter sich. Ein Knirschen ließ sich nicht vermeiden, aber Lillemor brachte es nicht übers Herz, das schöne schmiedeeiserne Tor im Wind schlagen zu lassen, wie die rücksichtslose Göre es getan hatte. Als das Tor knirschte, hätte sie schwören können, aus dem dunklen Haus einen herzzerreißenden Schrei zu hören. Aber danach war alles still, und sie sah ein, daß ihre Phantasie ihr einen Streich gespielt hatte. Auf dem Weg zur Straßenbahnhaltestelle begegnete ihr keine Menschenseele, und auf der Fahrt in die Innenstadt hatte sie den ganzen Wagen für sich.

Zu Hause mußte Lillemor sich erbrechen. Sicher hatte sie den Eintopf vom Vortag nicht vertragen, ihr war schon den ganzen Tag ein wenig schlecht gewesen. Es half, den Magen zu leeren. Aber gegen die Kopfschmerzen konnte es nicht viel ausrichten. Und ihre Laune besserte sich auch nicht. Sie nahm eine Kopfschmerztablette und zwang sich dazu, eine Tasse besonders starken Kaffee zu trinken. Dann ließ sie Wasser in die Badewanne laufen, zog ihren blauen Seidenkimono an und bezog das Bett neu. In der Regel half das. Und sie hatte es zuletzt vor vielen Wochen getan.

Das warme, weiche Bad mit dem Fenjal-Öl schien ihren schweren Leib leicht und glatt und weich werden zu lassen. Sie ließ den Kopf auf das Frotteehandtuch sinken, das zu einer Wurst zusammengerollt auf dem Badewannenrand lag, schloß die Augen und massierte ihre runden Brüste, bis die Haut einen warmen rosa Schimmer annahm. Während sich ihre Brustwarzen unter den Fingerspitzen der einen Hand aufrichteten, fuhr sie sich mit der anderen Hand langsam über die Innenseite ihrer Oberschenkel. TORGEIR. Sie schrieb immer wieder mit den Zeigefingernagel seinen Namen, bis ihre Haut heiß und ein wenig wund prickelte. TORGEIR, TORGEIR, TORGEIR.

In Großbuchstaben. Sie bohrte sich den Nagel in ihren weichen Oberschenkel. Während ihr Gehirn wunderbar träge und schläfrig wurde, erwachte ihr Körper nach und nach zum Leben. Sie schrubbte sich mit dem Waschlappen, schrubbte und schrubbte, bis es weh tat, schrubbte und wartete darauf, daß ihre Unruhe abebbte. Wartete. Schrubbte und wartete.

Das Badewasser war halb kalt, als sie den Stöpsel aus dem Abfluß zog und aus der Wanne stieg. Noch immer fühlte sie sich nicht rein. Und ihr Körper war nicht so behaglich warm und ruhig wie sonst bisweilen nach dem abendlichen Bad. Im Gegenteil. Sie fühlte sich klamm und fröstelte, und sie hatte Kopfschmerzen. Sie duschte in aller Eile und rieb sich gründlich trocken. Dann schlüpfte sie in ihren bodenlangen blauen Seidenkimono, bürstete sich die Haare und putzte die Zähne. Die Seide war von genau demselben Farbton wie ihre Augen. Sie hatte den Kimono im Schaufenster von Camino im Kirkevei entdeckt und fast die Hälfte ihres Urlaubsgeldes dafür ausgegeben. Es war ein französisches Modell. Und sogar die versnobte Verkäuferin hatte darauf hingewiesen, daß die Farbe perfekt zu Lillemors Augen passe.

Sie holte den Eternity-Flakon aus dem Spiegelschrank und trug ihn vorsichtig ins Schlafzimmer. Sie drehte den Verschluß ab und gab auf Kopfkissenbezug und Laken jeweils einen Tropfen. Dann stellte sie die kleine Flasche auf den Nachttisch und drehte die Schrift zum Kopfende ihres Bettes hin.

Das glatte, federleichte Bettzeug fühlte sich kühl an. Lillemor kroch unter der Decke in sich zusammen. Unter der eierschalfarbenen Decke. Der Satindecke. Die Satinbettwäsche hatte sie im vergangenen Jahr gekauft. Zu ihrem Geburtstag. Über achtzehnhundert Kronen hatte sie gekostet. Eine exklusive italienische Marke von höchster Qualität. Die elegante ältere Verkäuferin hatte anerkennend genickt und Lillemor respektvoll bedient, als diese, ohne zu zögern und ohne einen Blick auf das Preisschild zu werfen, sich dieses erlesene Bettzeug ausgesucht und gesagt hatte: »Ja, bitte, das paßt ganz genau.«

»Torgeir«, sagte Lillemor und knipste die Nachttischlampe aus. »Komm zu mir ... nur für ein paar Minuten.« Aber im tiefsten Herzen wußte sie ja, daß diese Bitte nutzlos war. Er würde nicht kommen. Nicht an diesem Abend. Nicht in dieser Nacht. Nicht so wie sonst, wenn sie sein Bettzeug aufgezogen hatte und den blauen Seidenkimono trug. Er würde nicht kommen, weil sie gepatzt hatte. Er würde sie bestrafen. Ihre vielen bösen Gedanken waren wieder da, drangen in ihr Gehirn ein, wirbelten immer wieder durch ihren müden, schmerzenden Kopf. Lillemor wälzte sich hin und her. Sie war zu müde zum Schlafen, ihr Körper kam nicht zur Ruhe. Sie ballte unter dem Kimono die Fäuste und bohrte ihr Gesicht in den eierschalenfarbenen Kissenbezug. Dann ließ sie ihren Tränen freien Lauf.

12

»Ich wünschte, Weihnachten wäre schon vorbei«, sagte Anne-Britt düster. »Nur Streß und Unannehmlichkeiten.«

Die Kinder würden den Heiligen Abend bei ihrem Exmann verbringen und versuchten gar nicht erst zu verhehlen, daß sie sich darauf freuten, mit ihrem neuen Brüderchen zusammen zu feiern. Anne-Britt hatte eine halbherzige Einladung ihres Bruders bekommen, aber sie hatte beschlossen, zu Hause zu bleiben. Allein. Mit Aquavit und Tiefkühlpizza.

»O nein«, protestierte Solveig entsetzt. »Weihnachten ist doch so gemütlich.« Zum ersten Mal hatte sie die ganze Familie in ihre neue Wohnung in Holmlia zum Essen eingeladen. Wochenlang hatte sie sich mit Kerzen und Weihnachtsservietten und guten Tips für einen knusprigen Braten abgemüht, und immer hatten rosa Salzteigreste unter ihren Fingernägeln geklebt.

Lillemor sagte nichts. Aber dieses eine Mal stimmte sie Solveig zu. Weihnachten war wirklich gemütlich. Normalerweise freute sie sich darauf, zuerst auf die Weihnachtsvorbereitungen und dann auf die ruhigen Feiertage. Doch in diesem Jahr war ihr ganzer Zeitplan durcheinandergeraten. Sie hatte ihre Wohnung zwar mit Weihnachtsdeckchen und -läufern geschmückt, sie hatte den siebenarmigen Leuchter hervorgeholt und einen Weihnachtsstern ins Wohnzimmerfenster gehängt, doch mit der Weihnachtsbäckerei hatte sie noch nicht anfangen können. Und dabei hatte sie doch sonst immer viele Keksdosen voller Zimtsterne, Zitronenherzen, Vanillehörnchen und Spritzgebäck. Nur die wirklich komplizierten Sorten kaufte sie im Laden.

»Weihnachten ist etwas für Kinder und Krämer«, sagte Anne-Britt verächtlich.

»Unsinn«, damit beendete Lillemor die Diskussion. »Weihnachten ist ein religiöses Fest.«

Sie selber ging am Heiligen Abend immer in die Kirche. Allerdings nicht in die Majorstuenkirche, obwohl die in der Nähe lag und eigentlich ihre Pfarrkirche war. Lillemor spazierte lieber den weiten Weg nach Uranienborg. Denn dort gab es eine richtig altmodische Kirche mit feierlicher Stimmung. Am ersten Weihnachtstag besuchte sie dann die häßliche, neumodische Majorstuenkirche, fast schon wegen des Kontrasts.

Für Lillemor war Weihnachten ein *gutes* Fest. An Weihnachten blieben die Leute zu Hause, kümmerten sich um sich selber, und niemand verlangte von ihr, sich über den Kirchenbesuch hinaus an gemeinsamen Veranstaltungen zu beteiligen. Sie liebte Weihnachten und Ostern. Die Ruhe, die Stimmung, die Rituale. Zu Ostern war die Stadt wie ausgestorben, und sie hatte fast das ganze Haus für sich. Sie gönnte sich lange, ausgedehnte Frühstücke mit Eiern und Anchovis, ungestört von lärmenden Kindern im Treppenhaus und im Hinterhof. Die weltlichen Feiertage haßte Lillemor dagegen wie die Pest. Silvester, den Nationalfeiertag und die Johannisnacht. Sie haßte den Lärm der Raketen und der Blaskapellen. Ihr wurde schlecht, wenn sie auf der Straße Grillgeräte und Tische für alle sah. Und die vielen angetrunkenen, zudringlichen Menschen gingen ihr auf die Nerven. Frech, widerwärtig und sinnlos brüllten sie herum und redeten sie an wie eine alte Bekannte.

Doch in diesem Jahr war alles anders. Sie war im Rückstand mit ihren Weihnachtsvorbereitungen, und ihr ganzes Dasein war aus den Fugen geraten. Der feste, vertraute Rhythmus war verschwunden. Lillemor hatte das Gefühl, daß sie nichts mehr im Griff hatte. Und das war ein äußerst unangenehmes Gefühl. Sie fühlte sich nicht wohl, und ihre innere Unruhe ließ sie nicht los. Nachts schlief sie schlecht, und abends hatte sie Angst vor dem Schlafengehen. Sie hatte Angst vor bösen Träumen und vor den Kopfschmerzen, die sich jeden Morgen mit dem Erwachen einstellten. Vor allem aber hatte sie Angst, die Kontrolle zu verlieren, ihren Plan nicht ausführen zu können, zu versagen. Es war schon so vieles schiefgelaufen. Nach der Generalprobe im Solvei war sie so zufrieden und selbstsicher gewesen. Aber danach war einiges schiefgelaufen. Vor allem machten ihr Karsten Vaages unverschuldete Probleme zu schaffen. In den Zeitungen geriet der Bekkelagsmord zwar langsam in Vergessenheit, aber Lillemor hatte im *Dagbladet* eine kurze Notiz gesehen, laut der der Ehemann noch immer verhört wurde und als wichtiger Zeuge galt.

»Bis er gesteht, ja«, hatte Anne-Britt zynisch kommentiert. »Es ist nur eine Frage der Zeit, bis sie ihn geknackt haben.«

Lillemor wußte sich keinen Rat. Auch sie war davon überzeugt, daß Karsten Vaage bald zusammenbrechen würde. Zum Zusammenbruch getrieben von bösartigen Unterstellungen und grundlosem Verdacht, zerschmettert von falschen Beschuldigungen und untauglicher Polizeiarbeit. Karsten Vaage und Torgeir Reiersen waren jetzt beide von ihrem Einsatz abhängig. Und sie hatte sie beide im Stich gelassen. Torgeir wich ihr aus. Sie wußte, daß er verzweifelt war. Und enttäuscht. Daß er sich unsicher und verlassen fühlte. Sie konnte ihm da auch keine Vorwürfe machen. Vorwürfe machte sie nur sich selber. Sie hatte die Erwartungen nicht erfüllt, weder Torgeirs noch ihre eigenen. Sie verstand, daß er seit dem Patzer von neulich abend an ihr zweifelte. Denn Rita Reiersen war ja noch immer bei bester Gesundheit.

Am Tag darauf hatte Lillemor sich krankgemeldet. Sie war erst gegen Morgen eingeschlafen, und als der Wecker schellte, fühlte sie sich so elend, daß sie kaum den Kopf vom Kissen heben konnte. Am Tag darauf war sie zwar wieder zur Arbeit gegangen, hatte sich aber noch immer nicht wohl gefühlt. Die Kopfschmerzen waren ausgesprochen heftig, und ihr wurde schon schwindlig, wenn sie sich nur bückte, um sich die Schnürsenkel zu binden. Außerdem schämte sie sich. Es war ihr peinlich, Torgeir zu begegnen. Peinlich, weil sie ihre Untauglichkeit unter Beweis gestellt hatte. Und Torgeir war wirklich nicht gnädig gewesen. Nicht, daß er seine Meinung offen zum Ausdruck gebracht hätte. Natürlich hatte er nichts gesagt. Im Gegenteil. Er hatte einen Bogen um sie gemacht, hatte sie übersehen, hatte kein Wort zu ihr gesagt. Als er ins Büro kam, um seine Post zu holen und einige Kassetten mit diktierten Briefen abzuliefern, hatte er sie kaum gegrüßt und war gleich wieder davongestürzt. Sie hatte angeboten, die Briefe sofort zu schreiben, doch Torgeir hatte nur gleichgültig die Achseln gezuckt und gesagt, das sei nun wirklich nicht nötig. Lillemor war so verzweifelt und verwirrt gewesen, daß sie ihn zurückgerufen und gefragt hatte, ob seine Tochter dienstags abends nicht mehr Handball spiele. Er hatte laut und deutlich geseufzt, hatte kurz und gereizt »doch, sicher tut sie das« gesagt und war dann endgültig verschwunden. Lillemor sah natürlich ein, daß sie darüber nicht sprechen konnten. Sie durften ja keinen Verdacht erwecken, aber sie mußte trotzdem zugeben, daß sie sich verletzt und ungerecht behandelt fühlte. Natürlich verstand sie, daß Torgeir enttäuscht und traurig war, aber es war schließlich nicht Lillemors Fehler gewesen, daß die Kleine eine Stunde zu früh aufgetaucht war und alles ruiniert hatte.

Als Torgeir am nächsten Tag kam, um die Briefe zu unterschreiben, hatte er sich ganz offenbar eines Besseren besonnen. Und bereute aufrichtig. Er legte eine große Schachtel *Kong Haakon*-Pralinen auf ihren Schreibtisch und bat um Entschuldigung. »Tausend Dank für die Extraarbeit, Lillemor«, sagte er. »Ich weiß, ich war in letzter Zeit gestreßt und reizbar, aber ich wollte das nicht an dir auslassen... Probleme zu Hause...«

Lillemor lächelte beruhigend und sagte »pst, pst«, er sollte doch nicht solch eine Bemerkung machen, die bei Solveig und Anne-Britt Verdacht erwecken konnte. »Wir müssen professionell vorgehen«, sagte sie vielsagend. Und Torgeir nickte dankbar. »Verziehen«, hatte er gesagt und sie fragend angesehen. Sie wußte nicht so recht, wie er das meinte. Wollte er sie um Verzeihung bitten? Oder hatte er ihr verziehen? Sie wußte nicht was sie sagen sollte, sie nickte und lächelte nur, und Torgeir gab sich damit zufrieden.

Später war Torgeir eine Weile im Büro gestanden, während Solveig munter über eine bevorstehende Hochzeitstagsfeier im Restaurant »Tre Kokker« plauderte; danach wollten sie zu einem Konzert der Dizzie Tunes gehen.

»Kauf dir lieber einen Kasten billigen Rotwein und schau dir den ›Rosenkrieg‹ an«, war Anne-Britts bissiger Kommentar. Lillemor hatte nichts gesagt. Sie hatte sich laut und demonstrativ geräuspert, aber das hatte keine Wirkung gezeigt. Sie hatten keinen Geschmack, weder Solveig noch Anne-Britt. Erst als das Gespräch eine ernsthaftere Wendung nahm, spitzte Lillemor die Ohren. Torgeir erkundigte sich bei Anne-Britt nach ihrer Scheidung, ob sie die einigermaßen gut überstanden habe, so rein finanziell. Lillemor begriff sofort, daß das eine wichtige Mitteilung war. Torgeir spielte mit dem Gedanken an Scheidung. Ernsthaft. Er wollte sich von Rita scheiden lassen, auch wenn er dann die Villa in Nordstrand und das schöne Landhaus bei Holmbru aufgeben müßte. Lillemor wußte, daß Rita bei der Hochzeit auf Gütertrennung bestanden hatte. Und gutmütig wie er war, hatte Torgeir nachgegeben. Schon damals hätte er Lunte riechen müssen, aber er war eben zu naiv und gutgläubig. Er hätte durchschauen müssen, was Rita im Grunde für eine gierige, egoistische Person war. Ein verwöhntes Einzelkind aus einer der sogenannten guten, alten Familien. Das nicht einmal Anstand genug besaß, den ererbten Reichtum mit dem eigenen Ehemann zu teilen.

Lillemor war zu Tränen gerührt. Fast wäre sie aufgesprungen, um ihn in die Arme zu nehmen, ihn an sich zu ziehen und zu flüstern: »Ich verstehe, was du sagst, mein Liebster. Ich weiß, daß du alles opfern würdest, aber das ist nicht nötig. Rita wird dir nicht deinen rechtmäßigen Besitz wegnehmen. Alles wird uns gehören. Uns! Verlaß dich auf mich.«

Es kam ja wohl nicht in Frage, Rita Reiersen die Millionenvilla und das Landhaus zu überlassen. Auch Lillemor wünschte sich einen geschützten Garten und mehr Platz für ihre Habseligkeiten. Eine geräumige Küche und ein Nähzimmer. Eine eigene Waschmaschine. Sie wollte sich nicht mehr in eine Liste eintragen müssen, um waschen zu können. Sie wollte sich nicht mehr mit Taugenichtsen und Chaoten herumstreiten, die frech andererleuts Waschstunden übernahmen und ihre Wäsche noch stundenlang in den Trockentrommeln liegenließen. Und ein großes Badezimmer. Sie hatte sich schon immer ein großes Badezimmer gewünscht. Vielleicht mit einer Eckbadewanne mit separater Dusche. Vielleicht sogar mit Whirlpool. Und eine Terrasse mit Markise und Grill. In Zukunft würde Lillemor im Sommer unter den schattigen Pappeln sitzen. Lillemor würde auf der großen Terrasse den Tisch decken, während Torgeir den Grill mit Hähnchenbrust und Lammkoteletts hütete.

Mechanisch schrieb Lillemor nach Diktat, während ihre Gedanken schweiften.

»Hallo, hallo!«

Gereizt blickte Lillemor vom Bildschirm hoch.

»Hallo.« Hilde Holm tippte mit dem Finger an die Fensterscheibe von Lillemors Büro. Der Anblick dieses lächelnden Gesichts ließ die Kopfschmerzen in Lillemors Hinterkopf besonders heftig werden. Sie hörte nicht richtig, was Hilde sagte. »Frag Anne-Britt«, antwortete Lillemor vergrätzt. Sie nahm an, es gehe um irgendwelche Überweisungen, die Hilde wie üblich verlegt hatte. »Du siehst doch, daß ich zu tun habe.«

»Aber Lillemor«, jetzt lachte Hilde ganz offen. »Ich frage doch, ob du zur Weihnachtsfeier kommen willst. Ich bin nämlich im Festkomitee, verstehst du«, fügte sie hinzu.

»Nein«, sagte Lillemor. Wollte diese unverschämte Göre sich etwa lustig über sie machen? Sie kehrte dem Fenster den Rücken zu und hämmerte weiter auf die Tasten ein.

»Aber warum denn nicht? Es wird sicher sehr lustig!« Hilde Holm kam herein und lehnte sich an den Schreibtisch.

»Nein«, wiederholte Lillemor. Sie verlor langsam die Geduld und spürte, wie die Wut in ihr hochstieg.

»Aber warum denn nicht?«

»Nein, habe ich gesagt.« Lillemor wußte nicht, was sie tun würde, wenn die andere nicht sofort die Hand von ihrem Schreibtisch nähme und sich aus ihrem Arbeitszimmer scherte.

»Anne-Britt und Solveig kommen. Und Torgeir ... Wir sind zusammen im Festkomitee.« Hilde Holm ließ nicht locker. Sie wußte, daß Lillemor ein Auge auf Dr. Reiersen geworfen hatte; er hatte ihr selber von den vielen Pulverkaffeegläsern erzählt und ihr die gewaltige Yucca-Palme gezeigt.

»Zieh Dr. Reiersen da nicht mit rein«, schnappte Lillemor wütend. Sie wußte jetzt, daß diese unverschämte Göre sich einfach über sie lustig machte. »Zusammen ...« Lillemor ahnte schon lange, daß Hilde Holm auf Torgeir scharf war. Sie hatte gesehen, wie sie sich für ihn aufspielte, wie sie schleimte und schmeichelte und mit ihrer eigenen Unfähigkeit kokettierte, damit er ihr die einfachsten praktischen Vorgänge erklärte. Hilde Holm hatte sich vom ersten Tag an über sie lustig gemacht, und jetzt war sie hinter Torgeir her und versuchte nicht einmal, das zu vertuschen. Lillemor konnte ihre Wut nicht mehr unterdrücken, es hämmerte in ihrem Hinterkopf, und der Schweiß lief über ihren Hals.

»Aber Lillemor, was ist denn los?« Hilde Holm nahm ihre Hand vom Schreibtisch und schaute die andere entsetzt an.

»Raus! Raus mit dir!« Lillemor wußte, daß sie so laut schrie, wie sie konnte, doch über ihre Lippen kam kein Laut. Sie schrie wieder. Lautlos.

»Anne-Britt! Solveig! Kommt! Schnell! Mit Lillemor stimmt was nicht«, rief Hilde Holm ängstlich.

Anne-Britt und Solveig kamen angestürzt und starrten Lillemor, die mit den Händen fuchtelte und wild vor sich hinstarrte, verwundert an. »Sie hat einen Anfall«, stotterte Hilde. »Wir haben uns ganz normal unterhalten, und plötzlich...«

»Lillemor!« Anne-Britt schob Hilde Holm beiseite. Sie hatte den letzten Teil des Gesprächs der beiden gehört und ihn durchaus nicht normal gefunden. »Was ist los mit dir?«

Lillemor gab keine Antwort. Ihr Gesicht war rot angelaufen, und Speichel tropfte aus einem Mundwinkel.

»Macht doch was«, jammerte Solveig.

»Wißt ihr, ob ihr irgendwas fehlt?« Hilde Holm wäre am liebsten weggelaufen. Und dabei hatte doch alles bestens geklappt, als bei ihrem ersten Nachtdienst im Klinikum der stellvertretende Bürgermeister mit Herzstillstand eingeliefert worden war. Ruhig hatte sie alles Nötige in die Wege geleitet. Sie war noch nie in einer solchen Situation gewesen, hatte aber genau gewußt, was sie zu tun hatte. Sie war nicht in Panik geraten. Sie hatte keine Angst gehabt. Sie hatte dem Krankenhauspersonal kurze, präzise Befehle gegeben und dabei die Herzkompression durchgeführt und die EKG-Monitore im Auge behalten. Als ein Herzspezialist und der Anästhesist eingetroffen waren, hatte Hilde Holm bereits Ventrikelflimmern diagnostiziert und den Patienten durch Elektrokonversion zweimal zu normalem Herzrhythmus gebracht. Der stellvertretende Bürgermeister hatte überlebt. Und die Krankenschwestern (die angesichts einer frisch eingetroffenen Klinikumskandidatin das Schlimmste befürchtet hatten) waren des Lobes voll gewesen. Eine dermaßen professionelle Klinikumsärztin hatten sie noch nie erlebt. Die sollten sie jetzt einmal sehen, außer sich vor Angst und handlungsunfähig.

»Du siehst doch, daß ihr etwas fehlt, zum Henker!« schnappte Anne-Britt.

»Ich meine… wißt ihr, ob… ob sie irgendeine Krankheit hat?« Vergeblich bemühte Hilde sich um professionelles Auftreten. »Epilepsie? Oder Diabetes? Nimmt sie irgendwelche Medikamente?« Sie war überwältigt von Angst und Schuldgefühlen und wußte nicht, was sie tun sollte.

Anne-Britt und Solveig hielten noch immer Distanz, so, als beobachteten sie das Toben der Naturkräfte. Lillemor schien zwar verstummt zu sein, aber es war eindeutig, daß sie vor Wut glühte.

»Nein«, sagte Solveig. Sie wußte überhaupt nicht, auf welche Frage sie antwortete.

»Doch«, sagte Anne-Britt. Dann mußte sie nachdenken. »Hoher Blutdruck.« Jetzt fiel es ihr wieder ein. Vor zwei Jahren… Lillemor hatte wochenlang über Kopfschmerzen geklagt, dann hatte sie sich überreden lassen, den Vertrauensarzt aufzusuchen. Anne-Britt wußte noch, daß Lillemor mit einem Rezept zurückgekommen war und wütend erklärt hatte, der Vertrauensarzt sei untauglich und sie werde nie im Leben wieder einen Fuß in sein

Sprechzimmer setzen. Ein paar Tage später hatte Anne-Britt im Bus neben der Sprechstundenhilfe des Vertrauensarztes gesessen, und die hatte ihr erzählt, daß Lillemor an himmelhohem Blutdruck leide. Anne-Britt wußte nicht, ob Lillemor die Tabletten nahm, die der Vertrauensarzt ihr verschrieben hatte. Sie hatte nie geantwortet, wenn Anne-Britt sich hin und wieder nach ihrem Blutdruck erkundigt hatte.

»Nimmt sie Tabletten?«

»Gott weiß«, antwortete Anne-Britt wahrheitsgemäß.

»Hol Hilfe«, sagte Hilde Holm. »Das kann eine hypertonische Krise sein. Ruf Torgeir an, ich hole den Blutdruckmesser.« Sie zog das Stethoskop aus der Kitteltasche, legte es sich um den Hals und war erleichtert, weil sie sich nicht mehr nur mit Lillemors stummer Wut befassen mußte.

»Laß mich nicht allein«, jammerte Solveig und klammerte sich an Anne-Britt an.

»Laß mich los! Himmel, ich geh doch nur zum Telefon und sag Torgeir Bescheid ... oder irgendwem, der gerade Dienst hat. Kümmer du dich solange um Lillemor!«

»Aber mach schnell!« Solveig fürchtete sich vor der stummen, wütenden Lillemor noch mehr als vor der spöttischen, beredten Ausgabe. Nie im Leben würde Lillemor Hilde Holm mit dem Blutdruckmesser an sich heranlassen. Nicht ohne Daktaripfeile, wie Solveig sie aus Naturprogrammen im Fernsehen kannte.

»Laß mich in Ruhe!« Lillemor schrie lautlos. Ihr Kopf war ein funkensprühendes Chaos aus Wut, Angst und Schmerzen. Vor ihren Augen flimmerte es, und sie mußte sich an der Schreibtischkante anklammern, um nicht vom Stuhl zu fallen.

Hilde Holm kam mit dem Blutdruckmesser angestürzt, und Solveig versuchte vorsichtig, einen feuchten Lappen auf Lillemors heiße Stirn zu legen. Lillemor schleuderte den Lappen auf den Boden, und Solveig fuhr zurück, wie von einem bissigen Hund angegriffen. Lillemor schlug um sich und sabberte, während Hilde Holm sich alle Mühe gab, Lillemors weiße Bluse aufzuknöpfen, um ihr die Blutdruckmanschette überstreifen zu können und Platz für das Stethoskop zu finden. Lillemor würgte eine saure Mischung aus Kaffee und Schmalzkringel über ihre Bluse. Sie trat um sich und wand sich, während Anne-Britt und Solveig versuchten, ihre Arme festzuhalten, und Hilde Holm ihr die Bluse aufriß.

Gerade, als Lillemor sich ihnen entwand, sich die Manschette vom Arm riß und den Blutdruckmesser auf den Boden schleuderte, daß das Quecksilber nur so spritzte, öffnete Torgeir Reiersen die Tür. »Lillemor hatte einen Anfall. Ich glaube, sie leidet unter Aphasie … und Krämpfen.« Hilde Holm hätte weinen können. »Vielleicht ist es eine hypertonische Krise, oder … ein Schlaganfall? Oder meinst du, es könnte Epilepsie sein?«

Torgeir Reiersen schüttelte den Kopf. Er sah nur eine wütende Lillemor, die um sich trat und schlug. Epilepsie war das wohl kaum. Vermutlich auch kein Schlaganfall. Eine hypertonische Krise? Der zerbrochene Blutdruckmesser könnte diese Diagnose jedenfalls nicht bestätigen. Er fand, daß es hier schon von weitem nach Hormonen roch. Vermutlich hatten sie es mit einem klassischen hysterischen Anfall zu tun. Er war zwar kein Psychiater, aber zu Hause hatte er in den letzten Tagen mehr als genug von der Sorte erlebt und riskierte deshalb eine freudianische Diagnose. *Der Duft der Hormone …* Teufel auch. *Der*

Duft des Klimakteriums. Der Duft der in alle Ewigkeit gekränkten und beleidigten Frau. Der Duft des heiligen femininen Zorns.

»Was machen wir jetzt?« Hilde spielte am Stethoskopschlauch herum. »Ich konnte ihr nicht den Blutdruck messen…«

»Ihr könnt ihr doch sicher etwas geben? Etwas zur Beruhigung… damit sie ein wenig abkühlt…« Anne-Britt hatte wirklich das Gefühl, daß Lillemor gleich überkochen würde. Im wahrsten Sinne des Wortes. Und ganz bestimmt hatte das alles mit ihrem Blutdruck zu tun. Lillemor sah aus wie ein falsch eingestellter Schnellkochtopf, bei dem schleunigst der Stecker aus der Steckdose gezogen werden mußte.

Eine Ohrfeige würde wahrscheinlich Wunder wirken, dachte Torgeir. Aber vernünftigerweise hielt er den Mund. Er hatte schließlich auch nicht gewagt, bei Rita diese Methode anzuwenden, obwohl die Versuchung fast unwiderstehlich gewesen war. Hier im Büro war er nun ebenso handlungsunfähig wie zu Hause.

Lillemor erkannte Torgeirs Gesicht in der Türöffnung. Sie schlug die Augen nieder und entdeckte ihre nackte, entblößte Brust. Sie sah ihre weiße, von gelbbraunem Erbrochenem besudelte Bluse. Und sie spürte, daß die Scham wie eine Hitzewelle über sie hereinbrach. Sie sah die glotzenden Gesichter der anderen und spürte, daß der Sitz unter ihr heiß und feucht wurde. Sie spürte, daß der feuchte Fleck sich auf ihrem taubenblauen Kostümrock ausbreitete wie eine Landkarte. Unbarmherzig sickerte der Urin zwischen ihren Oberschenkeln hindurch, und sie fühlte, daß Torgeir sie von der Tür her forschend anblickte.

»Raus! Verschwindet!« Endlich konnte Lillemor ihre eigene Stimme wieder hören. Sie klang unnatürlich hoch und fremd und undeutlich wie die einer Betrunkenen. Ihr einer Mundwinkel war wie betäubt, und plötzlich liefen ihr die Tränen übers Gesicht. »Verschwindet! Macht, daß ihr wegkommt! Weg!«

Die vier in der Türöffnung wichen zurück und starrten sie an, als wohnten sie der Auferstehung Christi bei.

»Was glotzt ihr denn so? Macht, daß ihr rauskommt! Raus!« Lillemor schnappte sich das Stethoskop vom Schreibtisch und warf es in Richtung von Hilde Holms Gesicht.

Hilde zog den Kopf ein, und Torgeir zog sie aus dem Zimmer.

»Weiber«, murmelte er. »Knatschverrückte Weiber! Machen wir, daß wir hier wegkommen!« Er schob Hilde Holm vor sich her und konnte sie in einen freien Untersuchungsraum bugsieren.

»Ach, Torgeir, ich hatte so schreckliche Angst.« Hilde Holm klammerte sich an seinen Arm. »Bestimmt war es ein leichter Schlaganfall.«

Torgeir Reiersen war sich da durchaus nicht sicher. Und eigentlich war es ihm auch schnurz. Er hatte wirklich nicht vor, hier den Vertrauensarzt zu spielen. Und er wollte auch nicht mehr nett und jovial und hilfsbereit sein. Es dankte einem ja doch keine. Wenn Lillemor ärztliche Behandlung brauchte, dann sollten andere das übernehmen. Er war gerade nicht im Dienst. Und mit neurologischen Symptomen kannte er sich auch nicht aus. Sollten sie doch Askeland holen. Der hatte jetzt Dienst. Und Anne-Britt hatte doch sonst keine Hemmungen, wenn es darum ging, zu den unmöglichsten Zeiten die Telefonanlage zu blockieren. Sie würden schon sehen, ob Askeland kommen würde, weil es einer Sekretärin schlecht geworden war. Denn es war ja nicht ganz unwahrscheinlich, daß Hilde Holm recht hatte. Bei ihrem extremen Übergewicht konnte Lillemor durchaus an Diabetes und Hypertonie leiden. Oder auch an Angina pectoris. Aber das war ihm egal. Er würde sich nicht freiwillig zum Katastropheneinsatz melden. Der pingelige und pedantische Askeland nahm sicher keinen Schaden, wenn er sich mit Lillemors geheimnisvollem Anfall herumplagen mußte. Und wenn er es nicht schaffte, mußte sie eben zum Vertrauensarzt. Sie konnte auch den Notarzt rufen, andere mußten das schließlich auch. Wenn es nicht irgendwo in der Stadt irgendeinen Pantoffelhelden mit Privatpraxis gab, mit dem sie herumspringen konnte, wie sie wollte. Sein Problem war das jedenfalls nicht. Er wollte nicht mehr nett und lieb sein. Im vergangenen Jahr hatte er Anne-Britt nach ihrer Scheidung für mehrere Wochen krankgeschrieben. Und was war der Dank? Jetzt behandelte sie ihn wie einen potentiellen Sexualverbrecher und überhäufte ihn mit Hohn und Spott.

»Vielleicht muß sie stationär behandelt werden? Torgeir, du hast doch Erfahrung ... was sollen wir machen?«

»Gegen Tollwut impfen«, antwortete Torgeir Reiersen trocken. Vorsichtig legte er ihr den Arm um die Schultern. »Ich glaube, wir sollten es mit einer Tollwutimpfung versuchen.« Er konnte keine weiteren Nervenzusammenbrüche und hysterische Frauenzimmer ertragen. Am vergangenen Abend war er zu einer mindestens ebenso rabiaten Rita nach Hause gekommen, die zuerst eine Flasche Rotwein geleert und sich dann in der Diele verbarrikadiert hatte. Sie hatte wild und unzusammenhängend von umherflatternden Plastiktüten und wilden Messerstechern gefaselt. Und die Scheidung verlangt. Am nächsten Tag hatte Lena eine Szene gemacht. Sie war in krampfhaftes Schluchzen ausgebrochen und hatte ihn mitten auf dem Parkplatz geohrfeigt. Hatte ihn einen Sadisten genannt. Und das alles bloß, weil er gefragt hatte, ob sie im Frühling mit ihm nach San Francisco fliegen wollte, um alte Erinnerungen aufzufrischen. Und jetzt war also Lillemor ausgerastet. Und Hilde Holm hockte auch schon in den Startlöchern, mit zitternder Stimme und tränennassen Augen. Das hatte ihm gerade noch gefehlt.

»Um vier«, sagte Torgeir und streichelte beruhigend ihre Haare. »Um vier Uhr gehen wir zu Lorry und reagieren uns mit zwei oder drei Halben ab. Reine Therapie. Machst du mit?«

»O Torgeir«, sagte Hilde Holm. Es ging ihr gleich viel besser. »Tausend Dank. Sehr gern. Sehr, sehr gern.«

13

Lillemor war krankgeschrieben. Zum ersten Mal in ihrem Leben. Sie hatte selber beim Stationsarzt angerufen und gesagt, sie müsse einige Tage zu Hause bleiben. Ängstlich hatte er sich erkundigt, ob es etwas Ernstes sei, doch als Lillemor versicherte, es handle sich nur um eine unangenehme Adventsgrippe, hatte er erleichtert geseufzt und ihr versprochen, sie persönlich für eine Woche krankzuschreiben. Er hatte ihre Diagnose unbesehen akzeptiert und ihr gute Besserung gewünscht. Lillemor hatte ihn gebeten, Anne-Britt und Solveig zu grüßen und ihnen zu sagen, daß sie abends im Büro vorbeischauen würde, um nachzusehen, ob alles so lief, wie es sollte. Und wenn sie Fragen hätten, sollten sie einfach anrufen. Was den Stationsarzt noch mehr erleichtert und zu der Erklärung veranlaßt hatte, solche Loyalität und solches Verantwortungsbewußtsein wisse er wirklich zu schätzen.

Nach zwei ruhigen Tagen zu Hause ging es Lillemor besser als seit langem. Wenn sie vor dem Schlafengehen und nach dem Aufwachen nur zwei Kopfschmerztabletten nahm, konnte sie die Kopfschmerzen in Schach halten. Sie spürte, daß sie da waren und mucksten, aber sie quälten sie nicht wirklich.

Lillemor hatte ihren Entschluß gefaßt. Sie mußte ihr Selbstvertrauen zurückgewinnen. Und sie mußte Karsten Vaage retten. Das waren zwei Seiten derselben Medaille, und beides eilte. Vor allem mußte sie das Weihnachtsfest retten, ihres und Karsten Vaages. Vermutlich mußte Karsten Vaage zum ersten Mal in seinem Leben alle Weihnachtsvorbereitungen allein treffen und sich außerdem um seinen Sohn kümmern. Er brauchte Ruhe und Frieden, um nach der Tortur mit den zudringlichen Journalisten und Polizisten wieder zu sich zu kommen. Und die einzige, die ihm dazu verhelfen konnte, war Lillemor. Deshalb trug sie die Verantwortung dafür, im Solvei und in der Ole Vigs gate das normale Dasein wiederherzustellen und damit für ein friedliches Weihnachtsfest zu sorgen.

Lillemor fuhr gegen acht Uhr abends mit der Straßenbahn zum Krankenhaus. Die Tür zu ihrem kleinen Arbeitszimmer war verschlossen, und ihr Schreibtisch war sorgfältig aufgeräumt. Schnell sah sie ihre Schubladen durch, doch nichts wies daraufhin, daß jemand ihre Sachen durchwühlt hätte. Sie schaute sich die anderen Schreibtische und Aktenschränke an und mußte widerwillig zugeben, daß Anne-Britt und Solveig bisher noch kein Chaos angerichtet hatten. Sie hatten zwar vergessen, den Magneten am Kalender weiterzurücken, aber ansonsten schien alles in schönster Ordnung zu sein. Lillemor machte einen Merkzettel für die Entlassungsschreiben des kommenden Freitag und legte sie Anne-Britt auf den Tisch. Dann setzte sie sich an ihren Computer, gab das richtige Paßwort ein und hatte Zugang zum Einwohnermeldeamt.

Diesmal hatte sie keine Zeit, um detailliert zu planen und ausführlich zu rekognoszieren. Aber das war auch nicht nötig. Sie brauchte nur ein Opfer. Ein einfaches, beliebiges Opfer. Jede Hausfrau reichte. Es ging nur darum, Karsten Vaage noch vor Weihnachten von jeglichem Verdacht zu befreien. Lillemor entschied sich rasch für die Gegend um Nordberg. Dahin gelangte sie mit der Sognsvannsbahn. Die war immer in beiden Richtungen gut besetzt. Studierende fuhren aus der Innenstadt zur Universität und weiter zu den Studentenheimen von Kringsjå. Außerdem war es von der Ole Vigs gate bis zum Bahnhof Majorstuen nur ein kurzer Spaziergang.

Lillemor hatte ein gutes Gefühl, als sie das Büro verließ. Sie war sicher, daß alles klappen würde. Hinter Torgeir Reiersens Bürofenster im dritten Stock brannte Licht, die Vorhänge waren zugezogen. Sie konnte die Konturen der Yucca-Palme ahnen, die vom Boden aufragte und über die Fensterbank reichte. Vielleicht verbrachte Torgeir seine Abende neuerdings im Büro? Vielleicht hielt er es zu Hause mit Rita nicht mehr aus? Für einen Moment fühlte sie sich versucht, mit dem Fahrstuhl in den dritten Stock zu fahren und nachzusehen, ob er dort war. Aber rasch überlegte sie sich die Sache wieder anders. Viele Ärzte saßen abends noch länger im Büro, und wenn einer sah, wie sie sich zu Torgeir hineinschlich, würde er schnell zwei und zwei zusammenzählen können. Dieses Risiko war die Sache nicht wert. Nicht jetzt, wo das Ziel in Reichweite gerückt war. Außerdem, selbst, wenn Torgeir sie jetzt gern sehen wollte, so war sie sich nicht sicher, ob er das verdient hätte. Vielleicht war es nur gut, ihn ein wenig auf Distanz zu halten und sich zu zieren. Seit sie krank geworden war, hatte er weder von sich hören noch sich sehen lassen. In gewisser Weise war ihr das nur recht. Sie wurde rot, wenn sie nur an ihren schrecklichen Anfall dachte. Daß Torgeir sie mit halb vom Leib gerissener Bluse, Erbrochenem auf der Brust und feuchten Flecken auf dem Rock gesehen hatte. Das war das Allerschlimmste. Sie hatte sich die Hose naßgemacht. Sie hatte es erst gemerkt, als es schon geschah, und da war es zu spät gewesen. Aber vielleicht war es ihm ja nicht aufgefallen. Sie war sich nicht einmal sicher, ob Solveig und Anne-Britt begriffen hatten, was da vor sich ging. Sie hatte Solveig in die Garderobe geschickt und ihren Mantel holen lassen, und obwohl sie so benebelt und elend gewesen war, hatte sie ihnen nicht den Rücken gekehrt, und deshalb hatten sie den feuchten Fleck auf ihrem Rock nicht sehen können. Als sie den Mantel angezogen hatte, hatte sie mit letzter Kraft den Sitz mit einem feuchten Papierhandtuch abgewischt, um der Feuchtigkeit im Bezug eine natürliche Erklärung zu geben. Obwohl es in gewisser Weise eine Erleichterung war, Torgeir nach dieser Szene nicht begegnen zu müssen, war es andererseits auch enttäuschend, daß er sie ihrem Schicksal überlassen hatte. Im tiefsten Herzen hatte sie doch gehofft, daß er nach Feierabend bei ihr vorbeischauen würde. Vielleicht nicht schon am ersten Tag, doch danach dann ziemlich bald. Auf jeden Fall hatte sie mit einem Anruf gerechnet. Vermutlich war er ebenso peinlich berührt wie sie. Das war sicher die Erklärung. Aber eine überzeugende Entschuldigung war es trotzdem nicht. Und, wenn sie ehrlich war, dann enttäuschte sie auch die Art, in der er ihr alle Verantwortung zugeschoben und ihr fast schon Vorwürfe wegen dieses entsetzlichen Patzers im strömenden Regen gemacht hatte. Torgeir müßte eigentlich ein Großteil der Schuld auf sich nehmen, so wenig hilfsbereit, wie er gewesen war. Alles hatte er ihr überlassen. Absolut alles. Planung und Durchführung. Und als der Plan ins Wasser gefallen war, hatte er ihr Vorwürfe gemacht. Sie verstand, daß er enttäuscht und frustriert war, aber trotz allem war es nicht allein Lillemors Schuld gewesen. Kein bißchen, wenn sie es sich richtig überlegte. Eigentlich müßte Torgeir erleichtert darüber sein, daß seine Tochter nicht mitten in alles hereingeplatzt war. Es hatte sich doch nur um einen Spielraum von wenigen Minuten gehandelt. Und sonst hätte Lillemor sich auch noch um die Kleine kümmern müssen. Und dann hätte er wirklich Grund gehabt, traurig zu sein – auch, wenn er vermutlich eingesehen hätte, daß ihr keine andere Wahl geblieben war. Das mindeste, was Torgeir hätte tun können, war, sich zu vergewissern, daß das Kind wirklich wie üblich bis acht beim Handball sein würde. Er hatte wirklich keinen Grund, Lillemor das Fehlschlagen ihres Planes vorzuwerfen.

Lillemor wußte, daß sie ihn verwöhnt hatte. Sie hatte wirklich nach seiner Pfeife getanzt, wie Anne-Britt ihr immer wieder sagte. Und da konnte sie wohl nichts anderes erwarten. Aber unverschämtes Schmollen und Zicken würde sie sich nicht gefallen lassen. Auf Dauer nicht. Nach allem, was sie für ihn getan hatte, konnte sie ja wohl ein wenig Dankbarkeit erwarten. Daß sie kein Püppchen war, das sich dominieren und mit Füßen treten ließ, sollte Torgeir bald genug erfahren. Jetzt aber wollte sie ihm einige Tage lang seine eigene Medizin zu kosten geben. Sie würde ihm aus dem Weg gehen. Sie würde sich statt dessen um den armen Karsten Vaage kümmern. Und das würde den anspruchsvollen, egoistischen Torgeir sicher auf andere Gedanken bringen. Er würde sich ganz einfach hintanstellen und warten müssen, und das würde ihm nur guttun. Dann würde er vielleicht lernen, ihre Hilfe zu schätzen, statt nur Forderungen zu stellen wie ein verwöhnter Rotzbengel. Karsten Vaage war viel bedauernswerter, und er verlangte gar nichts. Torgeir konnte kommen und gehen, wie er wollte, während Karsten Vaage noch immer täglich verhört wurde und unter Mordverdacht stand. Welcher von beiden als erster Hilfe und Fürsorge brauchte, war ja wohl über jeden Zweifel erhaben.

Als Lillemor am nächsten Morgen zur Sognsvannsbahn ging, war die Bahn zur Hälfte besetzt mit morgenfrischen Sportstudenten, einigen älteren, sehnigen Wandervögeln sowie vereinzelten verschlafenen Nachtschwärmern auf dem Nachhauseweg. Lillemor trug niedrige Gummistiefel, eine weite, lange Hose und einen alten, grauen Anorak. Sie hatte sich eine blaue Wollmütze tief in die Stirn gezogen. Den abgenutzten Rucksack hatte sie sich aus dem unverschlossenen Kellerraum des alten Wirtschaftsprüfers Nordal aus dem zweiten Stock *ausgeborgt*. Nordal litt an fortgeschrittener Parkinson und konnte sich nur noch mit Mühe im Gehstuhl durch die Wohnung schleppen. Wirtschaftsprüfer Nordal hatte seine Wohnung nicht mehr verlassen, seit die Krankenwagenbesatzung ihn zwei Jahre zuvor die Treppen hochgetragen hatte, deshalb würde er den Rucksack wohl nicht so bald vermissen.

Lillemor ging davon aus, daß ältere Wandervögel in abgenutzter, altmodischer Ausrüstung in der Morgenbahn zum Sognsvannsee einen alltäglichen Anblick boten. Und was sie betraf, so war sie einer Waldwanderung nie in ihrem Leben näher gewesen. All ihre Bekannten würden außerdem schwören, daß man nie im Leben in der Sognsvannsbahn auf eine mit Anorak und Rucksack versehene Lillemor Johansen stoßen würde.

Lillemor stieg an der Station Holstein ab. Rasch orientierte sie sich an der nächsten Kreuzung. Das Netz der Wohnstraßen war übersichtlich und stimmte mit der Karte überein, die sie am Vorabend studiert hatte. Nach einigen Minuten erreichte sie das kleine Wegstück, das sie angekreuzt hatte. Langsam ging sie weiter und passierte ruhig

Nummer 2, 4 und 6. Laut Einwohnermeldeamt wohnten Bjørg und Jørgen Østby in Nummer 8. Die Hausnummer war am Torpfosten befestigt, daneben hing ein grüner Briefkasten, auf den der Name Østby in großen, weißen Buchstaben aufgemalt war. Hinter dem Küchenfenster brannte Licht, aber die dichten Vorhänge waren zugezogen. Als Lillemor sich den Briefkasten näher ansah, entdeckte sie einen schwarzen, schmalen Namenszug, der mit Klebeband schräg unter den der Østbys geklebt war, Thomas Bredesen. Also wohnten in diesem Haus nicht nur die beiden Personen, die dort amtlich gemeldet waren. Lillemor ging ruhig weiter und suchte sich im Schutz eines Transformatorhäuschens einen ruhigen Winkel, wo sie das Haus im Auge behalten konnte. Sie überlegte sich kurz, was nun zu tun sei, und kam zu der Erkenntnis, daß sie Bjørg Østby von ihrer Liste streichen könne. Bjørg Østby war von Thomas Bredesen gerettet worden, wer immer das sein mochte. Sie fischte den Computerausdruck mit aktuellen Namen und Adressen aus der Anoraktasche und wollte schon kehrtmachen, als ein dünner, zerzauster Junge in den Zwanzigern mit hängendem Kopf aus der Tür im Kellergeschoß des Østbyschen Hauses kam. Er trug eine scheinbar bleischwere Schultertasche und schleppte zwei übervolle Plastiktüten, die er in die Mülltonne neben dem Briefkasten fallen ließ. Dann stapfte er langsam und schlaftrunken weiter, vermutlich zum Bahnhof Holstein. Lillemor wußte, daß sie Thomas Bredesen gesehen hatte, und sie kam schnell zu dem Schluß, daß die Østbys eine Studentenbude vermieteten. Das war leichtverdientes Geld. Und Studenten meldeten sich ja nur selten um. Deshalb hatte sie den jungen Bredesen in den Listen des Einwohnermeldeamtes nicht gefunden.

Lillemor hatte gerade das Tor passiert, als die Haustür sich öffnete und ein untersetzter Mann mit Mantel und Diplomatenkoffer zum Vorschein kam. Der Mann lief zur Garage und stieg in einen blauen Mercedes. Ohne sich umzuschauen fegte er durch das Tor und dann auf die Straße. Thomas Bredesen ertrank in einer Woge aus Dreckwasser, als das blaue Auto in der Kurve an ihm vorbeijagte.

Gemächlich schlenderte Lillemor hinterher. Sie fand zurück zum Holsteinvei und folgte ihm ein Stück, dann schaute sie auf ihrer Adressenliste nach und bog bei der nächsten Kreuzung nach rechts ab.

Nr. 29 entpuppte sich als ältere, weißgestrichene Villa. Dort wohnte angeblich das kinderlose Ehepaar Ingrid und Alf Lunde. »Studienrat« stand im Telefonbuch, und das ließ auf einen festen Arbeitsplatz schließen. Aller Wahrscheinlichkeit nach verließ Alf Lunde das Haus erst gegen acht Uhr morgens. Langsam ging Lillemor am Tor vorbei, fand den Briefkasten, der auch hier ordentlich an einem Torpfosten befestigt und mit Hausnummer und Namen versehen war.

Lillemor registrierte abermals, daß die Bewohner feinerer Viertel, wie Nordberg und Nordstrand, richtige Nummernschilder und Briefkästen mit gut lesbaren Namen hatten. Auch in der Ole Vigs gate hatte es einst so ausgesehen. Aber in den letzten Jahren war es bergab gegangen. Schicht um Schicht häßlicher handgeschriebener Zettel wurde mit Klebeband auf Briefkästen und neben Türklingeln geklebt, und es war kaum noch möglich, einen Überblick zu behalten, wer hier nun tatsächlich wohnte. Lillemor hatte sich schon mehrmals bei der Hausverwaltung beklagt, aber das hatte nichts gebracht. Es war wie mit dem Treppenputzen. Schlamperei und Drückebergertum.

Sie fand am Ende der Straße einen sicheren Beobachtungsplatz und wartete geduldig auf ein Lebenszeichen aus Nr. 29. Nebelschwaden trieben vorbei, und die Luft war eisig kalt. Zwei Autos fuhren vorbei, achteten aber wohl kaum auf die graugekleidete Gestalt am Straßenrand. Einige halbwüchsige Schulkinder folgten, doch auch sie schienen die Wanderin, die gerade ihren Rucksack durchwühlte, nicht weiter zu registrieren. Um fünf vor acht erschien Studienrat Lunde auf der Treppe. Ein kleiner, glatzköpfiger Mann in grauer Windjacke, der sich einen dicken Wollschal mehrere Male um den Hals gewickelt hatte. Studienrat Lunde sah aus wie ein Doppelgänger des ehemaligen Ministerpräsidenten Kåre Willoch, doch laut Einwohnermeldeamt war er um einiges jünger. Er winkte pflichtschuldigst zum Küchenfenster hinüber, wo hinter den blaukarierten Vorhängen vermutlich Ingrid Lunde war. Lillemor wartete noch zwei Minuten, dann ging sie rasch hinter Studienrat Lunde her in Richtung Bahnhof.

In der Bahn nach Majorstuen ärgerte sie sich grün und gelb, weil sie das Tranchiermesser nicht in den Rucksack gesteckt hatte. Es war ihr unverständlich, daß sie so dumm und kurzsichtig gewesen war. Natürlich hatte sie eigentlich nur planen und rekognoszieren wollen, aber bei genauerem Überlegen war doch klar, daß sie auch sofort hätte zuschlagen können. Ingrid Lunde war allein zu Hause gewesen, während ihr Studienrat mit der Straßenbahn zur Arbeit unterwegs war. Lillemor hätte einfach an der Tür klingeln und alles hinter sich bringen können. Ingrid Lunde hätte der müden Wanderin sicher aufgemacht, der vor Erschöpfung plötzlich schlecht geworden war. Lillemor hätte noch einmal den Herzanfall vorführen können, auf den sogar die Krankenschwester Helene Vaage hereingefallen war. Aber jetzt war es zu spät. Jetzt mußte sie sich am nächsten Morgen wieder in die Sognsvannsbahn setzen. Vielleicht hatten die ewigen Kopfschmerzen ihre Denkfähigkeit beeinträchtigt? Oder der schreckliche Anfall, bei dem sie ihre Stimme verloren hatte und mit dem Taxi nach Hause gefahren war. Sie war wirr im Kopf und eine Gesichtshälfte war wie betäubt gewesen; sie hatte noch stundenlang genuschelt, als sie dann zu Hause auf dem Sofa lag. Hilde Holm hatte diesen Anfall ausgelöst, daran konnte es keinen Zweifel geben. Und das sollte sie nicht umsonst getan haben. Diese boshafte Göre mußte bestraft werden. Aber das eilte nicht.

14

Als Lillemor von diesem Morgenausflug zurückkehrte, machte sie sich ein zweites Frühstück und legte sich dann hin, um ein wenig Radio zu hören. Nach einer Viertelstunde schaltete sie es wieder aus. Es war einfach kein brauchbarer Sprecher zu finden.

Während der nächsten Stunde plante sie ihren Besuch bei der unbekannten Ingrid Lunde. Lillemor stellte sich vor, wie die Frau Studienrat wohl aussehen würde und ging davon aus, daß es sich um eine von diesen gesunden, vertrockneten Frauen mit Backpflaumengesicht handelte, die sich im Sommer am Meer sonnten und zu Ostern im Gebirge Ski liefen. Eigentlich hätte sie gern etwas mehr von ihrem nächsten Besuch in Nordberg gehabt. Einerseits, um ihre Laune nach den letzten schweren Tagen wieder zu heben, andererseits Karsten Vaages zu Ehren. Im Grunde hatte sie überhaupt keine Lust auf einen zweiten Auftritt als alte Dame mit schwachem Herzen. Es brachte Unglück, Krankheiten vorzutäuschen, und vielleicht hatte sie sich deshalb nach dem Besuch im Solvei so elend gefühlt. Sie wollte sich diesmal etwas Originelles und Witziges ausdenken, sich selber und Karsten Vaage zuliebe. Sie rollte sich mit geschlossenen Augen auf dem Sofa zusammen und ließ ihrer Phantasie freien Lauf. Nach einigem Hin und Her hatte sie es. Sie wußte sofort, daß sie ins Schwarze getroffen hatte. Es war zwar eine große Herausforderung, aber wenn ihr die Vorbereitungen gelangen, dann war ihr ein echter Treffer gewiß.

Begeistert von ihrem neuen Plan stand sie auf, zog sich an und begann ihre Einkaufsrunde. Zuerst zur Heilsarmee. Dann in den Hutladen im Bogstadvei. Alles, was sie an Knöpfen und Schleifen und Bändern brauchte, bekam sie in der neuen Stoffrestehandlung im Kirkevei. Schließlich kaufte sie bei dem Heilsarmisten, der wie immer vor dem Alkoholladen stand, die letzte Nummer des »Kriegsruf«. Auf dem Rückweg schaute sie in der Konditorei Hansen vorbei und bestellte für Weihnachten einen großen Mandelkranz. Und kaufte zwei Heißwecken zum Kaffee und zum abendlichen Diskussionsprogramm im Fernsehen.

Auf ihrer Fußmatte lag ein großer Blumenstrauß, als sie nach Hause kam. Jemand hatte an ihrer Wohnungstür einen Zettel angebracht. »Ich habe den Blumenboten reingelassen«, stand dort in Schönschrift. Diese runde, kindliche Schrift kannte Lillemor vom Schwarzen Brett in der Waschküche. Linda Hansen. Die dumme Zierpuppe, die nie die Treppe putzte, wenn sie damit an der Reihe war. Die Mutter der Schreihälse, die Dreck ins Haus schleppten und die Wände im Treppenhaus mit Fingerabdrücken versauten. Lillemor brachte den Blumenstrauß in die Küche und sah ihn sich genau auf Spuren der Hansen-Kinder hin an. Den Blumenboten... Konnte das...

Er mußte es sein... Torgeir. Torgeir war da gewesen. Während ihrer Einkaufsrunde. In seiner Mittagspause. Lillemor packte den Blumenstrauß aus. Sie hatte ihm Unrecht getan. Es war der schönste, den sie je gesehen hatte. Großes Unrecht. Hatte ihn egoistisch und undankbar genannt und nicht einmal einen netten Gruß in seinem Postfach hinterlassen, als sie abends im Krankenhaus gewesen war. Wie ein Brautstrauß, aber doppelt so groß. Dreimal so groß. Wie ein überschäumender, königlicher Brautstrauß. Zwischen den blaßroten Rosen steckte ein weißer Briefumschlag, »Für Lillemor Johansen«. Sie spannte sich noch einige Minuten auf die Folter. Faltete das weiche Seidenpapier zusammen und brachte den großen Interflora-Karton in die Diele. Sie wollte ihn nicht wegwerfen, sondern ihn in ihren Kellerraum stellen. Die Handschrift auf dem Briefumschlag war ihr unbekannt und gehörte vermutlich der Verkäuferin im Blumenladen. Lillemor holte den Brieföffner aus der Kommode und sah sich den Briefumschlag noch einmal an, ehe sie ihn vorsichtig aufschlitzte. Er enthielt eine große bunte Karte. Ein Tisch voller Obst, Äpfel, Birnen und Bananen; Paul Cézanne stand in kleinen Druckbuchstaben unter dem Bild. Sie klappte die Karte auf. »Liebe Lillemor. Wir wünschen Dir alle gute Besserung. Wir freuen uns auf ein Wiedersehen, wenn Du wieder gesund bist. Viele Grüße von ...« Auf der anderen Seite waren kreuz und quer Namen hingekritzelt. Rasch verschluckte sie ihre leichte Enttäuschung und überflog die Unterschriften. Torgeir. Ganz oben in der rechten Ecke. Mit dickem schwarzen Filzstift. Natürlich hatte er auch alle anderen unterschreiben lassen. Sonst hätten die doch Verdacht geschöpft. Sie betrachtete die blaue Kugelschreiberschrift von »Liebe Lillemor ...« Solveigs unbeholfene Schulschrift. Torgeir war sogar umsichtig genug gewesen, den Gruß von Solveig schreiben zu lassen. Lillemor nickte beifällig. Niemand sollte ihnen etwas nachsagen können. Sie setzte sich an den Küchentisch und vertiefte sich in die Karte. Eine exklusive Karte. Ein Kunstdruck. Keine billige, grellbunte Karte vom Kiosk im Krankenhausfoyer. Diese Karte war mit Liebe ausgesucht worden. Vermutlich hatte er die ganze Kartenabteilung der Buchhandlung Tanum durchgewühlt, um die passende zu finden. Sie fing oben in der linken Ecke an und ging systematisch alle Unterschriften durch.

Ganz oben stand der Stationsarzt. Darauf folgten Anne-Britt und Solveig. Unter ihnen standen Ärzte und Krankenschwestern kreuz und quer durcheinander. Viele Ärzte hatten mit Vor- und Nachnamen unterschrieben. Die Schwestern dagegen beschränkten sich auf ihre Vornamen, obwohl Lillemor manche von ihnen kaum kannte. Hilde. Ganz unten. Rechts in der Ecke. Runde, verschnörkelte Buchstaben. Eine blödsinnige Unterschrift. Der Anblick dieser idiotischen Signatur reichte aus, daß Lillemor wieder schlecht wurde. Geschrieben mit rotem Kugelschreiber. Lillemor zweifelte keinen Moment: Hilde Holm hatte versucht, diese Karte zu ruinieren. Hatte sie mit einem schnöden, vulgären und schrillen Kugelschreiber beschmiert. Vermutlich hatte Torgeir versucht, sie aus der Sache herauszuhalten. Er hatte sie nicht in den Blumengruß einbeziehen wollen. Aber Hilde Holm hatte sein Vorhaben durchschaut. Und Krach geschlagen. Lillemor konnte sich sehr gut vorstellen, daß Hilde zu einem dermaßen taktlosen Benehmen imstande war. Wütend starrte sie auf den verhaßten Namen, der sich in die rechte untere Ecke gequetscht hatte. Ganz deutlich war auf der Karte kaum noch Platz gewesen. Und um sich zu rächen, hatte Hilde Holm einen roten Kugelschreiber verwendet. Lillemor holte ihre Nagelschere aus dem Regal über der Badewanne und schnitt resolut die häßliche rote Unterschrift weg. Dann trug sie den großen Blumenstrauß ins Wohnzimmer und stellte ihn auf den Wohnzimmertisch.

Den ganzen Nachmittag verbrachte sie an der Nähmaschine. Sie schnitt und nähte, rote und weiße und schwarze Bänder. Als sie fertig war, hatte sie das schwarze Kostüm, das sie zur Beerdigung ihrer Mutter gekauft hatte, in die überzeugende Kopie einer Heilsarmeeuniform umgeändert. Der Hut war etwas schwieriger umzugestalten. Sie konnte sich an dem Bild im »Kriegsruf« orientieren, aber trotzdem gelang es ihr nicht im Handumdrehen, den Hut aus dem Bogstadvei in einen echten Heilsarmeehut zu verwandeln. Doch das Resultat war nicht schlecht, und Lillemor ging davon aus, daß ihre Uniform Laien überzeugen würde. Und die Gefahr, am frühen Morgen in der Sognsvannsbahn auf eine echte Mitsoldatin zu stoßen, war sehr gering. Wer wagt, gewinnt, sagte Lillemor zu sich, als sie vor dem Spiegel stand und die Uniform ausprobierte. Die Worte klangen hohl und widersprachen im Grunde ihrer wahren Natur. Heinz-Friedrich Lorentz starrte sie streng von der Wohnzimmerwand her an. Wieder hätte Lillemor schwören können, daß seine Lippen sich bewegten, wenn es diesmal auch kein leises Lächeln war. »Verzeihung«, sagte Lillemor, riß sich dann aber zusammen. Sie wollte nicht mit Bildern an der Wand reden. Sie zog die Uniform aus, entfernte die letzten Stecknadeln und setzte Kartoffeln auf.

Nach dem Mittagsschlaf holte sie die Schneiderpuppe aus dem Schrank und zog die Vorhänge vor. Jeder Stich traf exakt. Die Schneiderpuppe war keine Herausforderung mehr. Es war jetzt zu leicht, es schenkte ihr keine größere Befriedigung als ein gelöstes Kreuzworträtsel auf der Kinderseite der Zeitung. Lillemor starrte gereizt das von der Decke baumelnde gesteppte Teil an. Zum ersten Mal in ihrem Leben mußte sie zugeben, daß sie sich langweilte. Plötzlich mußte sie an den triefnassen Jogger in Nordstrand denken. Sie hatte solche Lust gehabt, ihm das

Messer in die Brust zu stoßen. Da und dort, einfach so, ganz ohne Planung. Nur um zu sehen. Zu sehen, wie leicht es war. Und wie zufällig. Wie es bei Leben und Tod eigentlich nur um das Spiel einiger Sekunden in der Lotterie der Zufälle ging.

Dieses eine Mal überlegte sie nicht weiter. Sie streifte den grauen Polyestermantel mit den tiefen Taschen über und verließ die Wohnung. Sie überquerte den Bogstadvei und ging ein Stück durch die Jacob Aalls gate, dann bog sie in die Sorgenfrigate ein und ging durch Schønings und Rosenborggate zurück in den Bogstadvei und weiter in die Sporveisgate. Danach folgte sie ohne nachzudenken der hufeisenförmigen Bergsliens gate.

An der ersten Straßenecke wäre sie fast mit einem Mädchen von fünfzehn oder sechzehn Jahren zusammengestoßen. Das Mädchen trug seinen schwarzweißen Trainingsanzug und hielt in der einen Hand eine Sporttasche, in der anderen einen Tennisschläger.

»Verzeihung«, sagte Lillemor, blieb stehen und drängte das Mädchen mit der Tasche damit gegen die Hausecke.

»Es tut mir wirklich leid.« Das Mädchen erinnerte sie an den Jogger in Nordstrand. »Ich kenne mich hier nicht aus. Könnten Sie mir den Weg zur Professor Dahls gate sagen?«

Das Mädchen verzog ärgerlich das Gesicht, stellte die Tasche dann aber auf den Boden und fing an zu gestikulieren.

»Ganz einfach«, sagte sie nachsichtig. »Gehen Sie einfach geradeaus weiter ...«

Mehr brachte sie nicht mehr heraus, denn nun durchbohrte das Messer die schwarzweiße Trainingsjacke. Durchbohrte Haut und Muskelfasern. Durchbohrte die

Rippen. Zerfetzte den pumpenden Herzmuskel. Drang in die heiße, blutgefüllte Herzkammer ein. Lillemor ließ das Messer nicht los. Dann drehte sie kurz das Handgelenk und riß die Waffe so aus dem Brustkasten ihres Gegenübers.

Das Mädchen stand wie angewachsen auf dem Bürgersteig und umklammerte mit der einen Hand den Tennisschläger. Sie starrte Lillemor an, dann taumelte sie auf sie zu und streckte die freie Hand aus, als wolle sie sich ihr vorstellen. Lillemor trat beiseite, und das Mädchen wankte unsicher an ihr vorbei. Wie eine Sturzbetrunkene taumelte sie die Straße entlang. Lillemor blieb ruhig stehen und schaute ihr hinterher.

Nach zehn oder fünfzehn Metern schlug der Tennisschläger gegen ein am Straßenrand abgestelltes Auto, und die Beine gaben plötzlich unter dem schmächtigen Mädchenkörper nach. Lillemor wickelte die Plastiktüte um das Messer und steckte es vorsichtig in die Apothekentüte in ihrer Manteltasche. Sie warf einen kurzen Blick zurück über ihre Schulter und ging dann weiter. Das Mädchen lag neben dem Wagen auf den Knien. Ein älterer Mann mit schweren Einkaufstüten bog gerade von der Sporveisgate in die Bergsliens gate ein. Lillemor brachte die Straßenecke hinter sich und lief so schnell sie konnte in die entgegengesetzte Richtung.

15

In dieser Nacht schlief Lillemor gut. Ohne aufzuwachen, ohne nervenaufreibende Träume. Am nächsten Morgen machte sie sich ein solides Frühstück mit Eiern und Speck, dann holte sie die Zeitung aus dem Briefkasten.

Auch diesmal mußte der Mord sich mit einer kurzen Notiz auf der vierten Seite begnügen. »Wieder brutaler Messermord in Oslo«, lautete die Schlagzeile. Brutal? Lillemor hätte gern die Frage gestellt, ob nicht jeder Mord mit spitzer Waffe eine gewisse Brutalität erforderte. Und in diesem Fall stimmte es nun wirklich nicht. Es sah ja so aus, als sei sie Amok gelaufen. Habe wild um sich gestochen. Der Messerstich war perfekt plaziert gewesen, nicht einmal eine erfahrene Chirurgin hätte es besser machen können. Und der Tatort hatte doch nicht ausgesehen wie ein Schlachtfeld. Ein paar Blutflecken ließen sich natürlich nicht vermeiden, aber in Oslos schmutzigem und zugemülltem Straßenbild konnte das ja wohl kaum eine Rolle spielen. Aus der Notiz ging hervor, daß am Vorabend ein junges Mädchen in der Osloer Innenstadt tot aufgefunden worden war und daß die Polizei bisher noch kaum Spuren gefunden hatte. Der Name der Toten wurde noch nicht bekanntgegeben, Zeugen wurden gebeten, Kontakt zur Polizei aufzunehmen. Die Polizei betonte, daß man »vorläufig« noch keinen Grund sah, einen Zusammenhang mit dem Bekkelagsmord anzunehmen.

Lillemor schüttelte resigniert den Kopf und las die kurze Notiz ein weiteres Mal. »Vorläufig« hatte die Polizei also nicht vor, den unglückseligen Karsten Vaage in Ruhe zu lassen. Schlimmstenfalls könnte sich noch herausstellen, daß der arme Wicht sich den ganzen vergangenen Abend auf der Straße herumgetrieben hatte, mutterseelenallein und ohne Alibi. Vermutlich war er schon zum Verhör geholt worden. Aber wenn Lillemor in einer Stunde Ingrid Lunde in Nordberg besuchte, verfügte er über das perfekte Alibi.

Lillemor fühlte sich wohl in der Heilsarmee-Uniform. Sie stand ihr gut und hob ihre Ähnlichkeit mit Heinz-Friedrich Lorentz noch deutlicher hervor. Vielleicht sollte sie wirklich zur Heilsarmee gehen? Und dann langsam dort Karriere machen? Auf jeden Fall wollte sie von einem guten Fotografen ein richtiges Portrait machen lassen, ehe sie Bänder und Abzeichen von dem schwarzen Kostüm und dem Hut wieder entfernte.

Auf dem Bahnhof Majorstuen war sonst niemand von der Heilsarmee zu sehen, was sich auf der Fahrt nach Nordberg auch nicht änderte. Wie am Vortag saßen vor allem Studenten in der Bahn, und niemand zeigte ein besonderes Interesse an der dicken Dame in ihrer selbstgenähten Heilsarmee-Uniform. Lillemor setzte sich hinten in den Wagen und vertiefte sich in den »Kriegsruf«.

Um Viertel vor acht stieg sie an der Station Holstein aus. Sie schlenderte ein wenig durch die Straßen in der Nähe der Haltestelle und sah gerade noch, wie Studienrat Lunde die letzten Meter zur Bahn lief und rechtzeitig den letzten Wagen erreichte. Dann ging sie schnellen Schrittes zu der fünf Minuten entfernt liegenden Villa mit der Hausnummer 29.

Hinter dem Küchenfenster brannte Licht, und Lillemor konnte die Umrisse einer Person erkennen, die hinter den blaukarierten Vorhängen hin und her lief. Sie öffnete das Tor und ging über den kurzen Weg zum Haus. Sie schellte, und nach wenigen Sekunden wurden die Küchenvorhänge beiseite gezogen und das Fenster geöffnet.

Ingrid Lunde schaute heraus. Eine magere, grauhaarige Frau, ebenso knochig und nichtssagend wie ihr Mann, doch ohne die backpflaumenartige Haut, die Lillemor mit älteren Damen aus den Villenvierteln assoziierte. Ingrid Lunde war blaß. Krankhaft blaß. Sie hatte dieselbe schmutzigweiße Farbe wie Lillemors Mutter während des letzten Jahres, in dem sie fast nichts mehr gegessen hatte und von Lillemor am Sessel festgebunden werden mußte.

Ingrid Lunde schwieg, sie blickte Lillemor, die einen halben Meter unter ihr auf der Treppe stand, verärgert und fragend an.

»Sie sind Frau Ingrid Lunde?« fragte Lillemor freundlich, aber resolut.

Ingrid Lunde nickte kurz. »Und worum geht es?«, fragte sie dann.

»Ich komme von der Heilsarmee«, sagte Lillemor. »Majorin Lorentz«, fügte sie hinzu. »Es geht eigentlich …«

»Wir kaufen nichts an der Tür«, fiel Ingrid Lunde ihr unfreundlich ins Wort und wollte das Fenster zuknallen.

Kann ich mir denken, dachte Lillemor. Dieses klapperdürre Ehepaar war sicher so geizig, daß es sich nicht einmal Butter auf Brot gönnte. Sie war erleichtert, daß sie nicht am Vortag bei Ingrid Lunde geklingelt hatte; bestimmt würde die niemals ein Glas Wasser für eine arme Kranke herausrücken, die auf ihrer Türschwelle einen Herzinfarkt erlitt.

»Ich wollte eigentlich mit Herrn Alf Lunde sprechen«,

sagte Lillemor. Sie war empört, weil sie für eine schnöde Hausiererin gehalten wurde.

Damit war Ingrid Lundes Neugier geweckt. Das Fenster wurde wieder geöffnet.

»Und wieso in aller Welt wollen Sie mit meinem Mann sprechen?« fragte Ingrid Lunde mit vor Mißtrauen triefender Stimme.

»Wie Sie vielleicht wissen, vermittelt die Heilsarmee in allerlei schwierigen, persönlichen Angelegenheiten Kontakt«, sagte Lillemor, und diese Auskunft hörte sich überzeugend formell und geheimnisvoll an. Sie hatte darüber im »Kriegsruf« gelesen und hatte bereits eine Vorstellung davon, wie das Gespräch sich entwickeln würde.

»Erbfragen, Adoptionsangelegenheiten...« Sie ließ den Satz in der Luft hängen. Bei der Sache mit den Erbfragen war sie sich nicht ganz sicher, sie glaubte aber, die Aussichten auf eine geheimnisvolle Erbschaft würden Ingrid Lunde noch neugieriger machen. Die Möglichkeit, einen verlorenen Stiefsohn kennenzulernen, würde sie dagegen sicher dankend ablehnen.

»Und was soll mein Mann damit zu tun haben?« Ingrid Lunde hatte angebissen. Sie schien vor Neugier fast zu platzen.

»Ehrlich gesagt«, erwiderte Lillemor, noch immer beleidigt, weil Ingrid Lunde sie mit solcher Herablassung behandelte, »geht es um brisante und absolut vertrauliche Auskünfte, und ich habe durchaus nicht vor, darüber unter freiem Himmel, auf einer Treppe noch dazu, zu diskutieren. Dann suche ich Herrn Lunde lieber an seinem Arbeitsplatz auf, obwohl...»

»Nein! Nein, um Himmels willen!« Ingrid Lunde wollte sich offenbar nichts entgehen lassen. »Bitte, kommen Sie doch herein und erklären Sie mir, worum es geht.« Sie schloß das Fenster, ohne eine Antwort abzuwarten.

Sekunden später wurde die Tür geöffnet, und Lillemor wurde mehr oder weniger in die enge, dunkle Diele hineingezogen.

»Also? Über welche Informationen verfügen Sie... in bezug auf meinen Mann?«

»Wie gesagt«, erwiderte Lillemor, »es handelt sich um brisante und vertrauliche Auskünfte, deshalb nehmen wir immer persönlich Kontakt auf, statt per Telefon oder Brief. Und strenggenommen müßte ich eigentlich mit Herrn Lunde selber sprechen...«

Lillemor genoß es, die Frau auf die Folter zu spannen.

»Kommt nicht in Frage«, protestierte Ingrid Lunde.

»Na gut, in einer Ehe betreffen solche Dinge ja auch beide Seiten«, verkündete Lillemor vielsagend. Sie öffnete ihre Handtasche und zog den »Kriegsruf« und zwei große braune Umschläge hervor. Ingrid Lunde lief gespannt um sie herum. Lillemor öffnete den einen Umschlag, blätterte feierlich in den Unterlagen, zu denen ihre eigene Geburtsurkunde und ihr Taufschein, der Totenschein ihrer Mutter und allerlei Formulare gehörten, die sie aus dem Krankenhaus mitgenommen und mit schönen Stempeln verziert hatte. Dann legte sie die Papiere auf die Kommode in der Diele. Ingrid Lunde ließ den Papierstapel nicht aus den Augen und sah nicht das Messer, das Lillemor aus ihrer Handtasche zog.

»Liebe Frau Lunde...«

Ingrid Lunde drehte sich zu ihr um und begegnete dem Messer, das mit maximaler Präzision und Kraft zwischen ihren dünnen Rippen verschwand.

Das Messer stieß in dem mageren Brustkasten kaum

auf Widerstand. Als Lillemor es zurückzog, schien die schmächtige Frau daran festzuhängen, wie ein Fisch am Haken.

»Mein Mann«, flüsterte Ingrid Lunde. Sie klammerte sich an der Kommode fest und starrte Lillemor fragend an. Sie schien nicht begriffen zu haben, daß ihr ein Messer in der Brust saß. »Was hat mein Mann ...«

»Tut mir leid«, sagte Lillemor. Sie nahm die Papiere von der Kommode und steckte sie wieder in die Handtasche. »Das wirst du wohl nie erfahren.«

Im Gehen knallte sie die Tür hinter sich zu.

16

Hilde Holm war verliebt. Zum ersten Mal. Achtundzwanzig Jahre alt und bis über beide Ohren verliebt. Nicht so wie früher als Teenie oder während ihrer Studienzeit. Das hier war anders. Es war neu und fremd. Etwas, das sie noch nie erlebt hatte. Sie war sich ihrer Sache ganz sicher, sie war bisher noch niemals richtig verliebt gewesen. Auf jeden Fall nicht in Anders – mit dem sie jetzt seit über zwei Jahren zusammen wohnte, seit ihrem Klinikum in Nordnorwegen. Natürlich mochte sie Anders gern, natürlich waren sie ein Paar und gute Freunde. Aber nie im Leben hatte Anders in ihr Gefühle geweckt, die sich mit diesem Rausch vergleichen ließen. Nie hatte die Vorstellung, Anders zu sehen, seine Stimme zu hören, in seiner Nähe zu sein, sie innerlich derart jubilieren lassen. Noch nie hatte sie ein dermaßen brennendes, wahnwitziges und alles überschattendes Gefühl erlebt. Ihre Beziehung zu Anders war anders. In vieler Hinsicht war sie einfach nur etwas, das sich ergeben hatte. Sie hatten zur selben Zeit studiert und im Studentenwohnheim nebeneinander gewohnt, sie hatten gemeinsam Kolloquien gehabt und sich in ihrer Freizeit in einer Umweltorganisation und für internationale Solidaritätsarbeit engagiert. Als nach dem Studium das Klinikum vor der Tür stand, hatten sie beide Lust gehabt, nach Finnmark zu gehen. Und als sie anderthalb Jahre später in den Süden zurückgekehrt waren, hatten sie ihr Gepäck zusammengeschmissen. Sie waren nun ein etabliertes junges Paar, Arzt und Ärztin. Anders arbeitete jetzt als Assistenzarzt in Drammen, und sie hatten ein Darlehen aufgenommen und sich eine Terrassenwohnung in Asker gekauft. Von Heirat hatten sie noch nie gesprochen. Auch nicht von Kindern. Eigentlich hatten sie überhaupt keine Entschlüsse gefaßt, ihr Leben hatte sich einfach so ergeben. Aber sie kamen wirklich gut miteinander aus. Das war es nicht. Noch immer hatten sie gemeinsame Interessen und waren gern zusammen. Hilde war durchaus nicht unzufrieden. Sie schleppte keine unerfüllten Träume mit sich herum, hatte nicht das Gefühl, etwas zu verpassen. Bisher jedenfalls nicht. Jetzt war das anders. Jetzt, wo dieses wahnwitzige, unbegreifliche Gefühl sie überwältigt hatte und sie nicht mehr loslassen wollte. Eine Besessenheit, eine Bekehrung. Sie mußte zu Begriffen Zuflucht nehmen, von denen sie nie erwartet hätte, daß sie sie jemals in den Mund nehmen würde. »Du mußt es erlebt haben, um es zu verstehen«, warf Jannicke, die Junkiefrau, die sie betreute, ihr immer wieder an den Kopf, als Erklärung für ihre Heroinsucht. Und Hilde mußte zugeben, daß sie sich jetzt fühlte wie im Rausch. Und daß sie süchtig war. Sie brauchte weder Essen noch Schlaf. Alles, was sie brauchte, waren ein Name, eine Stimme, eine Berührung. Ihr ganzer Tag drehte sich nur um eine einzige große, alles verzehrende Sehnsucht. *Torgeir. Torgeir. Torgeir*. Sie war besessen. Sie flüsterte seinen Namen, ließ ihn sich auf der Zunge zergehen, und das heiße, vibrierende Gefühl packte ihr Zwerchfell mit einer so gewaltigen Intensität, daß sie sich zusammenkrümmen mußte. Hilde wußte genau, daß sie das gesamte Spektrum der Illustriertenklischees durchlebte. Und schlimmer noch, diese Klischees erschienen ihr als die Wahrheit, allesamt.

Es war bei der Weihnachtsfeier passiert. Torgeir Reiersen war ihr Tischherr gewesen. Dafür hatte er gesorgt, das hatte er ihr gestanden, in scherzhaftem Ton zwar, aber Hilde wußte, daß es stimmte. »Ich hoffe, du kannst mir verzeihen«, hatte er geflüstert und ihre Hand gedrückt. Was für eine Frage! Denn die Vorstellung, mit Torgeir Reiersen eng zu tanzen, war ihr durch den Kopf gewirbelt, als sie ihr Gehaltskonto überzogen und sich dieses sündhaft teure Kleid gekauft hatte. Ein tailliertes, schenkelkurzes Kleid aus schwerer Seide, violett, fast schwarz. Und dabei trug sie sonst immer nur weite, kleingeblümte Laura-Ashley-Kleider. Anders hatte einen bewundernden Pfiff ausgestoßen und gefragt, ob sie Jannicke nun auch auf dem Straßenstrich betreuen wolle. Dann hatte er über ihren unsicheren Gang auf den neugekauften, hochhackigen Schuhen gelacht, hatte ihr einen Klaps auf den Hintern gegeben, gesagt, »na, dann amüsier dich aber auch« und war zum Handballtraining gegangen.

Torgeir Reiersen hatte in der Garderobe gestanden, als sie kam. Und er hatte nicht verhehlt, daß er schon eine ganze Weile dort wartete. Und zwar auf sie. Er hatte ihren Mantel genommen und neben seinen eigenen gehängt, dann hatte er ihr aus den Stiefeln geholfen. Als er sie in dem violetten Kleid gesehen hatte, war er einen Schritt zurückgetreten und hatte sie gebeten, ganz still zu stehen. Dann hatte er vorsichtig die Hände auf ihre Schultern gelegt und sie langsam umgedreht. Und dabei war es passiert. »Darf ich«, hatte er gefragt. Feierlich. Dann hatte er ihren Arm genommen und sie ins Restaurant geführt. Und Hilde Holm war zur Ballkönigin geworden. Sie war Scarlett O'Hara, schön und auserkoren, mit Rhett Butler an ihrer Seite. Sie konnte sich an kein Wort der Reden erinnern, wußte nicht mehr, was sie gegessen hatte, hatte keine Ahnung, wer auf ihrer *anderen* Seite gesessen hatte. Alles, was zählte, war, daß Torgeir da gewesen war. Die ganze Zeit. Neben ihr. In ihrer Nähe. Torgeir hatte ihr den Stuhl zurechtgerückt, als sie Platz nahmen, er hatte ihr Wein eingeschenkt, und sie hatten einander beim Zuprosten tief in die Augen geblickt. Bei diesem Essen war sie Torgeirs Frau gewesen. Er hatte sonst mit keinem Menschen gesprochen. Nur mit ihr. Er hatte sie dazu gebracht, ihm von ihren Träumen zu erzählen, davon, daß sie einmal als Ärztin bei den Ärmsten der Armen in Südamerika oder Afrika arbeiten wollte. Er hatte sie nicht als naiv bezeichnet, nicht ein einziges Mal hatte er herablassend gelächelt, er hatte keine Sekunde daran gezweifelt, daß sie sich für das Medizinstudium entschieden hatte, um dort helfen zu können, wo die Not am größten war. Er hatte aufmerksam und mitfühlend zugehört, als sie von Jannicke erzählte, die schon mit fünfzehn heroinabhängig gewesen war und sich mit HIV infiziert hatte, als Hilde zum Klinikum in Nordnorwegen war.

Nach dem Essen hatten sie allein an einem kleinen Tisch gesessen. Torgeir hatte Champagner bestellt. Und ihr seine Träume anvertraut. Den Traum vom Segeln. Davon, sich von allen häuslichen Banalitäten zu befreien und die Weltmeere zu bezwingen. Ganz allein. Ohne ein Ziel. Ohne zu wissen, wann er zurückkommen würde. Oder ob er überhaupt zurückkommen würde. Den Traum, fremde Küsten und Kulturen zu erleben. Sich vielleicht unter den Einheimischen auf einer polynesischen Insel niederzulassen. Und im Alter vor einer Kneipe in Shanghai zu sitzen und seine Erlebnisse aufzuschreiben. Darüber zu schreiben, wie er mit dem Meer allein gewesen war. Über ein Leben als Seefahrer und Wanderer, als wurzelloser Fremder, ohne festen Wohnsitz, immer unterwegs.

Später hatten sie getanzt. Torgeir hatte sie an sich gezogen. Und Hilde hatte sich als erwachsene Frau gefühlt. Reif. Erfahren. Und schön. Sie hatten nicht geflirtet. Torgeir hatte nichts gemacht, keinen Annäherungsversuch, er hatte sie nicht einmal auf die Wange geküßt. Als er sie zum Taxi gebracht und ihr eine gute Nacht gewünscht hatte, hatte er ihre Hand genommen und lange festgehalten. Dann hatte er zärtlich ihre Wange gestreichelt und gesagt: »Danke, Hilde. Du hast mir mehr geschenkt, als ich verdiene. Tausend Dank für einen wunderschönen Abend.«

Zwei Tage nach dem Essen wurde Hilde vom Vertreter einer Pharmagesellschaft angerufen und zu einem Adventsausflug nach London eingeladen. Zwei Kollegen hatten in letzter Minute absagen müssen, wie der Anrufer erzählte, und Dr. Reiersen, der eng mit dieser Firma zusammenarbeitet, hatte die junge und tüchtige Dr. Hilde Holm vorgeschlagen. Hilde Holm hatte ohne zu überlegen angenommen. Daß Anders und sie schon lange beschlossen hatten, an diesem Wochenende ihr Schlafzimmer zu renovieren, war unwesentlich. Belanglos. Nicht länger gültig. Alle Abmachungen waren obsolet. Hilde Holms Dasein drehte sich um Torgeir Reiersen. Und nur um ihn. Alles andere war gleichgültig und uninteressant. Wenn nötig, dann wäre sie sofort gegangen, hätte Anders verlassen, das Krankenhaus, jede Verpflichtung, hätte alles gemacht, wenn sie nur mit Torgeir zusammensein könnte. Sie hätte ihre letzten Sparkronen abgehoben und sich ins erste Flugzeug nach Alaska gesetzt, wenn

Torgeir sie gebeten hätte, sich dort mit ihm zu treffen. Hilde Holm war süchtig und jenseits jeglicher Vernunft. Und der Rausch war das einzige, worum ihr Leben sich drehte.

17

»Das Leben ist wunderbar«, sagte Hilde Holm. Sie ließ einen Stapel vollgesprochener Kassetten in den »Schreibkorb« im Büro fallen. Die Arbeit lief wie am Schnürchen. Alle Probleme und Niederlagen des Herbstes waren wie weggeblasen. Vom Winde verweht. Selbst die Andeutung des Stationsarztes, daß ihre Vertretungsstelle wohl kaum verlängert werden würde, galt ihr als Bagatelle.

»Dann bin ich auf dem falschen Planeten gelandet«, murmelte Anne-Britt düster. »Gott weiß, wer als nächstes mit einem Messer in der Brust daliegt.«

»Ja, ist es nicht entsetzlich?« Solveig nahm die Kopfhörer ab. Sie ahnte die Möglichkeiten einer neuen Episode in der Serie »Das nächste Opfer des Messerstechers«. »Ich traue mich bald nicht mehr, die Tür aufzumachen. Und wenn ich morgens zum Bus laufe, hämmert mein Herz wie verrückt. Keiner kann sich noch sicher fühlen, weder zu Hause noch auf der Straße. Es ist so schrecklich, daß ...«

»Da ist ein kranker Mensch am Werk«, erklärte Hilde. »Und vermutlich ist es nur eine Frage der Zeit, bis sie ihn erwischen. Die meisten wollen ja eigentlich aufgehalten werden ...«

»Ach verdammt, komm mir doch nicht mit diesem Dreck. Wir reden von einem Mann, nicht von einer Krankheit. Neunundneunzig Prozent aller Gewaltverbrecher sind Männer, sie sind nicht krank, sie sind Männer. Mord und Vergewaltigung und Inzest und Porno – Männer. Und wenn das eine Krankheit ist...« Anne-Britt schlug mit der Faust auf ihren Schreibtisch.

»Aber Anne-Britt! Die meisten Männer sind doch nicht so! Und was sollten wir denn... machen? Ohne sie? Männer, meine ich? Denk doch nur an... an die Polizei... und die Feuerwehr, und Soldaten, und...«

»Herrgott!« Anne-Britt fand keine Worte. Lillemor hatte recht. Solveig konnte wirklich unerträglich blöd sein.

»Es bringt jedenfalls nichts, wenn wir die ganze Zeit um unser Leben fürchten«, stellte Hilde sachlich klar. Sie selber fühlte sich auf wundersame Weise über alle Gefahren erhoben, weshalb sie kaum einen Gedanken an den Messerstecher verschwendet hatte. Leid und Schmerzen hatten keinen Platz in ihrem alles umfassenden Glücksrausch. Spät am vergangenen Abend, in stockfinstrer Gegend und ganz allein, war sie über die Joggingstrecke getrabt. Zwei Runden. Sie hatte auf dieser vier Kilometer langen Schleife ihren eigenen Rekord gebrochen, ohne müde zu werden und ohne sich auch nur eine Sekunde lang zu fürchten. Ihre Beine hatten sich bewegt wie die Kolben in einer Maschine, während der magische Name sie vorwärts getrieben hatte: *Torgeir, Torgeir, Torgeir*. Ihr konnte nichts Böses passieren. Ihre jubelnde Freude machte die herbstliche Dunkelheit ungefährlich, entwaffnete Messerstecher, hob alle Bosheit der Welt auf.

»Das einzige, was hilft, ist, aufzupassen und sich verteidigen zu können«, sagte Anne-Britt. Sie hatte sich zu einem Selbstverteidigungskurs für Frauen angemeldet und hoffte insgeheim, ihre frisch erworbenen Kenntnisse auch irgendwann anwenden zu können. »Da solltest du dir auch überlegen, Solveig, statt dich auf Polizei und Feuerwehr zu verlassen, wenn der Messerstecher plötzlich vor dir steht.«

»Ach, Anne-Britt, sag doch so was nicht!«

»Ich rede von der Möglichkeit, sich verteidigen zu können. Zuzuschlagen, ehe es zu spät ist.«

»Nie im Leben. Niemals könnte ich jemanden schlagen!«

»Herrgott!« Anne-Britt stöhnte verzweifelt. Zum zweiten Mal.

»Es wäre doch Notwehr!« Hilde versuchte nach besten Kräften, die Harmonie wiederherzustellen.

»Genau«, sagte Anne-Britt. »Und es hätte Helene Vaage aus dem Solvei das Leben retten können. Und auch der armen Kleinen in Majorstua. Jemanden schlagen, du, meine Herrn, die Lerche, sag ich da.«

»Aber was ist mit Frau Lunde? Was ist mit Frau Lunde, der alten Dame aus Nordberg? Die gerade eine schwere Herzoperation hinter sich hatte? Müssen alte Damen jetzt vielleicht auch schon den schwarzen Gürtel in Karate machen, um in Ruhe gelassen zu werden ... in ihrem eigenen Haus, am hellichten Vormittag?« Solveig wollte sich nicht so leicht geschlagen geben. Außerdem war sie sicher, daß Anne-Britt nur auf die Gelegenheit wartete, dem erstbesten Frechling ihr Knie in den Schritt zu rammen.

Vergiß es, dachte Lillemor. Aber sie sagte nichts. Sie sagte nie etwas. Sie dachte an Frau Lunde aus Nordberg. So, wie die Krankenkassen sparen mußten, waren die neuen Herzklappen für Ingrid Lunde zweifellos eine schlechte Investition gewesen. Aber woher hätte sie, Lillemor, das wissen sollen? Sie konnte ja nicht alles im Blick haben, und es mußte ja wohl Grenzen dafür geben, welche Sicherheitsmaßnahmen sie traf. Außerdem, so, wie sie die schlechtgelaunte und magere Ingrid Lunde erlebt hatte, war es auf jeden Fall weggeworfenes Geld gewesen. Und außerdem. Lillemor hatte immer ihre Steuern bezahlt und die öffentliche Hand nicht um eine Öre betrogen, strenggenommen hatte sie also bereits mehrmals für Ingrid Lundes Operation bezahlt. Sie war noch nie im Krankenhaus gewesen und war niemals der Gesellschaft zur Last gefallen. Und vielleicht konnten künstliche Herzklappen ja sogar mehrmals benutzt werden. Lillemor wußte, daß Herzschrittmacher bei einer Obduktion entfernt, sterilisiert und wiederverwendet wurden. Vielleicht war das auch mit künstlichen Herzklappen möglich? In dem Fall würden Ingrid Lundes drei Monate alte Herzklappen vielleicht einem Menschen zugute kommen, der sie wirklich verdient hatte.

»Dieses Schwein«, sagte Anne-Britt verbissen. »Dieses sadistische Schwein von Mann!«

»Na, es ist ja nicht einmal sicher, ob es wirklich immer derselbe war...« Hilde Holm hatte das Gefühl, wieder einmal die Vermittlerin zwischen den Bürodamen spielen zu müssen und für ein gewisses Niveau an Sachlichkeit verantwortlich zu sein.

»Blödsinn«, sagte Lillemor. Sie konnte sich einfach nicht mehr beherrschen. »Selbst die Polizei hat das inzwischen kapiert.«

Lillemor hatte die mehr oder weniger ungenauen Zeitungsberichte und die sogenannten Expertenaussagen restlos satt. Das Niveau war gelinde gesagt betrüblich. Der Sexualwissenschaftler Berthold Grünfeld war der selbsternannte Alleswisser und hatte die Position des »Mannes mit dem Hund« übernommen. Seine fachlichen Erkenntnisse waren ungefähr von derselben Güte. Das »Profil eines Messerstechers« in *Aftenposten* konnte sich durchaus mit der »Pakistanerspur« messen. Ebenso geschwätzig und dumm. »Ein Frauenhasser mit Gefühlsstau. Impotent und unterlegen. Strenge und dominierende Mutter. Verlust eines männlichen Rollenmodells in früher Kindheit«, und so weiter und so fort. Gefasel und Geschwätz von Anfang bis Ende. Und in Radio und Fernsehen war der Rechtspopulist Carl I. Hagen am Werk. Er war auf das neue Karussell aufgesprungen und punktete ausgiebig in allerlei Talkrunden. Glatt und elegant hatte er die »Folgen der liberalen Einwanderungspolitik der anderen Parteien« an den Nagel gehängt und ritt jetzt jeden Tag auf den bekannten Sprüchen über »Gesetz und Ordnung, strengere Strafen, mehr Geld für die Polizei« herum. In dem Versuch, zwei Fliegen mit einer Klappe zu schlagen, hatte er sich die Bemerkung nicht *ersparen können*, daß der »brutale Messerstecher« es auf weiße Norwegerinnen abgesehen hatte. Und er persönlich würde sich nicht wundern, wenn der Mörder sich als muslimischer Asylbewerber aus Somalia entpuppte ... der möglicherweise für die Einfuhr von ein paar Kilo Heroin verantwortlich war und das norwegische Sozialsystem um Tausende von Kronen betrogen hatte. Die linke Politikerin Kristin Halvorsen schrie derweil mit Fistelstimme im Hintergrund herum.

Lillemor stimmte Carl I. Hagen zu. Sie teilte seine Ansichten über Ausländer und andere Verbrecher. Aber sie konnte ihn nicht leiden. Und da half es nichts, daß er ihr normalerweise aus dem Herzen sprach. Lillemor wählte die Christliche Volkspartei. Das hatte sie immer schon gemacht. In all den Jahren hatte sie den derzeitigen Premierminister Kjell Magne Bondevik für einen feschen jungen Mann gehalten. Und außerdem war er Pastor. Und anders als Carl I. Hagen war auf ihn Verlaß, wenn es um Moral und Alkohol ging. Aber er war nicht streng genug. Lillemor hatte Bondevik einen langen Brief geschrieben und ihm gute Ratschläge in bezug auf die Kriminalpolitik seiner Partei erteilt. Sie hatte ihm versichert, sie könne zwar Carl I. Hagen auch nicht leiden, müsse aber zugeben, daß er recht habe, wenn er über Ausländer und einheimische Faulenzer und Schmarotzer redete.

»Anne-Britt will kämpfen lernen«, verkündete Solveig begeistert, als Torgeir Reiersen die Bürotür öffnete. »Es gibt solche Kurse für Frauen ... mit Tricks, beim Kämpfen und so ...«

»Herrgott«, sagte Anne-Britt. Zum dritten Mal. Lillemor hatte recht. Solveig war einfach dumm.

»Ach! Pöbelkurse, meinst du«, grinste Torgeir und schüttelte den Kopf. »Was du nicht sagst.«

Er hatte Hilde ins Büro gehen sehen und machte sich nun am Korb mit den eingegangenen Untersuchungsergebnissen zu schaffen. Er wollte einfach wissen, ob die Pharmagesellschaft, die die Reise nach London bezahlte, Hilde auch wirklich eingeladen hatte. Ansonsten würde er absagen. Er hatte keine Lust, nach London zu fahren, um sich langweilige Vorträge über eine neue entwässernde Pille anzuhören. Wenn aber Hilde mitkam, dann ...

Bei der Weihnachtsfeier schien alles möglich, aber er wußte nicht so recht, wieviel davon aufs Konto des Champagners ging. Er hatte schon lange keinen jungen, festen Leib mehr an sich gedrückt. Nicht seit Lena, und das war über zwei Jahre her ... Hilde hatte dieselbe ruhelose Begierde in ihm geweckt, dasselbe prickelnde Erwartungsgefühl. Und er empfand Rita gegenüber nicht einen Hauch von schlechtem Gewissen. Wenn er etwas bereute, dann die letzten beiden Jahre, die er mit dem Versuch vergeudet hatte, Ritas Gunst zurückzugewinnen. Das war Zeitverschwendung gewesen. Freudlose Jahre, von denen niemand etwas hatte. Er konnte machen, was er wollte, Rita war unzufrieden. Er hatte sie mit einer Traumreise nach Ceylon überraschen wollen, aber Rita hatte gehässig lachend abgelehnt und ihm vorgeschlagen, das Geld den Tamil Tigers zu spenden. Hilde dagegen hatte sich über ein Glas Champagner und ein wenig Aufmerksamkeit geradezu rührend gefreut. Vermutlich war sie zum ersten Mal als reife Frau behandelt worden. Sie hatte einen Mitbewohner erwähnt, und Torgeir stellte sich einen kurzsichtigen Streber vor, der nach dem Staatsexamen zum ersten Mal Sex gehabt hatte. Torgeir war gern ritterlich. Es war ihm ein Vergnügen, einer Frau den Hof zu machen, sie zu verehren, zu sehen, wie sie in seiner Gesellschaft aufblühte. Die Verwandlung aus einem verlegenen, unsicheren Schulmädchen in eine schöne, stolze und selbstbewußte Frau zu erleben. Und zu wissen, daß das sein Werk war, daß er den Zauberstab in der Hand hielt. Hilde war so kindlich süß und naiv gewesen, als sie ihm ihre Träume anvertraut hatte. Ärztin unter den Ärmsten der Armen in Südafrika. Unter elternlosen Straßenkindern und verfolgten Indianervölkern. Er hatte aufmerksam zugehört und ihre Träume ernst genommen. Er selber hatte versprochen, ihr eine Postkarte zu schreiben, falls er sich zwischen wurzellosen Poeten und Globetrottern, die ihr Schiff verpaßt hatten, in der Kneipe in Shanghai einsam fühlen sollte. Er mußte zugeben, daß er ziemlich hemmungslos aus einem Buch von Ragnar Kvam jr. gestohlen hatte, aber das war doch nicht schlimm, solange die Geschichten gut waren und Hilde Freude machten. Und er war wirklich in Kvams

Buch versunken, als er es im Sommerurlaub gelesen hatte. Zweifellos war dabei sein alter Jungentraum vom eigenen Segelboot zum Leben erweckt worden.

»Du, Hilde?« Torgeir versuchte, sich aus der blödsinnigen Messerstecherdiskussion herauszuhalten und Hilde aus dem Büro herauszulotsen.

»Aber was ist mit deiner Frau, Torgeir? Hat die denn keine Angst?« Solveig ließ nicht locker.

»Ja, die könnte wirklich einen Pöbelkurs brauchen«, sagte Anne-Britt säuerlich. Ein Pöbelkurs für den Hausgebrauch sollte zur Mitgift jeder Frau gehören. Wenn Rita Reiersen ihrem Mann einmal pro Tag in die Eier getreten hätte, dann wären Schwester Lena die lange Krankschreibung und die Nervenprobleme erspart geblieben. Und jetzt war offenbar die naive kleine Hilde Holm zum nächsten Opfer des Testosteronhelden ausersehen.

»Tja, vielleicht«, sagte Torgeir. »Im Moment wirklich keine dumme Idee«, fügte er hinzu. Vielleicht sollte er Rita wirklich zu einem solchen Kurs raten? Neulich abends hatte sie Camilla eine Heidenangst eingejagt. Er hatte Stunden gebraucht, um die beiden zu beruhigen, eine nach der anderen, und Rita war die Schlimmere gewesen. Sie war davon überzeugt gewesen, als nächstes Opfer auf der Liste des Messerstechers zu stehen, und aus irgendeinem unerklärlichen Grund sollte Torgeir daran schuld sein. Und seither war es zu Hause die Hölle. Rita trank Rotwein von nachmittags, wenn sie von der Arbeit kam, bis abends, wenn sie irgendwann ins Bett torkelte. Wie sie zwischen neun und vier als Psychotherapeutin ihre Arbeit tun konnte, während sie für den Rest des Tages komplett verrückt war, ging über Torgeirs Vorstellungsvermögen. Er brauchte nur einen Fuß ins Haus zu setzen, schon hieß es, er solle verschwinden und sich eine andere Wohnung suchen. Gleich darauf durfte er das Haus nicht verlassen, und sei es nur, um an der Tankstelle Winterreifen aufziehen zu lassen. Vielleicht wäre ein Pöbelkurs wirklich die Lösung? Zumindest könnte sie ihre Aggressionen dann an anderen als an ihm ablassen. Und in einem Fitneßzentrum in der Stadt, nicht im Wohnzimmer in Nordstrand.

»Ich werde ihr davon erzählen«, sagte er. Es konnte nicht schaden. Schlimmer konnte ihr Eheleben ohnehin nicht mehr werden.

Arschloch, dachte Anne-Britt und musterte Torgeir mit eiskaltem Blick. Sie hätte nichts dagegen gehabt, ihre frischerlernten Tricks an einem Schürzenjäger seines Kalibers auszuprobieren. Es war zum Kotzen, wie er sich an Hilde Holm heranmachte. Das treuherzige Mädel war doch fast zwanzig Jahre jünger als er und hatte dem gerissenen Arschloch natürlich keinen Widerstand entgegenzusetzen. Er hatte Weib und Kind, und die beiden ahnten vermutlich nichts Böses und bedienten ihn nach allen Regeln der Kunst. So, wie sie es bei ihrem eigenen Mann aus purer Blödheit auch gemacht hatte.

»Alle Knaben sollten mit vierzehn Jahren kastriert werden«, sagte Anne-Britt aus ehrlicher Überzeugung. »Wir könnten vielleicht ein paar zur Zucht behalten, so wie bei Stieren.«

»Die wären dann auf jeden Fall lieb und schmusig«, sagte Solveig. So ganz spontan fand sie den Vorschlag eigentlich gar nicht schlecht. »Ich weiß noch, daß unser Kater Tarzan unerträglich war, er trieb sich nächtelang herum und kam dann mit Klitschaugen und halb abgerissenen Ohren nach Hause ... aber danach war er der reine Teddybär, wollte seine Sofaecke gar nicht mehr verlassen.«

»Und du, Lillemor? Womit amüsierst du dich in deiner Freizeit? Mit Pöbelkursen oder Kastration?« Torgeir fühlte sich von diesen neurotischen Frauenzimmern überfahren und sehnte sich nach Rache. Seit ihrem hysterischen Anfall und der nachfolgenden Krankschreibung behandelte die ganze Station Lillemor wie ein rohes Ei, vom Stationsarzt bis zum Pakistaner mit Mop und Putzeimer gingen alle auf Stelzen unterm Teppich. Alle gingen davon aus, daß nur totale Unterwerfung einen neuen dramatischen Anfall verhindern könnte. Verdammter Mist, dachte Torgeir. Er hatte alles so satt. Nie im Leben würde er zulassen, daß Lillemor ihre Stellung ausbaute. Er hatte nicht vor, sich zu Hause und in der Klinik tyrannisieren zu lassen.

»Torgeir!« riefen Anne-Britt und Solveig wie aus einem Mund, die eine böse, die andere überrascht. Vorsichtig schauten sie zu Lillemor hinüber und warteten auf einen neuen Vulkanausbruch.

»Aber ihr Lieben«, Hilde Holm blickte Torgeir flehend an. Sie kam sich vor wie zwischen Bast und Borke. Sie wußte genau, wie satt er Lillemors Launen hatte, und daß er ihr nicht mehr um den Bart gehen wollte. Er glaubte nicht einmal, daß Lillemor wirklich krank gewesen war. Hilde dagegen hatte keine Zweifel. Sie war überzeugt, daß Lillemor einen leichten Schlaganfall mit vorübergehender Aphasie erlitten hatte. Sie hatte im Neurologielehrbuch nachgesehen. Und alles hatte ins Bild gepaßt. Risikofaktoren, Symptome und Verlauf. Stark übergewichtige Frau in mittleren Jahren mit hohem Blutdruck. Vielleicht gar nicht, auf jeden Fall nicht ausreichend behandelt. Anfall in akuter Streßsituation ausgelöst. Zustand der Verwirrung, begleitet von plötzlichem Verlust der Sprachfähigkeit. Schiefer, hängender Mundwinkel. Die nuschelnde

Stimme, als sie endlich wieder etwas sagen konnte. Typisch T. I. A. Ein transitorischer ischämischer Anfall. Ein Schlag.

Hilde war sich sicher. Während des Klinikums hatte sie mehrere vergleichbare Fälle erlebt. Außerdem hatte sie vor nicht allzulanger Zeit Vorlesungen in Neurologie gehört. Torgeir dagegen… Er war zwar ein tüchtiger Kardiologe, aber mit Neurologie hatte er sich seit vielen Jahren nicht mehr befaßt. Hilde hatte nicht mit Lillemor gesprochen, seit sie wieder zur Arbeit gekommen war. Beschämt mußte sie zugeben, daß sie nur an Torgeir gedacht hatte. So sehr, daß sie einfach vergessen hatte, Lillemor zu fragen, ob sie beim Arzt gewesen sei und was der gesagt habe. In ihrem egoistischen Glücksrausch hatte sie alle Probleme verdrängt. Auch Lillemors Krankheit. Und sie hatte die Tatsache verdrängt, daß sie selber etwas gesagt oder getan hatte, was Lillemors Anfall ausgelöst hatte. Sie hatte keine Ahnung was. Aber sie wußte, daß sie schuldig war. Und sie wußte, daß sie sich wieder schuldig machen würde, wenn Lillemor sich so aufregte, daß sie einen weiteren apoplektischen Anfall erlitt.

»Sei lieb zu Lillemor, bitte«, flüsterte Hilde so leise, daß die anderen es nicht hören konnten.

Sofort bereute Torgeir. Nicht, weil er Lillemor provoziert hatte, sondern weil Hilde ihn vorwurfsvoll anstarrte. Er sah, daß die mit dem Tränen kämpfte. Und er wollte Hilde nun wirklich nicht den Eindruck vermitteln, er sei ein gefühlloser Mistkerl.

Hilde war jung und verletzlich. Und weil sie klinisch unerfahren war, war sie davon überzeugt, daß Lillemor einen leichten Gehirnschlag hinter sich hatte. Er selber setzte auf die Diagnose »hysterisches Frauenzimmer«. Er war zwar kein Neurologe und war erst dazugekommen, als Lillemors Anfall fast vorüber war, aber in seiner ganzen Laufbahn hatte er niemals eine Schlaganfallpatientin gesehen, die derart heftig reagiert hatte. Und Lillemors Aphasie konnte ebensogut ohnmächtige Wut gewesen sein wie fehlende Blutzufuhr zum Gehirn.

»Regt euch ab, Mädels«, Torgeir versuchte es mit seinem entwaffnendsten Lächeln. Hilde durfte ihn um keinen Preis für einen groben, rücksichtslosen Chauvi halten. Und er war ja schließlich auch keiner, obwohl ihm Rita das an den Kopf geworfen hatte, ehe er am Morgen die Tür hinter sich zugeknallt hatte. Anne-Britt starrte ihn wütend an, das machte sie jetzt immer. Torgeir wußte, daß er zu weit gegangen war, und daß der einfachste Ausweg war, hier und jetzt zu Kreuze zu kriechen. Er lief zu Lillemor und legte ihr die Hand auf die Schulter.

»Entschuldigung, Lillemor. Das war ein blöder Spruch. Nur ein Witz, aber... natürlich war das nicht so gemeint...«

Lillemor saß schwer und unbeweglich da und starrte ihren Bildschirm an.

»Aber mein Mädel. Nicht böse sein. Liebe...« Er hoffte, daß seine flehende Stimme Lillemor und Hilde gleichermaßen beeindrucken werde.

Langsam drehte Lillemor sich auf ihrem Stuhl um und blickte ihn stumm aus ihren großen, blanken Schlafpuppenaugen an. Torgeir wußte, daß er weiterreden mußte, er wußte nur nicht, was er sagen sollte.

»Lillemor und ich haben eine ganz besondere Beziehung, wir...« Er zwinkerte Lillemor geheimnisvoll zu und wandte sich dann an die anderen Damen. Er zerbrach sich den Kopf, was er sagen könnte. »Lillemor und ich...«

Sie blickten ihn gespannt an, und Torgeir hatte nicht die leiseste Ahnung, was sie erwarteten. Er wußte ja selber kaum, was er da faselte. »Himmel, Mädels. Ihr wißt doch, daß Lillemor und ich ein Herz und eine Seele sind. Da dürfen wir doch wohl ab und zu einen kleinen Witz machen. Und bleiben trotzdem ein Herz und eine Seele. Nicht wahr, Lillemor? Du bist doch schon seit vielen Jahren meine Süße…«

Heilige Einfalt! Er hörte seine eigene flehende Stimme. Wenn er sich schon so pathetisch aufführte, dann aber auch richtig. Warum nicht voll in die Seifenoper hineinspringen und sich im Kitsch wälzen?

»Sag doch, daß wir Freunde sind. Sei mir nicht böse, Liebe, Süße…« Torgeir drehte Lillemor mit ihrem Sessel herum. Er bückte sich, legte die Arme um sie und drückte sie an sich. »Alles klar, mein Mädel?« Er sah die wütenden roten Flecken, die sich über ihren Hals verteilten, und fragte sich kurz, ob er zu weit gegangen sei. Wenn sie doch bloß etwas sagte! Aber Frauen hatten offenbar derzeit ein Monopol auf sämtliche Register. Von Ritas tödlichen Wortgeschützen bis zu Lillemors tödlichem Schweigen. Und warum zum Henker standen Anne-Britt und Solveig da wie erwartungsvolle Zuschauerinnen?

»Vielen Dank, Lillemor«, sagte Torgeir, als habe Lillemor gerade eine nur für ihn hörbare Bemerkung gemacht. »Dann ist hoffentlich alles wieder gut.« Er griff zu seiner Patientenberuhigungsstimme. Die, die Rita verächtlich als »Dr.-Dolittle-Stimme« bezeichnete. Zum Teufel. Er war ein guter Arzt. Die Dr.-Dolittle-Stimme hatte sicher im Lauf der Jahre mehr Kranke kuriert als Ritas Psychotherapie.

»Torgeir, hast du einen Moment Zeit?« Hilde Holm war

beeindruckt. Nicht nur, weil er die gespannte Lage so gekonnt gelockert hatte, sondern auch, weil er so warm und offen war, so menschlich und gar nicht selbstherrlich. Sie konnte gut verstehen, daß er lange Wartezeiten hatte. Torgeir war ein Arzt, der mit den Menschen reden konnte. So wollte sie auch werden. Wie viele andere Vorgesetzte hätten eine Sekretärin wohl um Verzeihung gebeten? Für eine unbedachte Bemerkung? Für eine Bagatelle? Und sie dann auch noch umarmt. Vor den Augen der anderen Schreibkräfte. Sie zweifelte keinen Moment daran, daß Torgeir alles von Herzen gekommen war. Torgeirs Verzweiflung darüber, einen Menschen, der ihn bewunderte, verletzt zu haben, war tiefempfunden und echt gewesen. Hilde Holm spürte den heißen Sog im Bauch. Torgeir hatte ihre Gefühle wirklich verdient. Er war der wunderbarste Mann, der ihr je über den Weg gelaufen war. Und sie brannte nach einer Gelegenheit, ihm das zu sagen.

»Torgeir?« Hilde Holm konnte nicht mehr warten. Sie mußte einen Vorwand finden, um unter vier Augen mit Torgeir zu sprechen. Sie mußte in Erfahrung bringen, ob er nach London fliegen würde. Ob das ganz sicher war. »Ich muß dich etwas fragen… es geht um einen bestimmten Fall, meine ich…«

»Ja, natürlich.« Torgeir ließ sich nicht zweimal bitten. Er schob Hilde geradezu aus dem Büro.

Lillemors Schulter glühte. Sie spürte noch immer das Gewicht seiner Hand. Spürte den Druck seiner Finger, die Wärme seines festen Griffes. Sie träumte nicht. Es war passiert. Torgeir hatte sie umarmt. Vor aller Augen. Und er hatte erklärt, daß sie eine Beziehung hatten, eine ganz besondere Beziehung. Jetzt war es kein Geheimnis mehr. Und es war Torgeir, der den endgültigen Schritt getan hatte. Er hatte das Doppelspiel nicht mehr ertragen. Lillemor mußte zugeben, daß sie überrascht und leider nicht fähig gewesen war, zu improvisieren. Sie hoffte nur, daß er sie gut genug kannte, um zu begreifen, daß sie ihm nur allzugern entgegengekommen wäre. Daß auch sie bereit war, an die Öffentlichkeit zu treten. Vielleicht hätte sie es geschafft, wenn sie nur noch ein oder zwei Minuten Zeit gehabt hätte, um sich zu sammeln. Wenn sich diese freche, unerträgliche Hilde Holm nicht dazwischengedrängt hätte. Sie hatte ihn ja fast am Kittel gepackt und ihn aus dem Büro gezogen. Hilde Holm war eifersüchtig. Das wußte Lillemor schon lange. Und jetzt, wo Torgeir seine Beziehung zu Lillemor offen bekanntgegeben hatte, war diese boshafte Göre krank vor Neid. Natürlich war Torgeir zu taktvoll, um sie vor allen anderen in ihre Schranken zu weisen. Das war lobenswert, aber im tiefsten Herzen wäre es Lillemor doch lieber gewesen, er hätte Hilde abgeschüttelt und ihr ordentlich auf die Finger gehauen. Frauen wie Hilde hatten keine Schonung verdient. Im Gegenteil. Man sollte ihnen ein für allemal die Flügel stutzen und sie unschädlich machen.

»Männer«, sagte Anne-Britt. »Zum Kotzen! Hier ist ein Irrer am Werk, ein Sadist, der drei unschuldige Frauen ermordet hat… und dann reißt dieser Wicht noch Witze. Darüber! Und das als Arzt!«

»Der arme Torgeir hat das doch nicht böse gemeint.« An solchen Tagen sehnte Solveig sich zurück zur unterbezahlten Manpower-Stelle.

»Nicht?«

»Himmel… er ist nur ein bißchen kindlich, wie ein Junge, du verstehst schon. Macht Witze… aber er meint das doch nicht böse.«

Solveig verstand nicht, warum Anne-Britt die ganze Zeit sauer war. Anne-Britt war sauer, solange Solveig sie kannte. Sie war schon sauer gewesen, bevor ihr Mann sie verlassen hatte, und ab und zu fragte Solveig, ob ihn das aus dem Haus getrieben haben könnte.

»Mistkerl«, murmelte Anne-Britt. »Meine Fresse, was für ein Mistkerl!«

»Jetzt reicht es aber!« Lillemor war aufgestanden und ragte zwischen den Schreibtischen auf. »Jetzt laßt ihr beide Dr. Reiersen in Ruhe. Und mehr sage ich nicht.«

»Um Himmels willen!« Anne-Britt stülpte wütend die Kopfhörer über und drehte Lillemor den Rücken zu.

Solveig griff zum Korb mit den Testergebnissen und verschwand lautlos zwischen den Aktenschränken. Keine von beiden verspürte auch nur den geringsten Wunsch, eine weitere Naturkatastrophe auszulösen.

18

»Wie viele Leute hast du eigentlich zu diesem Weihnachtsessen eingeladen?« Torgeir Reiersen stöhnte laut auf. »Die ganze Klinik? Patienten und Angehörige?« Er wuchtete den vierten Kasten Wein aus Ritas Auto.

»Waschlappen!« Rita, die zwei bis an den Rand mit Flaschen vollgestopfte Tüten schleppte, stand hinter ihm. »Ich glaube, wir sind insgesamt sechzehn. Und zwei mögliche Nachzügler. Warum willst du das wissen?«

»Vier Kästen Wein? Für sechzehn Personen?«

»Na und?«

»Ich meine bloß...«

»Vier Kästen Wein und Bier und Aquavit für die, denen das lieber ist. Und Cognac zum Kaffee. Danach wird das getrunken, was die Gäste mitbringen.«

»Herrgott!«

»Aber das ist doch nicht dein Problem?«

»Nein, Gott sei Dank. Und auch nicht mein Kater. Wie gut.«

»Warum machst du also ein solches Geschrei?«

»Über wie viele verkaterte Logiergäste werde ich wohl stolpern, wenn ich am Sonntag morgen nach Hause komme?«

»Über keinen einzigen«, Rita lächelte. »Du hast es mit einer gutorganisierten und ordentlichen Branche zu tun.«

»Ach was? Und das heißt?«

»Zwei im voraus bestellte Maxi-Taxis. Eins um drei und eins um fünf. Da sag mal was gegen!«

Sie verstauten Weinkästen und Flaschen unter dem Küchentisch. Rita nahm eine Flasche Mineralwasser aus dem Kühlschrank, und Torgeir fischte zwei saubere Gläser aus der überfüllten Spülmaschine. Dann setzten sie sich auf ihre Plätze am Tisch einander gegenüber.

Torgeir mußte in anderthalb Stunden am Flughafen sein. Spätestens. Er hatte schon gepackt, ehe Rita nach Hause gekommen war, hatte geduscht und sich rasiert. Zum zweiten Mal in acht Stunden.

Eigentlich wußte er gar nicht mehr so recht, ob er sich auf die Reise nach London freute. Hilde Holm hatte in der Mittagspause in seinem Büro vorbeigeschaut und ihm ihre Pläne für London mitgeteilt. Viele Pläne. Zwei Tage vollgestopft mit Plänen. Hilde war zuletzt als Schülerin in London gewesen, als sie in Brighton einen Englischkurs gemacht hatte. Und jetzt wollte sie offenbar alles nachholen. Sie sprudelte geradezu vor Begeisterung, während Torgeir immer größere Bedenken kamen. Volles Programm. Und zwar zusätzlich zu den obligatorischen Veranstaltungen am Freitag und Samstag, die die Pharmagesellschaft arrangiert hatte. Hilde Holm hatte das gesamte Touristenprogramm auf ihrer Liste, von Madame Tussaud bis zur Westminster Abbey. Und für Freitagabend hatte sie Karten für »Les Misérables«. Das war das Schlimmste. Torgeir Reiersen haßte Musicals. Und durch diese triste Kitschsuppe hatte er sich schon zweimal durchgequält. Zuerst mit Rita, anderthalb Jahre später mit Lena. Und nun standen die Elenden also zum dritten Mal auf dem Programm. Er konnte nur hoffen, daß es das wert sein würde… Für Samstagnachmittag war ein Fußballspiel angesagt. Live. Hilde wollte unbedingt Karten für die große Abrechnung zwischen Arsenal und Liverpool in

Highbury besorgen. Falls das nicht ging, so hatte sie noch Chelsea–Leeds in Stamford Bridge in Reserve. Nicht, daß Torgeir etwas gegen Fußball gehabt hätte. Normalerweise nicht. Aber diesmal wäre er durchaus damit zufrieden gewesen, sich das Spiel im Fernsehen anzusehen.

Frisch geduscht, auf dem Hotelbett, Fernbedienung, Bier und Kartoffelchips in Reichweite. Und Hilde Holm im Arm. Eigentlich fühlte er sich ein wenig betrogen. Er hatte seine eigenen Pläne gehabt. Nicht gerade festumrissene, konkrete Pläne, aber doch eine Vorstellung davon, was ihnen Spaß machen würde. Zwar war seine Zeit als Hospitant im Hammersmith Hospital schon Jahre her, aber sicher würde er noch immer gemütliche Eckkneipen finden können. Und er kannte in Bayswater ein großartiges indisches Restaurant, das bestimmt nicht von den üblichen Pauschalreisenden heimgesucht wurde. Und sonst? Er hatte gedacht, sie könnten vielleicht durch die Docklands schlendern, sich in den großen Buchläden neue Fachliteratur ansehen, sich das Nachtleben am Piccadilly Circus zu Gemüte führen. Die Großstadtatmosphäre schnuppern und die Feste feiern, wie sie fallen. Statt zwischen Museen und Musicals hin und her zu hetzen. Aber Hilde war so glücklich und erwartungsvoll gewesen, daß er es nicht über das Herz gebracht hatte, sie zu enttäuschen. Obwohl ihm »Les Misérables« zum dritten Mal wirklich auf den Geist ging.

»Hallo? Träumst du schon vom ersten Guinness, oder was?« Rita fuchtelte ihm mit dem Zeigefinger vor der Nase herum.

»Was?«

»Wann geht deine Maschine, habe ich gefragt.« Rita leerte ihr Glas und zog das Gummi von ihrem langen kupferroten Zopf. Sie schüttelte ihre Haare aus, bis diese ihren Kopf wie ein glühender Helm umschlossen. Ihr grünes Militärhemd reichte ihr fast bis zu den Knien und sah aus, als habe es diverse Guerillakriege überlebt. Unter dem Hemd lugten zwei dünne Beine in schwarzen Leggins und gewaltigen Doc-Martens-Stiefeln hervor. Sie sah aus, als komme sie frisch aus dem Übungsraum einer Hausbesetzerband.

»In genau einer Stunde und fünfundfünfzig Minuten«, sagte Torgeir.

Rita nahm Leberwurst und eine Packung Knäckebrot aus dem Schrank und kaute den ersten Bissen im Stehen, an den Spülstein gelehnt.

»Ich will mich nicht scheiden lassen«, sagte Torgeir. Die Worte rutschten einfach aus ihm heraus. Er konnte den Blick nicht von dem schmächtigen Körper unter der wilden Mähne abwenden. »Ich will mich nicht scheiden lassen.«

Sie hatte ihm den Rücken zugekehrt. Torgeir stand auf und legte ihr vorsichtig die Hände auf die Schultern. Sie drehte sich nicht um. Und sie lehnte sich auch nicht an ihn. Aber immerhin schob sie ihn nicht weg. Einige Sekunden lang blieben sie so stehen, in einer seltsam unschlüssigen Haltung. Sie schienen beide nicht zu wissen, wie sie in diese Lage geraten waren, oder wie sie sich daraus befreien sollten.

»Ich will mich nicht scheiden lassen«, sagte Torgeir. Zum dritten Mal. Diesmal wußte er sehr gut, was er sagte. Und er wußte, daß er es ehrlich meinte.

Er konnte sich kein anderes Leben vorstellen. Nicht auf Dauer. Nicht als Zukunft. Hier gehörte er hin, hier wollte er wohnen, hier war seine Basis. Sich eine Wohnung in der

Stadt kaufen? Den Immobilienmarkt studieren und auf Wohnungsjagd gehen? Er wollte keine Wohnung in der Stadt. Neue Möbel und Bettwäsche? Er hatte Möbel und Bettwäsche. Er hatte sich genau die Möbel ausgesucht, die er haben wollte. Er wollte von dem umgeben sein, was er hatte, und von nichts anderem. Sollte er abends allein in irgendeiner Wohnung herumsitzen? Und an den Wochenenden? Sollte er Krankenschwestern ins Kino einladen? Und zum Übernachten? Mit Hilde Holm in ein Reihenhaus in Bærum ziehen? Himmel. Hilde Holm war achtundzwanzig Jahre alt und wollte vor ihrem dreißigsten Geburtstag ein Kind haben. Schwangerschaftsvorbereitungen und Erziehungsurlaub? Windeln im Sonderangebot. Noch eine Runde mit durchwachten Nächten und Koliken. Kindergarten vor halb acht Uhr morgens. Und Skitouren mit einem Baby im Ziehschlitten. Noch mehr Elternabende und Gemeinschaftsarbeiten für die Schule und Flohmärkte. Beim bloßen Gedanken bekam Torgeir schon eine Gänsehaut. Ein Leben als frisch bekehrter fünfzigjähriger Vater im zweiten Durchgang? Etwas Pathetischeres konnte er sich gar nicht vorstellen. Diese Karrieremänner mittleren Alters, die sich alle in den Zeitungen verbreiten mußten, waren schlimmer als frisch trockengelegte Alkoholiker. Wenn sie öffentlich Windelwechseln, Legosteine und Plätzchenbacken als das Alleinseligmachende ausriefen. Ein Schlag ins Gesicht der verlassenen Exgattin und der vernachlässigten Kinder aus der ersten Runde. O verdammt. Dann wollte er sich lieber sterilisieren lassen.

»Aber ich will es«, sagte Rita. Sie ließ seine Hände jedoch auf ihren Schultern liegen und versuchte nicht, sich davon zu befreien.

»Willst du das wirklich?«

Sie schwieg.

»Bist du sicher, daß du das willst?«

Rita schob seine Hände weg, drehte sich um und schaute ihm in die Augen. »Ich weiß es nicht. Aber ich glaube, schon.«

»Aber sicher bist du dir nicht? Oder?«

»Nein. Aber ich glaube, es wäre die beste Lösung.«

»Lösung? Vielleicht gibt es nicht für jedes Problem eine beste Lösung ...«

»Aber wir haben doch eine Wahl?«

»Wirklich? Mir kommt das nicht so vor. Ich habe einfach das Gefühl, daß ... daß wir zusammen gehören. In guten und in schlechten Zeiten. Ich glaube nicht unbedingt, daß es etwas ... Besseres gibt.«

»Gibt es das nicht?« In ihrer Stimme lag kein Sarkasmus. Nur eine Frage.

»Für mich jedenfalls nicht.«

»Was willst du also?«

»Weitermachen, ganz einfach. Hier wohnen. Zusammenleben. Du und ich ... und Camilla. Eine Art absoluter Verankerung. Etwas, das über jegliche Diskussion erhaben ist. Etwas, das einfach so ist ...«

»Hat hier jemand Camilla gesagt?« Camilla kam hereingestürzt und ließ ihre Trainingstasche auf den Boden fallen. »Und was treibt ihr hier eigentlich?« Sie musterte die beiden mißtrauisch. »Streiten oder Knutschen? Mir egal, ich möchte mir beides nicht ansehen müssen.«

»Du hast Leberwurst auf deinem Armani-Anzug«, sagte Rita sachlich. Sie verzehrte den Rest ihres Knäckebrotes.

Torgeir fluchte und schnappte sich den Spüllappen, um sich den braunen Flecken vom Ärmel zu wischen. Für einen Moment fragte er sich, ob sie ihm den Flecken absichtlich verpaßt hatte.

»Herrgott!« Camilla verdrehte die Augen. Sie wünschte sich normale Eltern. Mit normalen Kleidern.

»Ich nehme an, du willst mir einen Kuß geben und mir viel Vergnügen in London wünschen?«

»Spinn nicht rum. Ich wollte dich nur an die Reitstiefel erinnern, die du für mich kaufen sollst.«

»Ich habe dir keine neuen Reitstiefel versprochen.«

»Wenn du dich an die Marke nicht erinnern kannst...« Sie überhörte ihn souverän und drückte ihm einen bunten Zeitungsausschnitt in die Hand.

Torgeir schüttelte resigniert den Kopf und betrachtete das Bild, das offenbar aus einer englischen Pferdezeitschrift herausgerissen worden war. Für ihn sahen diese Reitstiefel aus wie alle anderen.

»Genau solche will ich haben. Diese Marke. Und diese Farbe.«

»Nur, wenn ich Zeit habe, Camilla. Und das steht durchaus nicht fest. Ich habe dir nichts versprochen!«

»O *bitte*, Papa! Ich flehe dich an!«

»Ich werde sehen, was sich machen läßt, habe ich gesagt. Aber ein Versprechen ist das nicht.«

»Spitze«, sagte Camilla, die wußte, daß sie einem Fastversprechen nicht mehr näher kommen würde. »Und hier habe ich dir eine ganz ordentliche Einkaufsliste geschrieben, damit du dir nicht den Kopf darüber zerbrechen mußt, was du im Duty-free-Shop für mich kaufen sollst. Du weißt schon, Parfüm und so...«

Ein weiteres Stück Papier wurde Torgeir in die Hand gedrückt.

»Moment mal, junge Dame.«

Camilla hatte ihre Trainingstasche aufgehoben und stand schon in der Küchentür.

»Du hast das vielleicht falsch verstanden, aber ich fahre zu einer Fachtagung nach London. Nicht zum Einkaufstrip. Wenn ich dir überhaupt etwas mitbringe, dann, weil ich lieb und nett bin. Aber ich bin kein Handelsreisender, der Bestellungen entgegennimmt.«

»Natürlich nicht«, sagte Camilla nachgiebig. »Natürlich bist du lieb und nett ...« Einschmeichelnd zwinkerte sie ihm mit langen, steifgetuschten Wimpern unter ihrem frisch gewaschenen Pony zu. »Wenn du willst, kann ich gern das allerwichtigste ankreuzen ... also Sachen, die ich einfach haben muß.«

»Zeig mal!« Rita riß Torgeir den Zettel aus der Hand.

»Und es lohnt sich doch auch. Zollfreie Waren sind erheblich billiger. Denk daran, wieviel Geld du sparst.« Camilla sah ein, daß sie gute Zusatzargumente brauchte, jetzt, wo die Einkaufsliste in den Händen ihrer Mutter gelandet war.

»Was? Elizabeth Arden? Augencreme? Und *Anti-Rides*... Creme gegen Falten? Meine Güte, du bist doch gerade erst fünfzehn!«

»Aber es ist wichtig, die Haut schon früh zu pflegen. Das habe ich gelesen.«

»Und was glaubst du, was das bedeutet? Vermutlich ab vierzig.«

»Aber ich kann doch mit dir teilen«, bot Camilla sofort an.

»Gibt es eine Preiskalkulation für diese hervorragende Liste?« Torgeir war froh über Ritas Einschreiten.

»Das ist so billig, Papa. Viel billiger als in den Läden hier in der Stadt.«

»Und es ist noch billiger, darauf zu verzichten.« Rita schien jetzt den Fall übernommen zu haben.

»Ihr gönnt mir also keine Hautcreme? Bis ich vierzig werde?« Bei Camilla hörte sich das an wie ein Verstoß gegen grundlegende Menschenrechte.

»Kauf dir Oil of Olaz. Und billige Hautcreme. Das reicht«, Rita ließ sich nicht beeindrucken.

»Das kriege ich doch bei Hennes & Mauritz!«

»Hör zu: Ich kaufe genau das, was mir paßt. So einfach ist das.« Damit beendete Torgeir die Diskussion. »Und erst, wenn ich mir die Preisschilder ganz genau angesehen habe.«

»Ich schreibe an die Zeitung«, drohte Camilla. Diese Drohung hatte sie schon zweimal in die Tat umgesetzt und wahrhaft tränentriefende Berichte drucken lassen. Begleitet von Beileidsbekundungen des Briefkastenonkels, der Ritas fachlicher Erzwidersacher war.

»Und damit kannst du dir die Faltencreme abschminken, meine Liebe«, sagte Torgeir.

»Richtig erkannt«, sekundierte Rita.

»Und wenn ich das nicht tue? Wenn ich nicht an die Zeitung schreibe?«

»Dann hast du die Wahl zwischen Nivea und Cosmica.«

»Und wenn ich mich tadellos benehme. Und nicht herumquengele. Und mich nicht beklage, und nicht ...«

»Versprich jetzt nicht zuviel«, riet Torgeir.

»Dann kann ich doch auf jeden Fall Visible Difference kriegen ... für normale Haut.«

»Wollen sehen.«

Camilla faltete die Einkaufsliste zusammen und steckte sie ihrem Vater in die Jackentasche.

»Du kannst dich ja sowieso tadellos benehmen. Mach

an diesem Wochenende doch wenigstens einen lobenswerten Versuch... bei der Konfirmandenfreizeit.«

»Laß den Quatsch. Glaubt ihr, ich wollte mein erstes sexuelles Erlebnis in Hurdal haben, oder was?« Camilla legte alle Verachtung, die eine Fünfzehnjährige nur aufbringen kann, in die Aussprache des Ortsnamens Hurdal.

»Gott weiß«, meinte Rita.

»Ja, bestimmt wollt ihr mir bald die Pille aufschwatzen, aber Hautcreme...« Camilla trampelte aus der Küche und schleifte die Trainingstasche hinter sich her.

»Du bekommst das Sorgerecht«, sagte Rita. »Ich bin sehr zufrieden mit festgelegter Besuchszeit, alle vierzehn Tage zum Beispiel.«

»Danke gleichfalls. Kommt nicht in Frage. Die Hälfte gehört dir. Und mehr als das. Sie kommt schließlich nach dir, das sagen alle.«

»Ja, kann schon sein. Aber ich möchte nicht die Hälfte haben, die mich in hinterhältigen Briefen an die Zeitung bloßstellt.«

»Dann sollten wir doch weiterhin teilen, Rita. In guten und in bösen Zeiten. Wir gehören zusammen, wir drei... ob wir das nun wollen oder nicht. Das wollte ich vorhin sagen, Rita...«

»Eine verheißungsvolle Zukunft, mit anderen Worten.«

»Tja, wer weiß?«

»Wir müssen uns das in Ruhe überlegen, Torgeir. Und im Moment finden wir keine Lösung. Du bist auf dem Sprung...«

»Ja, ich muß langsam machen, daß ich fortkomme. Soll ich dir eigentlich auch was mitbringen? Flughafenkram? Parfüm oder so?«

»Nein, danke. Ich brauche nichts. Und schon gar kein

Parfüm. Ich habe noch einige Liter Eternity im Schrank ... aus deiner großen Reisephase, vor zwei Jahren. Calvin Klein hat vor allem davon profitiert.«

Torgeir seufzte. Der Leberwurstfleck an seinem Jackenärmel war zu einem dunklen Kreis erstarrt. Er war ganz sicher, daß Rita ihm den absichtlich verpaßt hatte.

»Ich habe vielleicht meine Fehler, Rita ...«

»Wirklich? Darauf wäre ich nie gekommen.« Sie knallte mit der Kühlschranktür und lachte höhnisch.

»... und ich bin eben nicht so makellos wie du. Außerdem bin ich vielleicht fähig, mich zu verändern. Und ich kann bereuen.«

»Du kannst unter R nachschlagen, meinst du vermutlich.«

»Und du solltest es vielleicht ein einziges Mal in deinem Leben bei V versuchen. Zu deiner Information: Das Wort ›verzeihen‹ findest du nicht im Fremdwörterbuch.«

»Danke für die fachliche Belehrung.«

»Weder Reue noch Verzeihung sollten den Fachleuten vorbehalten sein.«

»Vielleicht nicht. Aber die Lage ist ziemlich unausgeglichen, wenn die eine Seite das Monopol aufs Bereuen und die andere das aufs Verzeihen hat.«

Torgeir seufzte. »Ich glaube, wir müssen sehr viel besprechen, Rita. Und wir haben noch eine Chance. Verdammt, das haben wir.«

»Gott weiß. Ich weiß gar nichts mehr mit Sicherheit. Aber wir müssen uns wohl die Zeit nehmen, die wir brauchen. Lösungen sind oft nur eine Zeitfrage.«

»Zuerst kommt Weihnachten«, sagte Torgeir optimistisch. Wenn er die Signale richtig gedeutet hatte, dann kündigten sie einen Waffenstillstand und ein relativ konfliktfreies Weihnachtsfest an.

»Ja«, sagte Rita, »zuerst kommt Weihnachten. Aber zuallererst fährst du nach London, und ich veranstalte eine mark- und beinerschütternde Weihnachtsfeier.«

»Ich freue mich schon aufs Nachhausekommen.«

»Du bist einfach unmöglich«. Sie umarmte ihn rasch. Das war die erste freiwillige und spontane Umarmung seit einer Ewigkeit.

»Ach, mein Mädel!« Er nahm sie in die Arme und schwenkte ihren schmächtigen Leib über den Küchenboden. Er hatte Lust, diese ganze blöde Reise nach London abzusagen.

»Jetzt mach's mal eine Nummer kleiner«. Lächelnd machte Rita sich von ihm los. »Du hast zwanzig Minuten, um zum Flughafen zu gelangen. Ist dir das bewußt?«

»Zum Teufel mit dem Flughafen. Wollen wir nicht lieber ins Bett gehen?«

»Marsch, auf geht's. Meinst du, ich will dich bei meiner Weihnachtsfeier als Anstandswauwau dabeihaben?«

»Na gut, dann nicht.« Torgeir griff nach Mantel und Koffer.

»Oder, sag mal«, Rita zupfte ihn am Ärmel. »Wie wäre es mit einer schnellen Nummer hier am Spülstein? Und danach kann ich dich zum Flughafen fahren.«

Torgeir hatte keine Ahnung, ob sie das ernst meinte. Aber er mußte auf jeden Fall verhindern, daß Rita und Hilde sich am Eincheckschalter begegneten.

»Das war ernst gemeint. Wirklich!« Rita nahm ihm den Koffer aus der Hand und legte die Arme um ihn. »Dieses eine Mal möchte ich die treusorgende Gattin spielen und dich zum Flughafen fahren.«

»Du spinnst.« Torgeir löste sich aus ihrer Umarmung und hob den Koffer vom Boden hoch. »Ein ungewöhnlicher, verlockender Vorschlag. Aber leider nicht anzuraten. Oder soll ich zulassen, daß du dich am Sonntag morgen im Suff hinters Steuer setzt, um mich abzuholen?«

»Natürlich nicht. Dann kannst du dir ja wohl ein Taxi nehmen.«

»Nein, ich glaube, wir lassen das«, sagte Torgeir. »Ich nehme den Wagen. Und führe mich nicht weiter in Versuchung. Dann bleibe ich lieber zu Hause. Und bin bei deiner Weihnachtsfeier der ungeladene Gast.« Er nahm die Autoschlüssel von der Kommode in der Diele und wollte gehen.

»Arsch«, murmelte Rita. »Du öder Arsch.«

»Amüsier dich am Samstag abend. Und ich freue mich noch immer aufs Nachhausekommen. Sehr sogar.«

»Torgeir ...«, Rita lief hinter ihm her zur Treppe.

»Ja?« Ob er seinen Paß auf dem Küchentisch vergessen hatte?

»*Just for the records ...*«

»Was?« Er wollte gerade ins Auto steigen.

»*For the records.* Fährt Hilde Holm auch mit nach London?«

»O verdammt, Rita.«

»Und das bedeutet?«

»Mach jetzt nicht alles kaputt. Mach nicht jedes verdammte Mal, wenn wir versuchen, etwas zu retten, alles wieder kaputt.«

»Fährt Hilde Holm mit nach London?«

»Zum Henker. Du glaubst ja doch, was du willst.«

»Ja oder nein?«

»Hör auf, Rita. Bitte.«

»Soll ich dich fahren? Was? Die pflichtbewußte und treusorgende Gattin?« Sie kam die Treppe heruntergerannt, hinter ihr stand die Haustür sperrangelweit offen.

Torgeir ließ den Motor an.

Rita riß die Autotür auf. »Muß ich mit dem Taxi zum Flugplatz fahren, um eine Antwort zu erhalten? Muß ich das?«

Torgeir war sich ganz sicher, daß sie genau das tun würde. »Hilde Holm fährt nach London«, sagte er so ruhig er konnte. »Hilde Holm und sechzig weitere norwegische Internistinnen und Internisten.«

»Spitze«, heulte Rita. »Hoffentlich stürzt ihr über der Nordsee ab.«

Er hatte das Gefühl, im Zwerchfell von einem Fausthieb getroffen worden zu sein. Rita war die einzige auf der Welt, die von seiner Flugangst wußte. Er spürte, wie sein Seidenhemd am Rücken klebte, und wie die Übelkeit in ihm aufstieg.

»Fotze!« Das brüllte er durch das halboffene Fenster. »Verdammte gemeine Fotze!«

Rita lief die Treppe hoch und knallte die Haustür ins Schloß. Torgeir jagte durch das offene Tor, ohne genau hinzusehen, und konnte gerade noch der Schubkarre des Nachbarn ausweichen, der glotzend am Straßenrand stand und den ganzen Auftritt miterlebt hatte.

19

»Geh schlafen, Håkon!« Rita stöhnte verzweifelt zur verschlossenen Schlafzimmertür hinüber.

»Ich will doch nur reden…« Er rüttelte an der Klinke.

»Geh nach Hause. Und schlaf deinen Rausch aus.«

»Aber Rita, bitte!«

Für einen Moment herrschte Stille. dann fing Håkon an zu singen: »She hangs her head and cries in my shirt, she must be hurt very badly…«

Das alte Cat-Stevens-Stück drang einschmeichelnd durch das Schlüsselloch. »Sad Liza.« In leicht veränderter Version. Er hatte eine gute Stimme und kannte alle Texte. Zu jeder Gelegenheit den passenden. Und Cat Stevens und Leonard Cohen deckten die meisten Gelegenheiten ab.

»Open your door, don't hide in the dark, you're lost in the dark, you can trust me…«

»Aufhören. Ich will schlafen!«

»Rita Rita. Sad Rita Rita.«

Håkon wollte offenbar nicht schlafen. Auf jeden Fall nicht allein. Und vermutlich hatte er noch weniger Lust, nach Hause zu gehen. Er rüttelte noch einmal an der Klinke, diesmal ein wenig energischer.

»Scher dich zum Teufel! Verpiß dich!« heulte Rita wütend, dann schnappte sie sich ein Buch vom Nachttisch und schleuderte es gegen die Tür. »Von Schönheit und Reinheit« brachte die traurige Liza mitten im Refrain zum Verstummen.

»Blöde Kuh!« Håkon versetzte der Tür einen Tritt. Und wurde sofort von Angst überwältigt. Nach einer tristen Kindheit mit drei älteren, dominierenden Schwestern und seiner ersten mißratenen Ehe mit einer deutschen Verhaltenstherapeutin litt er unter Aggressionshemmungen.

»Das war nicht so gemeint… Rita!« Er schniefte ängstlich und schuldbewußt. Gertrude-Alexandra war vierzehn Jahre älter gewesen als er. »Ich habe nur projiziert, Rita. Bitte…«

»Geh nach Hause und schlaf, Håkon.«

Rita zog sich die Decke über den Kopf. Wie gut, daß sie noch klar genug im Kopf gewesen war, um vor dem Schlafengehen die Tür abzuschließen.

Håkon war auf dem Sofa eingeschlafen, sobald sie die Sache hinter sich gebracht hatten. Rita hatte ihn zugedeckt und gehofft, daß er so clever wäre, sich nach dem Aufwachen ein Taxi zu bestellen. Sie selber war nach dem Fest todmüde und erschöpft gewesen. Und hatte gewußt, daß sie viel zuviel getrunken hatte. Daß sie mit Håkon in den Clinch geraten war, war mehr oder weniger ein Zufall gewesen. Sie tanzten gerade zu »Lady in red«, als das zweite Maxi-Taxi vor der Tür hielt, und Håkon wollte den Tanz unbedingt beenden. Rita hatten der zerzauste Bart an ihrer Wange und die warmen, weichen Fingerspitzen gefallen, die im Takt der Musik ihren Nacken liebkost hatten. Håkon war so anders. So ganz anders als Torgeir. Ein bärtiger Leonard Cohen. Mager, dunkel und intensiv.

Später, als alle anderen gegangen waren und sie zusammen auf dem Sofa saßen, hatte er ihre Finger geküßt. Langsam. Systematisch. Einen nach dem anderen. Danach hatte er behutsam ihre Haare angehoben und ihre Ohren mit seiner Zunge massiert. Ihre Gehörgänge waren noch immer triefnaß von seinen Liebkosungen. Torgeir hatte ihr nie Zungenküsse ins Ohr verpaßt. Und wenn er das versucht hätte, dann hätte er dazu sicher Witze gerissen. Håkon dagegen... Håkon sah nicht nur aus wie Leonard Cohen, er verhielt sich auch so. Er hatte ihren Körper angebetet wie ein einzigartiges anatomisches Kunstwerk. Als er mit den Brüsten fertig war und sich langsam zum Nabel hinunterbewegte, hatte das Rita so erregt, daß sie sich ihre Strumpfhose vom Leib riß und sich an seinem Gürtel zu schaffen machte.

Der eigentliche Beischlaf war in zwei Minuten erledigt gewesen. Håkon war wie ein Kind eingeschlafen, als sie noch auf ihm saß. Wenn er jetzt nur so gescheit wäre, nach Hause zu gehen... Nicht, daß sie bereute oder ein schlechtes Gewissen hatte. Im Gegenteil. Sie freute sich schon darauf, Torgeir die Einzelheiten um die Ohren zu hauen, sowie er von seinem Vögeltrip zurückkehrte. Torgeir konnte Håkon nicht ausstehen. (Und Leonard Cohen auch nicht.) Wenn Håkon es noch einmal versuchen würde, dann wäre Rita ziemlich sicher bereit, diese Erfahrung in nüchternem Zustand zu wiederholen. Wenn er jetzt nur nach Hause gehen wollte... Aber wenn der Preis in sentimentalen Serenaden und frustrierten Tritten gegen die Tür bestand, dann verzichtete sie lieber darauf. Sie hatte nicht vor, eine neue Beziehung einzugehen. Nicht in absehbarer Zeit. Und nicht mit Håkon. Ein Mann mit drei gescheiterten Ehen und vier mehr oder weniger verhaltensgestörten Kindern war das letzte, was sie im Moment brauchen konnte. Auch wenn dieser Mann Weltmeister im Ohrenküssen war und aussah wie Leonard Cohen.

»Rita Rita, sad Rita Rita.«

Rita stellte sich schlafend. Sie nahm den Telefonhörer ab, knipste die Nachttischlampe aus und verhielt sich mäuschenstill. Nach einer Weile hörte sie, daß er die Treppe hinunterpolterte. Als er die Haustür hinter sich zuzog, war Rita schon im Land der Träume.

Das leise, beharrliche Klingeln bohrte sich in ihren schlaftrunkenen Kopf. Rita hatte keine Ahnung, ob sie fünf Minuten oder fünf Stunden geschlafen hatte. Als sie erwachte, war das Klingeln verstummt, und alles war still im Haus. Dankbar ging sie davon aus, daß sie dieses Geräusch nur geträumt hatte. Sie drehte sich auf die andere Seite und versuchte, in die gute, gedankenfreie Dunkelheit zurückzukehren. Doch dann war es wieder da. Das Geräusch. Blind ließ sie ihre Finger über die vertrauten Gegenstände gleiten. Der Telefonhörer lag neben dem Apparat. Sie wußte noch, daß sie ihn unmittelbar vor dem Einschlafen abgenommen hatte. Sie hatte gedacht, Torgeir solle sich ruhig den Kopf darüber zerbrechen, was sie hier anstellte, wenn er sie aus London anrief. Und wenn er sich nicht einmal die Mühe machte, sich zu melden, dann müßte sie sich wenigstens nicht darüber ärgern. Håkon konnte schließlich auch zum nächsten Taxistand gehen. Das geschah ihm nur recht. Das war der Preis dafür, daß er sich wie ein Kotzbrocken aufgeführt hatte.

Wieder war es ganz still im Zimmer. Rita drehte sich auf den Bauch und bohrte ihren Kopf zwischen ihr Kopfkissen und das von Torgeir. Und dann war das Geräusch wieder da. Jetzt war es unverkennbar. Es war die Türklingel. Rita versuchte vergeblich, die Augen zu öffnen. Ihre Hornhaut fühlte sich an wie Sandpapier. Sie war mit ihren Kontaktlinsen eingeschlafen.

Es mußte Håkon sein. Wahrscheinlich war er aus dem

Haus gestürzt, hatte die Tür ins Schloß gezogen und dann gemerkt, daß er etwas vergessen hatte. Oder er hatte kein Geld fürs Taxi. Bei den vielen Unterhaltszahlungen, die er leisten mußte, war Håkon ewig abgebrannt. Wenn sie ihn mit einem Hunderter loswerden könnte, dann wäre das gutangelegtes Geld. Aber sie hatte nicht vor, ihn ins Haus zu lassen. Rita rieb sich die wunden, jetzt geöffneten Augen. Wenn sie Glück hatte, dann lag in Torgeirs Nachttischschublade Geld. Geld aus seiner Praxis in der Storgate. Und bei näherer Überlegung kam es ihr nicht unbillig vor, Torgeir Håkons Taxi finanzieren zu lassen.

Wieder wurde geklingelt. Drei lange, ungeduldige Stöße. Håkon ließ nicht locker. Und er wußte ja, daß sie früher oder später reagieren würde. Rita setzte sich widerwillig auf die Bettkante. Der Kater drückte wie ein Bleigewicht gegen ihre Stirn. Ihr war schlecht. Sie war seekrank. Ihr Mund war wie mit Wolle ausgestopft. Sie hatte zwanzig Prince geraucht. Und dabei hatte sie doch vor fünfzehn Jahren mit Rauchen aufgehört.

Mühsam kam Rita auf die Beine und spürte den ekelhaften Nachgeschmack von Aquavit, Bier und Weinbrand. Der Radiowecker zeigte halb neun. Sie streifte sich ein T-Shirt über und verfluchte Håkon. Halb neun am Sonntagmorgen. Am Morgen nach der Weihnachtsfeier. Dieser sadistische Arsch. Sie fand in Torgeirs Nachttischschublade einen zusammengerollten Zweihundertkronenschein und taumelte zum Fenster.

Die frische Dezemberluft schlug ihr entgegen. Um nichts in der Welt würde sie sich überreden lassen, ihm die Tür zu öffnen. Sie streckte den Kopf aus dem Fenster und schaute hinunter. Auf der Treppe konnte sie die Umrisse eines Rückens erkennen. Håkon schien die Nase gegen den Türspalt zu pressen. Rita machte das Fenster ganz auf und beugte sich hinaus.

»Håkon?« rief sie unsicher der Gestalt auf der Treppe zu. Der breite Rücken war jetzt deutlich zu sehen und hatte keinerlei Ähnlichkeit mit Håkons. Aber wer zum Henker könnte es sonst sein?

»Hallo? Håkon?« Sie beugte sich so weit vor, wie es nur ging, und entdeckte einen blonden Kopf. Das konnte unmöglich Håkon sein.

Die Gestalt auf der Treppe trat einen Schritt zurück. Und war ganz und gar nicht Håkon.

Lillemor? Rita kniff ihre benebelten Sandpapieraugen zusammen. Lillemor Johansen? Lillemor aus dem Krankenhausbüro? Ein großes, rundes Gesicht starrte zu ihr hoch. Rita war zwar kurzsichtig und verkatert, aber deshalb hatte sie noch längst keine Halluzinationen. Auf ihrer Treppe stand keine riesengroße weiße Maus. Sondern Lillemor Johansen aus dem Krankenhaus. Das stand fest. Aber warum hatte Lillemor sich auf der Treppe aufgebaut? Das war die große Frage.

»Lillemor?« rief Rita, vor allem, um sich ihre geistige Zurechnungsfähigkeit bestätigen zu lassen. Ihre Stimme war heiser und belegt.

»Das wird aber auch Zeit!« sagte die Gestalt auf der Treppe. Die Stimme quoll von beleidigter Verachtung geradezu über und nahm Rita die letzten Zweifel. Es war einwandfrei Lillemor Johansen.

»Was ist denn los? Torgeir ist nicht zu Hause…« Rita verfluchte diesen miesen Schleimer, der sie aus purer Gedankenlosigkeit in diese Lage gebracht hatte. Torgeir war sicher unverschämt genug gewesen, Lillemor eine Menge Schreibarbeiten aufzuhalsen, ehe er sich auf die von der

Pharmaindustrie spendierte Vögeltour nach London begeben hatte. Und die pflichtbewußte Lillemor hatte sich vermutlich am Sonntag morgen in aller Herrgottsfrühe an die Arbeit gesetzt. Nur um feststellen zu müssen, daß bei den Krankenberichten irgendwelche Unterlagen fehlten.

Rita spürte Lillemors mißbilligenden Blick. Ihr fiel ein, daß sie den Telefonhörer von der Gabel genommen hatte. Das war die Strafe. Hätte sie das doch bloß nicht getan. Sicher hatte Lillemor versucht, anzurufen. Viele Male. Vielleicht stundenlang. Und hatte sich immer mehr geärgert.

»Jetzt mach endlich die Tür auf«, kommandierte Lillemor von der Treppe her.

»Aber was ist denn los?« Die bloße Vorstellung, den Fensterrahmen loslassen und die vielen Treppenstufen hinuntergehen zu müssen, erschien ihr als unüberwindliches Hindernis. »Mir geht's nicht so gut. Nach der Weihnachtsfeier…« fügte sie hinzu und bereute das sofort. Lillemor hatte sicher acht Stunden geschlafen, war morgenfrisch und nüchtern und hatte ein solides und gesundes Frühstück im Leib. Rita kam sich vor wie ein reuiger, verkaterter Teenie, der auf frischer Tat ertappt worden ist.

»Es geht um Torgeir.«

»Was?«

Himmel. Konnte denn etwas passiert sein? In London? Eine IRA-Bombe in einem Supermarkt? War das Flugzeug abgestürzt? Rita spürte, wie eine eiskalte Kralle ihr Zwerchfell packte. Sie hatte ja den Telefonhörer abgenommen… und was sie gesagt hatte… in ihrer Wut. Das letzte, was sie gesagt hatte, ehe er zum Flughafen aufgebrochen war…

»Torgeir?«

Aber das ergab doch keinen Sinn. Warum hätte jemand Lillemor zu ihr schicken sollen? Warum kam nicht die Polizei? Oder ein Geistlicher?

»Es ist wichtig. Laß mich rein. Jetzt gleich.«

Rita wollte keine Diskussion. Ihr Gehirn funktionierte nicht richtig. Sie hatte das Gefühl, nur Bruchstücke des Gesagten aufzuschnappen. Sie schien zu hören, aber nicht zu begreifen. Sie zog eine alte Trainingshose von Camilla an und schleppte sich auf bloßen Füßen die Treppe hinunter.

Das war doch einfach zu blöd. Torgeir konnte nichts passiert sein. Jedenfalls nichts Ernstes. Denn dann würde doch nicht Lillemor Johansen an einem frühen Sonntagmorgen vor der Tür stehen. Nein ... das ergab keinen Sinn. Es mußte eine andere Erklärung geben. Sicher ging es um irgendwelche Schreibarbeiten. Und dann stimmte es ja, wenn Lillemor behauptete, es geht um Torgeir. Aber war es wichtig? Für Lillemor vielleicht. Vermutlich sollte sie Krankenberichte abtippen und hatte festgestellt, daß sie nicht vollständig waren. Und in Lillemors inhaltslosem Leben ließ sich ein solches Ereignis zweifellos zur Katastrophe hochspielen. Auf jeden Fall zu etwas Wichtigem.

Rita hoffte innigst, daß Håkon nicht mehr schnarchend auf dem Sofa lag. Es würde über ihre Kraft gehen, Lillemor seine Anwesenheit zu erklären. Sie warf einen Blick ins Wohnzimmer. Zu erklären, warum es hier aussah wie nach einem Granateneinschlag, wäre schon schwierig genug. Überall standen Teller, Gläser und Weinflaschen herum. Die rote Tischdecke war halb vom großen Eßtisch gerutscht, und eine Schüssel Krabben balancierte auf der Kante einer nackten Tischdecke. Das Bücherregal zierten in schöner Vereinigung Biergläser, Kaffeetassen und Erdnußschalen. Rita versetzte einer Schale mit Kartoffelchips einen Tritt und bohrte ihre Finger in eine klebrige Masse, als sie nach einem Sessel griff, um sich auf den Beinen zu halten. Irgendwer hatte auf die Armlehne einen Teller mit den Resten einer gegorenen Forelle mit Sauerrahm und Senfsoße gestellt. Sie schaffte es nicht, nach Servietten zu suchen, sondern packte einen Zipfel der fleckigen Tischdecke, um sich den Klitsch abzuwischen. Und das gab den Ausschlag. Die Krabbenschüssel verrutschte und landete auf dem Parkett.

Rita kehrte dem Chaos den Rücken zu und entdeckte auf der Fensterbank eine Flasche Mineralwasser. Sie trank einen Schluck. Gott sei Dank lag kein schnarchender Håkon auf dem Sofa. Das Wasser war schal und lauwarm und konnte den Wollgeschmack nicht vertreiben. Håkons Gitarre lehnte an der Wand. Also mußte er sternhagelvoll gewesen sein. Viel ausgeflippter als sonst. Denn seine Gitarre vergaß Håkon sonst nie. Egal, was passierte. Die Gitarre hatte seine turbulenten Ehen überlebt und war noch immer in hervorragendem Zustand. Er war ein guter Gitarrist, war früher sogar in Clubs aufgetreten. Und noch immer waren die Frauen hingerissen, wenn er die alten Stücke von Cat Stevens und Leonard Cohen sang. An diesem Morgen hatte es jedoch keine »Mornings has broken«-Stimmung gegeben. Er war mit einem soliden Kater und einem Weg von über einem Kilometer bis zum nächsten Taxistand aus dem Haus geworfen worden.

Rita stapfte durch die Diele zur Haustür. Sie wollte sich jetzt keine Sorgen machen. Jetzt galt es, Lillemor so schnell wie möglich loszuwerden. Und wenn sie dazu noch ein paar hämische Bemerkungen über den betrüblichen Zustand hinunterschlucken müßte, in dem sie und das Haus sich befanden. Sie bedauerte von ganzem Herzen, das Fenster geöffnet zu haben. Wenn sie nicht so sicher gewesen wäre, daß Håkon vor der Tür... wenn sie doch nur die Decke über den Kopf gezogen und im Bett geblieben wäre... Lillemor hätte sich irgendwann damit abgefunden, daß niemand zu Hause war, und wäre unverrichteter Dinge wieder abgezogen. Aber sie war sich so verdammt sicher gewesen, daß es Håkon war. Und daß er nicht lokkerlassen würde. Daß er vor den Augen der Nachbarn auf der Treppe eine Szene machen würde, war nicht auszuschließen. Die Geschichte, wie er eimal im ansonsten friedlichen Kapellvei in voller Lautstärke »So long, Marianne« vorgetragen hatte, war allgemein bekannt. Er hatte erst aufgehört, als Marianne ihn ins Haus gelassen hatte. Und damit erreicht, daß ihre gescheiterte Ehe vier weitere Monate gedauert hatte.

Rita öffnete die Tür, und Lillemor trat ins Haus. Ohne ein einziges Wort zu sagen. Rita wich zurück.

Sie war in Socken einhundertzweiundsechzig und einen halben Zentimeter groß und mußte den Kopf tief in den Nacken legen, um Blickkontakt zu Lillemor aufnehmen zu können. Diese Bewegung tat in ihrem verkaterten Kopf teuflisch weh. Sie begegnete Lillemors blaugrauem Eisblick und fühlte sich wie aufs Parkett genagelt. Rita fühlte sich taxiert. Und für wertlos befunden. Sie wußte, daß die Kontaktlinsen ihr rote Augen eingebracht hatten. Und daß sie sich vor dem Schlafengehen die Augen nicht abgeschminkt hatte. Sie brauchte keinen Spiegel, um zu wissen, daß ihre Wangen von der Wimperntusche verschmiert waren, und daß der grüne Lidschatten, der vor zwölf Stunden wunderbar silbrig geschimmert hatte, jetzt überall in ihrem fahlen Gesicht klebte. Wie früher als kleines

Mädchen, wenn sie etwas ausgefressen hatte, fuhr sie sich mit den Fingern durch ihre lange rote Mähne und machte sich daraus einen Vorhang, hinter dem sie sich verstekken konnte. Schweigend ragte Lillemor über ihr auf. Rita grauste sich davor, den Mund zu öffnen. Ihr ganzer Körper war von Bier und Tabak und gegorener Forelle durchsäuert.

»Was ist denn eigentlich los, Lillemor?« Rita war es schwindlig, aus Schlafmangel und wegen der noch immer hohen Promille. Sie lehnte sich an die Kommode und stützte sich mit beiden Händen auf. »Es geht mir nicht so gut…« Das war wirklich keine Übertreibung. Sie mußte wieder ins Bett. Ihren Rausch ausschlafen, ehe Camilla nach Hause kam. Torgeir konnte aufräumen. Er würde sicher ein so schlechtes Gewissen haben, daß er gar keine Aufforderung brauchte.

»Du hast einen Kater«, sagte Lillemor. Ihre Stimme zitterte vor Wut.

»Was?« Rita traute ihren Ohren nicht.

»Du bist verkatert«, erklärte Lillemor noch einmal. »Und eine Schlampe. Hast keinen Funken Scham im Leib.«

Rita war sprachlos. Sie fühlte sich wie eine Figur in einem Philip-Marlowe-Film. Sie sah Lillemor mit erhobenem Arm auf sich zukommen. Rita preßte sich an die Kommode, hielt sich die Hand vors Gesicht und erwartete eine Ohrfeige.

»Nicht schlagen«, wimmerte Rita, hatte aber irgendwie das Gefühl, eine Ohrfeige verdient zu haben.

Etwas bohrte sich in ihr Zwerchfell. Sie schnappte nach Luft und war davon überzeugt, daß Lillemors Faust sie getroffen hatte.

Lillemor trat einen Schritt zurück. Willenlos folgte ihr Rita. Wie im Schlepptau. Wie an Lillemors Arm angeleimt. Plötzlich verlor sie den Halt und kippte nach hinten um wie eine Lappenpuppe. Sie packte die Kommode und klammerte sich daran fest. Plötzlich war alles so glatt. Die Kommode rutschte ihr aus den Fingern, die nackten Füße glitten unter ihr weg, als sei der Parkettboden mit Seife eingeschmiert worden.

»Hilf mir. Bitte!« Rita glaubte zu rufen, doch ihre Stimme ertrank in einem gurgelnden Geräusch, das ihren Mund füllte. Sie spürte, wie eine schäumende, süßliche Flüssigkeit zwischen ihren Lippen hervorquoll. Sie versuchte sich diesen klebrigen Schaum mit dem Handrücken aus den Mundwinkeln zu streichen. Der Schaum war rosa. Blutig. In ihren Ohren sauste es, als stehe sie unter einer Hochspannungsleitung.

»Mama! Hilfe!«

Rita hatte diesen süßen Geschmack zuletzt vor vierzig Jahren gespürt. Diesen Blutgeschmack. Auf ihrem fünften Geburtstag. Bei ihrem Geburtstagsfest. Sie hatte das neue, weiße Sommerkleid mit den kleinen, gelben Schmetterlingen getragen. Die kreideweißen Söckchen und die Sandalen mit den Knöchelriemchen. Sie hatte hoch und heilig versprochen, sich nicht schmutzig zu machen. Versprochen, sich in dem feinen Kleidchen nicht auf die Schaukel zu setzen. Dann hatte sie das alles vergessen. Und war doch zur Schaukel gegangen. Hatte immer höher geschaukelt, so hoch, daß der weiße Schmetterlingsrock im Wind flatterte und ihre Zöpfe waagerecht abstanden. So hoch, daß die Schaukel sich überschlug und sie im Gras landete, umstanden von verängstigten Fünfjährigen und mit dem Mund voll Blut. Sie hatte geglaubt, sterben zu müssen. War sich ganz sicher gewesen. Starr vor Angst hatte sie ihren Kopf mit dem Mund voll Blut ins Gras gebohrt. Hatte gewartet. Gewartet auf den Tod. Gewartet, bis ihre Mutter angestürzt kam und sie aufhob, sie ins Badezimmer trug und ihr den Mund vorsichtig mit lauwarmem Wasser ausspülte. Zwei Milchzähne lagen danach noch im Gras. Ansonsten war sie unverletzt, aber sie konnte nichts essen, weder Wackelpudding noch Schokoladenkuchen. Nicht an ihrem Geburtstag. Erst am Tag danach. Und da gab es keine Ballons mehr, und die Gäste waren längst gegangen.

»Mama!«

Aber keine Mama kam. Keine Mama konnte die Gefahr beseitigen und ihr das Blut aus dem Mund spülen. Nur Lillemor stand über ihr. Rita sah, wie sie die Hand hob.

»Nicht mehr schlagen«, flüsterte Rita. »Bitte.«

Lillemor schwieg. Zum zweiten Mal spürte Rita, wie sie aufgespießt wurde. Aber auch diesmal fiel ihr das Messer nicht auf. Sie glitt an der Kommode nach unten und blieb mit dem Rücken an die unterste Schublade gelehnt liegen. Das Rauschen der Hochspannungsleitung schien ihr Gehirn zum Platzen bringen zu wollen.

Rita merkte, wie sie immer tiefer in den Schlaf hineinglitt. Wie in dem letzten kurzen Augenblick, bevor die Schlaftabletten wirken. Wie in dem Augenblick, in dem wir wissen, jetzt, jetzt schlafe ich ein. Gesichter flimmerten vorbei. Die Gesichter von Lillemor und Håkon und Torgeir. Rita träumte, sie träumte. Träumte, sie schlafe. Träumte, der Alptraum werde mit dem Aufwachen ein Ende haben. Sie träumte, bis die bildlose Dunkelheit sie umfing und es nur noch Schlaf gab.

20

Lillemor stieg am Zentralbahnhof um und fuhr mit dem Flughafenbus weiter nach Fornebu.

Sie hatte nicht mehr viel Zeit. Das Flugzeug sollte in einer halben Stunde landen. Für Mitte Dezember war es ungewöhnlich mild, und hinter der Mautschranke zeichnete der Schnee sich weiterhin durch Nichtvorhandensein aus. Es wäre praktischer gewesen, den grauen Polyestermantel anzubehalten. Aber da sie Torgeir schon am Flughafen überraschen wollte, wollte sie auch gut aussehen, vielleicht sogar ein wenig versnobt. Deshalb hatte sie den Mantel gewechselt. Auf der Bahnhofstoilette. Der Koffer hatte ja ohnehin zu ihrem Plan gehört.

Den weißen Blindenstock war sie schon in der Bahnhofswartehalle losgeworden. Später an diesem Tag würde er bei der Krücke der Mutter und einem Sammelsurium anderer Fundstücke im Fundbüro landen. Die große, dunkle Brille und das schwarze Kopftuch hatte sie in ihre geräumige Handtasche gesteckt. Zu dem Tranchiermesser.

Lillemor wußte, daß die Stadt an diesem frühen Sonntagmorgen zwar menschenleer schien, aber daß bestimmt jemand die dicke sehbehinderte Frau in der Bahn nach Ljabru gesehen hatte. Aber eben weil sie wußte, daß jemand sie sehen würde, hatte sie das in ihren Plan einbezogen. Und wie immer galt es, das im Griff zu haben, was registriert wurde. Zweifellos würde irgendwer eine dicke Sehbehinderte mit weißem Stock und schwarzer Brille sehen, in der Bahn und in den stillen Villenstraßen von

Nordstrand. Lillemor Johansen dagegen würde sicher von niemandem gesehen werden.

Im Flughafenbus brauchte sie keine Verkleidung. Sie mußte nur aussehen wie jeder beliebige Fluggast. Und dazu brauchte sie nur Pelzmantel und Koffer. Den kleinen braunen Koffer mit dem Blaufuchsmantel hatte sie zwei Tage im voraus in einem Schließfach im Bahnhof deponiert. Und sie hatte nur wenige Minuten gebraucht, um sich auf der öffentlichen Toilette umzuziehen. Sie hatte es auch geschafft, sich zu schminken und ihre frisch gelegten Haare mit Spray helmartig zu fixieren. In dem kühlen Raum hatte sie in ihrem kostbaren Pelzmantel ziemlich gut ausgesehen, wenn sie sich selber loben durfte. Sie hoffte, daß Torgeir beeindruckt wäre. Und stolz auf sie. Nach seiner Ehe mit einer Schlampe wie Rita sollte er eine Frau mit natürlichem Gespür für Eleganz und Qualität doch zu schätzen wissen.

Erst als sie in dem warmen Bus saß und ihren Leib auf den engen Sitz zwängte, machte die Hitze ihr zu schaffen. Die Bluse klebte an ihrem feuchten Rücken, und sie spürte, wie die Schweißtropfen zwischen ihren Brüsten nach unten flossen.

Lillemor wußte, daß Torgeir seinen Wagen am Flugplatz abstellte, wenn er verreiste. Aber sie hatte ihn trotzdem gefragt. Sicherheitshalber. Weil jedoch die bissige Anne-Britt in der Nähe gesessen und zugehört hatte, hatte er so tun müssen, als sei er über diese Frage erstaunt. Fast hätte er dabei wirklich übertrieben. Aber dann hatte er sich zusammengerissen und gesagt, leider werde ihn am frühen Sonntag vormittag keine altmodische Arztfrau am Flughafen erwarten. Er hatte das in scherzhaftem Ton gesagt, aber Lillemor hatte doch seine Verletzung herausgehört. Und verstanden, was er damit sagen wollte. Seine doppelte Botschaft. Er hatte bestätigt, daß Rita am Sonntag morgen allein zu Hause sein würde. Gleichzeitig hatte er klargestellt, was Rita für eine Art Ehefrau war. Und welche Art Ehefrau er sich im tiefsten Inneren wünschte. Und sofort hatte Lillemor ihren Entschluß gefaßt. Ihn zu überraschen. Ihn vom Flugplatz abzuholen. Ihm zu zeigen, daß es noch immer Frauen gab, die ihre egoistischen Bedürfnisse hintanstellten und sich loyal für ihren Ehemann einsetzen.

Es hatte für sie auch keine große Extraarbeit bedeutet. Nur das mit Koffer und Pelzmantel. Und ihr Plan hatte im Grunde dadurch noch gewonnen. War gewissermaßen richtiger geworden. Es war richtig, es auf diese Weise zu tun. Würdevoller. Der Plan wurde in die Tat umgesetzt und der Auftrag nicht nur ausgeführt, sondern vollendet.

Und es hatte auch noch eine praktische Seite, Torgeir vom Flughafen abzuholen. Eine Seite, die man nicht außer acht lassen dürfte. Lillemor mußte sich davon überzeugen, daß Torgeir richtig vorbereitet war, daß er nicht versehentlich eine Dummheit beging. Sie dachte daran, welche Probleme Karsten Vaage hatte, weil ihm das Alibi fehlte. Das sollte Torgeir natürlich nicht passieren, dafür würde sie sorgen. Lillemor hatte ausgerechnet, daß Torgeir Rita finden würde, noch ehe diese zwei Stunden tot war, wenn er vom Flughafen direkt nach Hause fuhr. Und sie glaubte eigentlich nicht, daß die Gerichtsmediziner den Augenblick des Todes so genau feststellen konnten, daß Torgeir nicht in Verdacht geriet. Im Fernsehkrimi war das sicher möglich, aber wohl kaum in einem Osloer Krankenhaus. Es war auf jeden Fall besser, keine unnötigen Risiken einzugehen. Sie würde Torgeir vorschlagen, kurz im Krankenhaus vorbeizuschauen und dort, vor den Augen des Pflegepersonals, ein oder zwei Stunden zu verbringen. Damit hätte er ein hieb- und stichfestes Alibi.

Es war leichter gewesen, mit Rita fertig zu werden, als Lillemor erwartet hatte. So leicht, wie sich einer zerfetzten Lappenpuppe zu entledigen. Aber sie mußte zugeben, daß sie für einen Moment das Schlimmste befürchtet hatte. Während der unerträglich langen Minuten, in denen sie vor dem dunklen und scheinbar gottverlassenen Haus auf der Treppe gestanden hatte. Ehe die versoffene Rita Reiersen endlich aufgewacht war. Lillemor hatte schon Angst gehabt, wieder unverrichteter Dinge nach Hause fahren zu müssen. Zum zweiten Mal. Weil Ritas Weihnachtsfeier in irgendeiner Kneipe in der Stadt und danach in irgendeinem versifften Psychologenbett geendet hatte. Als das rothaarige Wrack dann endlich aus dem Fenster geschaut hatte, hatte Lillemor gerade aufgeben wollen. Sie hatte achtmal geschellt. Hatte jedesmal mindestens eine halbe Minute lang den Finger auf den Klingelknopf gepreßt. Lillemor dankte ihrem Schöpfer dafür, daß er sie mit ungewöhnlich großer Geduld versehen hatte. Außerdem war es eine Tatsache, daß sie im Lauf der Jahre eine nicht unbedeutende Erfahrung mit dieser Situation gewonnen hatte. Daß es seine Zeit brauchen konnte, bis ein Sonntagmorgenkater bezwungen war, wußte Lillemor besser als viele andere. Das Zusammenleben mit ihrer Mutter hatte ihr Kenntnisse aus erster Hand vermittelt. Und wie bei Lillemors Mutter hatte auch Ritas schlechtes Gewissen sich bemerkbar gemacht, als sie auf frischer Tat ertappt worden war. Sie hatte Lügen und Ausflüchte serviert. »Fühl mich nicht ganz wohl…« Genau dieselben pathetischen Worte, die ihre Mutter immer benutzt hatte.

Verkatert, das war das richtige Wort. Und Lillemor mochte gar nicht daran denken, was sich im Suff abgespielt haben mochte. Weder damals noch jetzt. Der muffige, widerliche Gestank von Suff, Tabak und Hurerei war mehr als genug. Sprach für sich. Lillemor hätte gern die Fenster aufgerissen. Gelüftet. Flaschen ausgeschüttet und Aschenbecher geleert, aufgeräumt und geputzt, mit Ajax und grüner Seife Ordnung geschaffen. Torgeirs schönes Haus hatte ausgesehen wie ein Säuferloch. Beim Anblick des Wohnzimmers hatte Lillemor ihren Augen kaum getraut. Ein Schweinestall sondergleichen hatte vor ihr gelegen. Nicht einmal die Zechkumpane der Mutter hatten jemals eine solche Sauerei zustande gebracht. Der Boden war bedeckt mit Kartoffelchips und Krabbenschalen, auf Fensterbänken und Armlehnen standen Flaschen, Gläser und Teller. Und mitten im ganzen Chaos thronte eine schnöde Gitarre. Wenn sie nicht so wenig Zeit gehabt hätte, und wenn nicht die Gefahr bestanden hätte, Fingerabdrücke oder Spuren zu hinterlassen, dann hätte Lillemor den ärgsten Dreck entfernt. Torgeir zuliebe. Jetzt würden sie einen Putzdienst beauftragen müssen, wenn die ärgste Aufregung sich gelegt hätte. Schließlich mußte das gesamte Haus gesäubert werden. Wände und Decken. Und Möbel und Teppiche. Koste es, was es wolle. Sie würde keinen Fuß in das Haus setzen, solange Ritas Spuren nicht restlos getilgt wären. Sie würde anbieten, alles Nötige in die Wege zu leiten… Reinigungsunternehmen anrufen und Angebote einholen… aber die Rechnungen müßte Torgeir selber bezahlen. Er hätte wirklich Manns genug sein müssen, diesen Zuständen schon vor langer Zeit ein Ende zu machen. Lillemor konnte einfach nicht begreifen, wieso er da tatenlos zugesehen hatte. Sie wußte ja, daß er sich die

Brote schmieren und die Hemden selber bügeln mußte, aber sie hatte doch keine Ahnung gehabt, wie schlimm die Lage tatsächlich war.

Lillemor konnte verstehen, daß Torgeir immer verzweifelter geworden war. Erst jetzt war ihr klar, was er alles durchgemacht hatte. Zu welchem Leben er gezwungen worden war. Nicht ohne Grund hatte er sich diesmal so bereitwillig an den Planungen beteiligt. Er hatte eingesehen, daß er Lillemor nicht wie beim letzten Mal, als alles schiefgegangen und Camilla um ein Haar mitten in ein Blutbad hineingeplatzt wäre, die ganze Verantwortung aufbürden durfte. Diesmal hatte Torgeir solide Vorbereitungen getroffen und klare Rückmeldungen gegeben. Er war fast schon unvorsichtig gewesen, so offenherzig und detailliert, wie er seine praktischen Vorbereitungen ausposaunt hatte. Er hatte überdeutlich von seinem langen Wochenende in London erzählt. Und von der Weihnachtsfeier, die Rita am Samstagabend für ihre Kollegen geplant hatte. Und von Camillas Konfirmandenfreizeit in Hurdal. Das alles hatte er erzählt, während er seinen Poststapel durchsah und Solveig ihn neugierig ausgefragt hatte. Lillemor hatte natürlich begriffen, daß Torgeir Solveigs Neugier ausnutzte, um ihr zu verstehen zu geben, daß alle Vorbereitungen getroffen waren und der Zeitplan hieb– und stichfest war. Sie selber hatte schweigend Röntgenergebnisse archiviert und sich taub gestellt. Eigentlich nur, um zu signalisieren, daß sie seine Mitteilung begriffen hatte, hatte sie gefragt, ob er seinen Wagen am Flugplatz parken würde. Was Torgeir bejaht hatte. Später an diesem Tag, als er ihr noch Schreibarbeiten für seine Praxis gebracht hatte, hatte er sie lange angesehen und gesagt: »Du solltest auch mal aus Oslo herauskommen, Lillemor. Verreisen. Dich in der Welt umsehen. Das würde dir bestimmt guttun.«

Lillemor hatte ihn sofort verstanden. Er brauchte Gewißheit. Sie sollte ihm bestätigen, daß sie seine Einladung nach Kalifornien annehmen würde. Er wollte sicher sein können. Wollte sicher sein, daß sie mitkam. Und daß alles gut werden würde. Daß keine Zweifel an ihrer Loyalität bestanden. Daß ihr Plan fest und unveränderlich war. »Ja«, hatte sie geantwortet. »Das weiß ich. Und ich werde verreisen. Da kannst du sicher sein. Nach Amerika. Im Frühling...« Am nächsten Tag hatte er ihr einen dicken Packen Reiseprospekte über Kalifornien überreicht. »Ich dachte, du würdest dir die vielleicht gern mal ansehen«, hatte er gesagt. Die Broschüren steckten in einem knallblauen Plastikordner. Und auf dem Ordner prangte das Logo der Firma, die die Reise zum Kongreß in San Francisco spendierte. Lillemor hatte den Ordner mit nach Hause genommen und die Prospekte auf dem Bett liegend studiert. San Francisco... Hand in Hand Fisherman's Wharf entlangspazieren. Eiscreme schlecken und Fotos von den Robbenjungen machen, die im Hafenbecken planschen. Sie würden mit dem Boot zur alten Gefängnisinsel Alcatraz fahren und unter der Golden Gate hindurchsegeln. Geruch und Geschmack des Meeres kennenlernen. Den gewaltigen Pazifik. Abends würden sie in Chinatown auf Entdeckungsreise gehen. Kleine exotische Restaurants besuchen. Unbekannte, seltsame Gerichte probieren und gewürzten chinesischen Tee trinken. Und sie würden ein Auto mieten. Im Ordner steckte auch eine Broschüre von Hertz, die für ausländische Kongreßteilnehmer Sonderpreise anboten. Eine detaillierte Straßenkarte von Kalifornien lag ebenfalls bei. Lillemor ließ sich die Namen auf der Zunge zergehen. Las sie sich selber laut vor. Sacramento. San Rafael. Santa Rosa. Santa Cruz. Ein Prospekt empfahl einen Abstecher in die Weinbaugebiete in den schönen, üppigen Tälern im Norden San Franciscos. Lillemor hatte die Fernsehserie »Falcon Crest« gesehen und fühlte sich in Angela Channings Reich bereits wie zu Hause.

Der Bus erreichte den Flughafen fünf Minuten nach Landung des Fluges SK 363 aus London. Lillemor lief durch den Eingang der Ankunftshalle, als die ersten Fluggäste, die nur Handgepäck bei sich hatten, durch den Zoll kamen.

Viele warteten hier. Lillemor stellte sich in den Hintergrund, neben den Kiosk. Sie wollte sich erst zeigen, wenn Torgeir allein wäre, zum Parkhaus ging. Sie wußte ja, daß er mit Kollegen unterwegs war, von denen einige Rita sicher kannten. Und andererseits würde es verdächtig wirken, wenn Torgeir sich am Flugplatz von einer Unbekannten abholen ließe. Noch dazu an dem Tag, an dem seine Frau ermordet aufgefunden werden würde. Sie mußten Wochen, vielleicht sogar Monate verstreichen lassen, bis sie es riskieren konnten, zusammen gesehen zu werden. Als Paar.

Lillemor überragte die meisten anderen Wartenden. Sie war sehr gespannt. Eine kleine Gruppe von fünf oder sechs Männern in den Fünfzigern kam durch den Zoll. Lillemor sah sofort, daß es sich um Ärzte handelte. Sie lachten laut, schüttelten einander die Hände und bedankten sich für die angenehme Gesellschaft auf der Reise, dann verteilten sie sich auf ihre wartenden Ehefrauen, die ungeduldig von einem Fuß auf den anderen traten und mit den Wagenschlüsseln klimperten. Ihnen folgte eine Bande schwarzgekleideter Jugendlicher mit zerrissenen Jeans, grünen und orangenfarbenen Haaren und jeder Menge Ringen in den Ohren. Danach vergingen einige Minuten, bis sich die Tür abermals öffnete und eine neue Gruppe in die Halle ließ.

Lillemor sah ihn sofort. Ganz hinten. Sie hätte seinen grünen Wintermantel überall erkannt. Sein kleiner Koffer schleifte über den Boden, und Lillemor mußte sich am Papierkorb neben dem Kiosk festhalten, um ihre Fassung zu bewahren.

Denn Torgeir war nicht allein. Neben ihm ging Hilde Holm. Dicht neben ihm. Und sie teilten sich einen Kofferwagen. Hilde Holm in schwarzer Lederjacke, rotem Minirock und schwarzen, hochhackigen Stiefeln. Sie lächelte Torgeir an, stellte sich auf die Zehenspitzen und flüsterte ihm etwas ins Ohr. Dann legte sie ihm eine Hand auf den Arm und drückte ihn rasch, damit niemand es sah, um dann irgend jemandem in der wartenden Menge zuzuwinken. Der große, kräftige Mann mit halblangen blonden Haaren und blauem Trainingsanzug, der neben Lillemor gestanden und in einer Sonntagszeitung geblättert hatte, winkte zurück und bahnte sich quer durch die Menge einen Weg. Der junge Mann drückte Hilde Holm kurz an sich, dann reichte er Torgeir die Hand. Hilde Holm reichte dem jungen Mann ihren Koffer und ihre Tüte mit zollfreien Waren, und dann verschwanden die beiden in Richtung des Kurzzeitparkplatzes, der unmittelbar vor der Ankunftshalle lag.

Torgeir blieb einige Sekunden hinter dem Kofferwagen vor der Ausgangstür stehen. Andere Fluggäste bahnten sich auf beiden Seiten einen Weg an ihm vorbei.

In Lillemors Kopf herrschte das pure Chaos. Für einen wahnwitzigen Moment fragte sie sich, ob ihre Phantasie ihr einen Streich gespielt haben könnte. Hatte sie Halluzinationen gehabt? War Hilde Holm wirklich hier gewesen? Vor einem Moment erst? War überhaupt irgendeine Frau hier gewesen? In rotem Minirock und schwarzen, hochhackigen Stiefeln? Torgeir stand nur einige Meter von ihr entfernt und kehrte ihr den Rücken zu. Konnte sie sicher sein, daß er es war? Torgeir! Verblüfft hörte Lillemor ihre eigene Stimme. Hatte sie seinen Namen gerufen? Laut gerufen? Aber Torgeir Reiersen hatte schon den Wagen mit Koffer und zollfreien Waren angeschoben und folgte dem Strom der Fluggäste nach draußen. Torgeir! Die automatischen Türen schlossen sich wieder. Lillemor griff nach ihrem Koffer und lief hinter Torgeir her. Die Gedanken wirbelten ihr nur so durch den Kopf.

Die scharfe Fjordluft traf ihr Gesicht. Ein kleines, weißes Auto überholte den Flughafenbus und fuhr rasch an ihr vorbei. Lillemor sah für einen Moment einen Kopf mit dunkler Pagenfrisur. Und ein Gesicht, das sie überall erkannt hätte. Ein boshaftes Gesicht. Ein boshaftes, triumphierendes Gesicht.

Langsam ging ihr die Wahrheit auf. Sie war verraten worden. Betrogen. Und sie wußte genau, wer dahinter steckte. Hilde Holm war die Schlange. Vom ersten Moment an hatte sie es auf Torgeir abgesehen gehabt, tatkräftig und zudringlich. Und am Ende hatte sie Erfolg gehabt. Sie hatte ihn verführt. Hilde Holm hatte ihn verführt. *Ihren* Torgeir.

Lillemor war naiv gewesen. Hatte sich an der Nase herumführen lassen. Sie hatte Hilde Holm für eine boshafte Göre gehalten. Aber Hilde Holm war keine Göre. Sie war eine Verführerin. Ein raffiniertes, vulgäres Luder. Eine billige Dirne. Eine Nutte. Und Torgeir? *Ihr* Torgeir? Der hatte sich als ebensowenig widerstandfähig wie alle anderen erwiesen. Wie alle anderen Mannsbilder. War auf Hilde Holms Tricks hereingefallen und hatte sich verführen lassen. Er war wie alle anderen gewesen. Ohne Prinzipien. Unmoralisch. Unzuverlässig.

Der nächste Gedanke meldete sich erbarmungslos. Schmerzhaft. Und unerträglich. Lillemor versuchte ihn wegzuschieben, wollte ihn nicht denken. Aber der Gedanke bohrte sich seinen Weg, ließ sich nicht aufhalten. Hatte Torgeir sie verraten? Nicht nur betrogen, sondern auch ausgenutzt? Hatten sie das gemeinsam geplant? Torgeir und Hilde Holm? Hatten sie sie benutzt? Bewußt und zynisch? Sie gebraucht... um Rita loszuwerden?

Torgeir verschwand im Parkhaus, während Lillemor um das Gebäude herumlief und sich vor die Auffahrt stellte. Schon nach wenigen Minuten öffnete die automatische Schranke sich und Lillemor sah sein Auto. Sie hatte keine Ahnung von Automarken, aber den großen silbrigen Audi kannte sie. Sie stellte sich mitten auf die Fahrbahn, mit ihrem Koffer in der Hand.

Torgeir Reiersen trat auf die Bremsen und schlug mit der Faust gegen die Windschutzscheibe.

»Passen Sie doch auf«, brüllte er die undeutliche dunkle Gestalt an.

»Zum Henker!«

Lillemor wich nicht vom Fleck.

»Ich hätte Sie überfahren können.« Er kurbelte das Fenster nach unten und steckte den Kopf hinaus. »Aber zum Teufel! Lillemor!« Torgeir öffnete die Tür und stieg aus.

»Lillemor? Was zum Teufel soll das denn bedeuten?«

»Halt die Fresse«, sagte Lillemor.

»Was?«

»Halt die Fresse und setzt dich wieder ins Auto. Dann werde ich dir erzählen, was das bedeutet. Darauf kannst du dich verlassen.« Sie ging um das Auto herum, stellte sich vor die andere Tür und schlug gegen die Fensterscheibe. »Jetzt mach schon.«

Verdutzt gehorchte Torgeir und öffnete brav für Lillemor die Tür.

»Fahr los«, befahl Lillemor barsch. Hinter ihnen hatte sich eine Schlange gebildet, und zwei Autofahrer hupten gereizt. Lillemor legte ihren kleinen Koffer auf den Rücksitz und stellte ihre Handtasche vor sich auf den Boden.

»Aber was zum Henker...«, Torgeir zeigte dem Fahrer des Wagens hinter seinem den Finger und fuhr los. Er war total verwirrt. Vor allem, weil er Hildes Mitbewohner vorgestellt worden war. Ohne Vorwarnung, so, als sei nichts gewesen. Er hatte zwar gewußt, daß sie mit einem Mann zusammenwohnte, aber... Aus irgendeinem Grund hatte er sich diesen Anders als bleichen Schwächling mit runder Brille und Pickeln am Kinn vorgestellt. Aber dann war ein blondes Muskelpaket von knapp zwei Metern aufgetaucht, der aussah wie ein Zwillingsbruder von Geir Moen. Torgeir war sich alt und fahl vorgekommen. Und er war sicher, daß diesem Wikinger, der ihn um Haupteslänge überragte, die kahle Stelle auf seinem Kopf aufgefallen war.

Torgeir war müde und erschöpft. In den letzten Tagen hatte er zuwenig geschlafen und zuviel getrunken. Außerdem war ihm schlecht, und er litt unter schmerzhaften Blähungen. Er hatte nicht in Ruhe aufs Klo gehen können, weil Hilde rund um die Uhr um ihn herumgesprungen war. Zu Hause machte er jeden Morgen nach dem Frühstück eine ausgiebige Sitzung und las dabei die Zeitung.

Daß nun mitten in diesem ganzen Chaos auch noch Lillemor auftauchte, war wirklich der pure Wahnwitz. Lillemor vor dem Parkhaus von Fornebu? Am Sonntag vormittag? Einen Moment lang hatte er schon befürchtet, unter Halluzinationen zu leiden. Aber die Gestalt, die neben ihm über den Sitz quoll und das ganze Auto mit ihrem gewaltigen Pelzmantel füllte, war einwandfrei keine Halluzination.

»Hör mal, Lillemor...« Torgeir war wütend und verwirrt. Er verfluchte sich selber, weil er sie hatte einsteigen lassen. Er hätte Türen und Fenster verriegeln und das Gaspedal durchtreten müssen, sowie er sie erkannt hatte. Aber sie hatte ihn überrumpelt. Und er war voll in die Falle getappt. Er bezweifelte keine Sekunde, daß sie nicht ganz bei Verstand war.

»Soll ich dich nach Hause fahren? Willst du das?« Torgeir suchte den leichtesten Ausweg aus diesem Schlamassel. Wenn nur nicht herumgequengelt wurde, dann ließ er sich allerlei gefallen. Aber er konnte jetzt nicht mit Lillemors Irrsinn umgehen. Nicht heute. Er war müde und wollte nach Hause. Das war sein einziger Gedanke. Nach Hause zu kommen. Aufs Klo zu gehen, zu duschen und zu schlafen. Lange zu schlafen. In seinem eigenen Bett.

Lillemor sagte kein Wort.

»Vielleicht würdest du mir eine Erklärung geben?« Er wünschte sich verzweifelt, daß Lillemor sagte, sie habe ihn zufällig entdeckt. Daß sie eine alte Schulfreundin zum Flughafen begleitet habe, die jetzt mit dem Flugzeug nach Bergen unterwegs war. Daß sie eine Mitfahrgelegenheit gesucht habe, um nicht auf den Bus warten zu müssen. Aber im Grunde wußte er natürlich, daß dieser Wunsch sich nicht erfüllen würde. Lillemor war nicht zufällig am

Flughafen gewesen. Lillemor hatte keine Schulfreundin in Bergen.

»Eine Erklärung?« Lillemor spuckte ihm diese Worte ins Gesicht.

»Ja.«

»Du?« schnappte sie. »Du willst eine Erklärung?«

»Ja, findest du nicht...«

»Das ist wirklich die übelste Unverschämtheit...«

»Also wirklich, Lillemor.«

»Ich wüßte wirklich gern, wer hier eine Erklärung verlangen darf!«

»Was zum Teufel willst du damit sagen?«

»Spiel dich doch nicht so auf!«

»Was?«

»Du bist durchschaut. Und das weißt du.«

»Durchschaut? Was zur Hölle...«

»Meinst du vielleicht, ich hätte dich nicht gesehen? Was?«

»Mich gesehen?«

»Dich gesehen. Dich und die kleine Nutte. Meinst du wirklich, ich hätte sie nicht gesehen?«

»Was bildest du dir eigentlich ein, verdammt noch mal?«

»Ich habe euch gesehen. Zusammen.«

»Na und? Geht es dich etwas an, mit wem ich verreise? Was? Bin ich dir vielleicht Rechenschaft schuldig? Ausgerechnet dir?«

»Darauf kannst du Gift nehmen. Und die kleine Nutte auch. Das kann ich dir sagen.«

»Herrgott. Hast du denn völlig den Verstand verloren?« Torgeir wollte sich nun doch nicht alles bieten lassen. Geistesgestört oder nicht.

»Habe ich euch vielleicht nicht auf frischer Tat erwischt? Versuch ja nicht, dich rauszureden!«

»Ehrlich gesagt, Lillemor, das hätte ich nie von dir erwartet. Daß du in meinem Büro herumschnüffelst, ist das eine, aber mich zu verfolgen... zu spionieren...«

»Komm mir nicht auf die Tour. Und billig wirst du mir nicht davonkommen.«

»Wovon redest du eigentlich? Was willst du überhaupt? Wenn du meinst, du könntest mich erpressen, dann hast du dich aber geschnitten.«

»Halt die Klappe. Von jetzt an bestimme ich.«

»Du bestimmst? Du?«

»Und du wirst tun, was dir befohlen wird. Die kleine Nutte kannst du übrigens auch gleich vergessen.«

»Steckst du unter einer Decke mit... Rita?« Torgeir wußte, daß diese Vermutung absurd war, aber das war schließlich auch die ganze Situation.

»Unter einer Decke... du hast's gerade nötig.«

»Aber zum Henker...«

»Verrat und Doppelspiel fallen doch in deinen Bereich.«

»Das ist doch Wahnsinn!« Sie bogen in den Drammensvei ab.

»Paß auf!« heulte Lillemor und schlug die Hände vors Gesicht.

Torgeir wechselte die Spur mit einem Meter Spielraum zum Flughafenbus. Der Busfahrer hupte wie ein Wilder. »Willst du uns umbringen? Willst du das? Jetzt kommt die Reue, was? Aber das hilft dir nicht. Hilft nicht...«

Torgeir klammerte sich mit schweißnassen Händen am Lenkrad fest. Das wäre fast schiefgegangen. Er mußte sich beruhigen und Lillemor zum Reden bringen. Jetzt war

Psychologie angesagt, ein Zornausbruch würde nicht weiterhelfen. Das hatte er immerhin bei einem Praktikum in einer Nervenklinik gelernt.

»Bitte Lillemor. Beruhig dich doch. Und erzähl mir, was los ist. Was willst du eigentlich?«

»Sie hat alles kaputtgemacht. Die kleine Nutte.«

»Hör mal«, sagte Torgeir ganz ruhig. »Sei doch mal ein wenig vernünftig, Lillemor. Bitte, versuch es. Ich bin müde und kaputt. Ich war auf einem Wochenendseminar in London, über Herzkrankheiten. Das weißt du, nicht wahr? Das habe ich dir erzählt.«

»Ich weiß, wo du gewesen bist. Und was du getan hast. Ich habe sie gesehen.«

»Meinst du Hilde? Hilde Holm?«

»Diese miese, gemeine ...«

»Aber liebe Lillemor ...«

»Sag das nicht. Sag das nie mehr. Nie mehr, hörst du? Ich habe sie gesehen.«

»Ja, natürlich hast du das. Hilde Holm war auch in London. Hilde Holm und sechzig weitere norwegische Kollegen. Ist das denn so seltsam?«

»Also wirklich!«

»Du ... du Hurenbock!«

»Jetzt reicht es, Lillemor. Das lasse ich mir nicht bieten.«

»Ach ja?«

»Ich sehe doch, daß du nicht ganz bei dir bist, aber was Hilde Holm und ich möglicherweise zusammen machen ... das geht dich wirklich nichts an. Und wenn du dir um Rita Sorgen machst, dann kannst du dir die Mühe sparen. Rita weiß, wo ich gewesen bin ...«

»Und die kleine Nutte?«

»Und daß Hilde Holm auch dabei war. Es gibt hier kein Komplott zu enttarnen. Von Geheimniskrämerei kann keine Rede sein. Das bildest du dir nur ein…«

»Halt die Fresse!« Lillemor mußte Ordnung in ihre Gedanken bringen. Sie wollte nicht mehr hören. Sie durfte jetzt keine Schwäche zeigen, durfte ihm nicht die kleinste Gelegenheit geben, seine Überredungskünste an ihr auszuprobieren. Sie starrte aus dem Seitenfenster und konzentrierte sich auf die Verkehrsschilder. Es galt jetzt, klaren Kopf zu bewahren.

Torgeir schwieg.

»Hier abbiegen«, befahl Lillemor. »Du weißt, wo ich wohne.«

»Torgeir hatte nicht die leiseste Ahnung, wo sie wohnte, aber brav bog er auf die Auffahrt nach Skøyen ab. Hoffentlich wohnte sie in Frogner oder Majorstua. Dann wäre er sie in wenigen Minuten los. Und das war jetzt sein einziger Wunsch. Lillemor ausladen und nach Hause fahren. Nach dem Wochenende würde er mit dem Stationsarzt sprechen. Und danach mußte der Vertrauensarzt entscheiden. Es war doch klar, daß Lillemor geistesgestört war. Und eine große Überraschung war das ja eigentlich nicht. An Signalen und Vorwarnungen hatte es nicht gefehlt, aber niemand hatte sie ernst nehmen mögen. Jetzt jedoch war kein Zweifel mehr möglich, und jemand mußte eingreifen. Vor allem mußte sie krankgeschrieben werden, damit für das Büro eine Vertretung eingestellt werden konnte. Und dann mußten sie versuchen, Lillemor zur Beobachtung in eine Klinik einweisen zu lassen… mit Hilfe irgendeines Paragraphen. Aber das war glücklicherweise das Problem des Vertrauensarztes. Er selber hatte nicht vor, den Psychiater zu spielen. Oder doch nur so lange, wie er es tun mußte, um diese Autofahrt mit heiler Haut zu überstehen und dieses durchgedrehte Frauenzimmer aus dem Auto zu schaffen, ohne daß es zu Handgreiflichkeiten kam.

»Bitte Lillemor. Sag mir einfach, wo du wohnst, dann fahre ich dich bis vor die Tür. Und du mußt mir versprechen, dich gleich hinzulegen. Leg dich hin und ruh dich aus.« Torgeir gab sich wirklich alle Mühe.

»Gib dir keine Mühe, du Heuchler, du falscher ...«

»Hör auf, Lillemor.« Torgeir wußte nicht, wie lange er noch sein seelisches Gleichgewicht würde halten können.

»Bild dir ja nicht ein, du könntest mich an der Nase herumführen. Du hast mich zum Narren gehalten. Und das wird nicht ungestraft bleiben.«

»Ja Scheiße!« Torgeir pfiff auf alle Psychologie. »Du spinnst doch. Bist verrückt geworden. Und das ist verdammt noch mal nicht meine Schuld.«

»Ach nein? Komm mir ja nicht auf die Tour. Mit meinem Kopf ist alles in Ordnung. Diesmal hast du dich verrechnet. Aber es wird dich teuer zu stehen kommen, daß du mich betrogen hast. Das kann ich dir sagen.«

»Am besten nimmst du erst mal ein paar Schlaftabletten. Dröhn dir deine psychotische Birne zu.«

»Nichts da. Pillen kannst du mir nicht aufzwingen.«

»Also wirklich ...«

»Und ich habe nicht vor, Irrsinn geltend zu machen. Dahinter wirst du dich nicht verkriechen können. Warte nur.«

»Sicher, sicher.«

»Du steckst in der Falle, du Heuchler. Und wenn du glaubst, ich würde dich decken, dann wird dich das teuer zu stehen kommen. Bildest du dir etwa ein, daß ich tatenlos zusehe, wie die kleine Nutte einzieht? Was? Sowie deine rothaarige Vogelscheuche unter der Erde ist?«

»Du bist nicht nur total verrückt, Lillemor, du bist auch noch bösartig.«

»Ja, erzähl das nur der Polizei. Schieb mir ruhig die Schuld zu.«

»Das ist wohl kaum ein Fall für die Polizei ...«

»Ich werde jedenfalls keine Falschaussage machen.«

»Natürlich nicht, Lillemor. Bestimmt nicht.« Torgeir machte noch einen Versuch, ihr nach dem Munde zu reden. Sie fuhren am Frognerpark vorbei. »Wohin willst du nun also? Wo wohnst du denn eigentlich?« Dieses eine Mal hatten sie auf dem ganzen Kirkevei grüne Welle.

»Du weißt genau, wo ich wohne. Aber bieg einfach in den Bogstadvei ein. Und setz mich an der Kreuzung ab.« Lillemor war es schlecht, und die Kopfschmerzen störten sie beim Denken. Sie wollte nach Hause. Nach Hause, so schnell wie möglich. Nach Hause, um zur Ruhe zu kommen und Ordnung in ihre Gedanken zu bringen. Um ihr weiteres Vorgehen zu planen. Sie durfte jetzt nichts übereilen. Durfte keinen Fehler machen. Durfte sich nicht von ihrer Enttäuschung überwältigen lassen. Sie hatte Torgeir doch in der Hand. So sehr er auch protestierte und sich aufspielte, sie hatte die Trümpfe. Und das sollte sie ihm wohl besser ganz klar sagen. Sofort.

»Das Spiel ist aus, Torgeir.«

»Schön.« Er hatte keine Ahnung, wovon sie redete, und es interessierte ihn auch nicht.

Lillemor dachte nach und wählte ihre Worte sehr sorgfältig.

»Entweder wirst du wegen Beihilfe zum Mord angeklagt, oder wir folgen unserem ursprünglichen Plan. Und dann bestimme ich. Du wirst genau das tun, was ich dir sage, nicht mehr und nicht weniger.«

»Bitte... erspar mir deine Zwangsvorstellungen.«

»Deine Wünsche interessieren niemanden. Überleg dir lieber, was du tun wirst, wenn du nach Hause kommst. Und sie findest... was du dann der Polizei erzählen willst.«

»Hör jetzt auf, zum Teufel. Was bildest du dir eigentlich ein? Daß du mir angst machen kannst? Daß etwas passiert ist...«

»Ach so! Das hast du also vor. Du willst den Ahnungslosen spielen, ja? Ja, feine Idee. Und glaubst du, daß die Polizei dir das abkauft? Den armen, unschuldigen Ehemann? Der nichtsahnend von seiner Fickreise zurückkehrt und seine Frau tot in der Diele findet?«

»Was zum Teufel redest du da eigentlich? Jetzt reicht es wirklich.«

»Frag doch einfach Karsten Vaage. Laß dir erzählen, wie die Polizei ihn behandelt hat.«

»Karsten Vaage?«

»Karsten Vaage, ja. Und ich glaube, dann wirst du aus einem anderen Loch pfeifen.«

»Lillemor! Um Gottes willen! Ist etwas passiert? Mit... mit Rita?« Torgeir trat die Bremse durch. Der Wagen kam mit einem Ruck und halb auf dem Bürgersteig zum Stehen. Lillemor wurde nach vorn geschleudert und stieß mit dem Kopf gegen das Armaturenbrett. Ihre Handtasche kippte um, und ihr Inhalt verteilte sich zwischen ihren Beinen auf dem Wagenboden.

»Mein Kopf! Was machst du denn? Mein Kopf!« Lillemor merkte, daß sie sich gleich erbrechen würde. Vor ihren Augen flimmerte ein Schneegestöber. Sie tastete wie blind nach der Türklinke. »Hilf mir! Ich will raus!« Sie versuchte, den Inhalt ihrer Handtasche zusammenzuraffen, während Torgeir die Autotür öffnete und sie hinausschob. Er sah ihren Koffer auf dem Rücksitz und warf ihn hinter ihr her.

»Mach, daß du weg kommst. Du gemeines Biest!« Der Koffer landete in einer Pfütze. Torgeir knallte mit der Wagentür.

»Das wirst du büßen. Das kann ich dir sagen.«

Torgeir bretterte durch den Bogstadvei. Lillemors Stimme gellte noch in seinen Ohren. An der Ecke Parkvei entging er um Haaresbreite der Kollision mit einem Fahrrad. Der Radfahrer zeigte ihm den Finger, und Torgeir hupte wütend. Beide waren bei Rot losgefahren. Torgeir fuhr einige hundert Meter weiter. Gegenüber vom Künstlerhaus fuhr er an den Straßenrand und hielt an. Er mußte sich beruhigen. Lillemor sollte es nicht gelingen, ihn zum Wahnsinn zu treiben. Ihn dazu zu bringen, daß er an einem friedlichen Sonntagvormittag Radfahrer und Fußgänger umnietete. Sie sollte ihn nicht zu dem Mörder machen, für den sie ihn in ihrem Irrsinn offenbar hielt. Psychotisches Gewäsch, das war alles. Als Arzt hätte er das sofort begreifen müssen. Statt sich davon umwerfen zu lassen. Makabre Zwangsvorstellungen. Natürlich war Rita zu Hause. Und alles in schönster Ordnung. Wahrscheinlich war sie noch gar nicht aufgestanden. Rita schlief noch von der Weihnachtsfeier aus. Torgeir kannte doch diese Psychologen, Psychiater und Sozialarbeiter und ging davon aus, daß das Fest bis in die Morgenstunden gedauert hatte. Er hatte doch selber den Alkohol ins Haus getragen. Wahrscheinlich schlief irgendein Sozialheini auf dem Wohnzimmersofa seinen Rausch aus. Natürlich ging es Rita gut. Schlimmstenfalls hatte sie Kopfschmerzen und einen Kater. Er wollte sie nicht wecken. Und die eventuellen Logiergäste auch nicht. Er würde leise die Tür aufschließen und seinen Koffer in der Diele abstellen. Dann würde er mit der Sonntagszeitung ins Badezimmer gehen. Erst mußte er sein Gedärm in Ordnung bringen, dann würde er ausgiebig duschen. Er würde sich ins Schlafzimmer schleichen, sich ins große Doppelbett legen und sich an Rita schmiegen, ohne sie zu wecken. Sie könnten noch stundenlang schlafen. Bis in den Nachmittag hinein. Camilla würde erst gegen acht Uhr abends nach Hause kommen. Sie könnten sich eine Pizza bestellen und dann würde er Rita und Camilla die Geschenke geben, die er in London für sie gekauft hatte. Eigentlich hatte er die als Weihnachtsgeschenke vorgesehen, aber sie sollten sie gleich haben. Heute noch. Sofort. Für Rita hatte er ein handgeschmiedetes thailändisches Schmuckstück gekauft, eine schwere Kette aus Weißgold, exklusiv und wesentlich teurer, als er sich das vorgestellt hatte. Aber er hatte sofort gesehen, daß es das richtige Geschenk war. Und nicht jeden Tag fand er für Rita ein richtiges Geschenk. Rita war wählerisch. Verdammt wählerisch. Und niemals hätte sie das rücksichtsvollerweise verschwiegen. Für Camilla hatte er Reitstiefel gekauft, genau die Marke und die Farbe, die sie sich gewünscht hatte; er war den halben Samstagvormittag in London herumgelaufen, um sie zu finden. Torgeir freute sich schon auf die Gesichter der beiden, wenn sie ihre Geschenke auspackten. Torgeir wollte einfach nur nach Hause.

Er hielt in der Auffahrt und sah, daß in der Küche Licht brannte. Wohnzimmer und Schlafzimmer waren dunkel. Auch bei den Nachbarn war es dunkel und still. Kein Mensch war zu sehen.

Er schloß vorsichtig die Autotür, um niemanden zu wecken. Dann holte er den Koffer aus dem Kofferraum und ging auf die andere Seite, um die Tüte mit den zollfreien Waren vom Rücksitz zu nehmen. Und dabei sah er das Messer. Ein großes, blinkendes Messer mit schwarzem Griff. Torgeir zog es hervor. Es war zur Hälfte unter den Vordersitz gerutscht und steckte fest zwischen einer leeren Colaflasche und einem alten Putzlappen. Der Messergriff war klebrig, und die Klinge war von einer geronnenen bräunlichen Flüssigkeit verfärbt. Torgeir fuhr mit dem Finger über die klebrige Klinge. Blut! Er starrte seine Hand an. Zeigefinger und Handfläche waren mit Blut besudelt. Ohne nachzudenken wischte er sich die Hand an seiner Hose ab. Er hielt das blutige Messer in der ausgestreckten Hand und rannte die wenigen Meter zum Haus. Er riß das Schlüsselbund aus der Manteltasche und schob den Schlüssel ins Loch.

In der Diele war es dunkel. Ein süßlicher, muffiger Geruch schlug ihm entgegen. Torgeir versetzte dem Bündel, das zusammengekrümmt vor der Kommode lag, aus Versehen einen Tritt. Er konnte gerade noch das Licht anknipsen, dann rutschte er in der Blutlache aus, die sich auf dem Boden gebildet hatte. Mit dem Messer in der Hand kniete er vor der leblosen Gestalt. Rita starrte ihn aus weitoffenen, glasigen Augen an. Ihr großer Mund war geschlossen.

21

Lillemor mußte sich erbrechen. Sie schaffte es nicht einmal mehr bis ins Badezimmer. Sie konnte es gerade noch unterdrücken, bis sie die Tür geöffnet hatte. Ihr ganzes Frühstück spritzte hervor. Über den frisch geputzten Dielenboden. Über den Flickenteppich. Gott sei Dank gab es keine Flecken auf ihrem Blaufuchsmantel, ihre neuen Wildlederstiefel dagegen waren restlos versaut. Mit der Handdusche spülte sie den ärgsten Schmutz ab. Dann stellte sie die Stiefel in einem Wassereimer mit milder grüner Seife in die Badewanne. Sie würden vermutlich schrumpfen, sich vielleicht verfärben, wahrscheinlich waren sie ruiniert. Sie spielte mit dem Gedanken, die Stiefel in kaltem Essigwasser abzuspülen und sie mit Zeitungspapier auszustopfen, ehe sie sie trocknen ließ. Aber es blieb bei diesem Gedanken. Nach der Wäsche mit grüner Seife konnte sie nicht mehr. Als sie sich über die Badewanne beugte, wurde ihr so schwindlig, daß sie fast in Ohnmacht gefallen wäre. Und sie mußte schon wieder erbrechen. Ein weiteres Mal. Sie hielt den Kopf über das Waschbecken. Aber ihr Magen war leer, sie brachte nur noch eine Mischung aus zähem Schleim und saurer, bräunlicher Flüssigkeit heraus.

Lillemor ruhte sich auf dem Toilettensitz aus. Dann zog sie ihre engen, verschwitzten Kleider aus und wusch sich das Gesicht mit kaltem Wasser. Die wenigen Meter vom Bad zum Wohnzimmer bewegte sie sich wie auf Glatteis. Sie drückte sich an die Wand, setzte vorsichtig einen Fuß vor den anderen und stützte sich auf Möbel und Türklinken. Mühselig schleppte sie sich zum Sofa und legte sich hin.

Vielleicht hatte sie Fieber. Sie lag nur mit ihrem Unterrock bekleidet auf dem Sofa und mochte sich nicht zudecken. Das Wohnzimmerfenster war halb geöffnet. Es war kühl im Zimmer, ihr Körper jedoch glühte, und ihre Stirn war schweißnaß. Ihr Mund war wie ausgedörrt und von einem ekelhaften Kotzgeschmack erfüllt. Sie hatte seit dem Frühstück nichts mehr gegessen, aber schon die bloße Vorstellung einer Mahlzeit war ihr zuwider. Zum ersten Mal, seit sie denken konnte, hatte sie keinen Appetit. Sie wollte nur etwas Kaltes zu trinken. Nur einen Schluck Wasser, um diesen ranzigen, ekligen Geschmack hinunterzuspülen. Aber sie wagte nicht, vom Sofa aufzustehen.

Lillemor horchte in sich hinein. Sie hatte nirgendwo Schmerzen. Ihre Kopfschmerzen waren verflogen. Und wenn sie ruhig auf dem Rücken lag, war ihr auch nicht schwindlig. Und schlecht war ihr auch nicht mehr. Wie in einem Segelboot im Sommer, dachte sie. Nicht, daß sie je in einem Segelboot gesessen hätte, aber sicher war das so ein Gefühl. Wenn der Körper glühte und sich nach einem langen Tag in Wind und Sonnenschein schwer anfühlte. Wenn man an Deck lag, döste, auf den Wellen schaukelte und sich willenlos mit der Strömung treiben ließ. Sie schloß die Augen. Ihre Gedanken flogen davon wie rasche Sommerwolken.

Sie wollte wegen Torgeir nicht traurig sein. Das brachte nichts und könnte ihr nur selber schaden. Aber daß er sie so zum Narren gehalten hatte! Das sollte er nicht umsonst getan haben! Sie hatte Torgeirs Schicksal in der Hand. Er hing an ihrer Angel. Es war nur eine Frage der Zeit, bis er das einsehen würde. Nur eine Frage der Zeit, bis er zahm und lenkbar sein würde. Von nun an würde sie ihn um den kleinen Finger wickeln können. Sie brauchte nichts zu unternehmen, sie konnte einfach ruhig abwarten, bis er zu Kreuze kroch.

Aber eins wollte sie dann klarstellen: Ein solches Benehmen wie vorhin im Auto würde sie sich nicht gefallen lassen. Natürlich war er nicht ganz er selber gewesen, nachdem sie ihn auf frischer Tat ertappt hatte, aber dieses ungehobelte Verhalten würde sie ihm nicht mehr durchgehen lassen. Nicht noch einmal. Und es würde nicht billig für ihn werden, daß sie ihn in Gnaden wieder aufnahm. Er sollte betteln und flehen. Sie würde ihn gekonnt auf die Folter spannen.

Vielleicht würde sie ihm ja verzeihen. Irgendwann. Vielleicht. Vielleicht war es ja wirklich ein Zufall gewesen, daß auch Hilde Holm in London gewesen war. Auf jeden Fall stand nicht fest, daß Torgeir hinter diesem Komplott steckte. Vermutlich war alles Hilde Holms Werk. So offen, wie diese freche Dirne sich von Anfang an an Torgeir herangemacht hatte, war es nicht ausgeschlossen, daß Hilde Holm alles selbst in die Wege geleitet hatte. Vielleicht hatte Torgeir nichts Böses geahnt, bis diese unverschämte Person im Flughafen aufgetaucht war. Und es war ja auch möglich, daß er sie abgewiesen hatte.

Torgeir hatte nichts gestanden. Auf jeden Fall hatte er keine Untreue zugegeben. Eigentlich schien er wie aus allen Wolken gefallen, aufrichtig empört über ihre Vorwürfe. Vielleicht hatte sie überreagiert. Vielleicht war er wirklich unschuldig. Sie hatte ihm keine Möglichkeit gelassen, alles zu erklären. Vielleicht sollte sie ihm noch eine Chance geben. Nicht, daß sie ihr eigenes Verhalten bedauerte, aber sie konnte sich doch dazu herablassen, sich seine Verteidigungsrede anzuhören. Unbillig war sie noch nie gewesen. Ungerecht auch nicht.

Andererseits, Lillemor bereute nicht, ihn nachdrücklich in seine Schranken verwiesen zu haben. Jetzt wußte er ganz genau, wo die Grenze verlief. Und daß Lillemor sich keine Frechheiten und keine Schummeleien gefallen lassen würde. Von jetzt an konnte sie sich sicher fühlen. Er würde wohl kaum wagen, so etwas noch einmal zu riskieren. So gesehen herrschten jetzt klare Verhältnisse. Nicht, daß sie vorhatte, ihm die Möglichkeit zu neuem Gemunkel zu geben. Von jetzt ab war Schluß mit Firmenreisen und Kongressen ohne Begleitung. Und was Hilde Holm anging… Na, diese dumme Göre war keine wirkliche Bedrohung. Ihr Vertrag lief in zwei Monaten aus, und dann würde sie das Krankenhaus für immer verlassen. Das hatte der Stationsarzt Lillemor anvertraut. »Unser gemeinsames Irritationsmoment«, hatte er Hilde Holm genannt. Er hatte sich ehrlich gefreut, als Lillemor ihn dafür als »wahren Menschenkenner« gelobt hatte.

Natürlich hatte der Stationsarzt recht gehabt. Hilde Holm war ein Irritationsmoment, mehr nicht. Lillemor hatte sich selber beleidigt, als sie Hilde Holm als ebenbürtige Gegnerin betrachtet hatte. Hilde Holm war eine Eintagsfliege oder noch weniger. Denn wen hatte Torgeir nach Amerika eingeladen? Hilde Holm etwa? Aber nicht doch! Er hatte Lillemor gebeten. Sie war die Auserwählte. Sie wollte er auf dieser Traumreise bei sich haben. Sie wollte er seinen Kollegen vorstellen. Ehrlich und offen, keine schmuddelige Affäre, wie diese Sache in London.

Vielleicht hatte Torgeir sich in Versuchung führen lassen. Vielleicht hatte er sich auch verführen lassen. Aber ernst war die Sache nicht gewesen. Davon war sie überzeugt. Trotzdem wollte sie die Sache klarstellen: Daß sie ihm dieses eine Mal verzieh, bedeutete nicht, daß sie sich Flirts und Seitensprünge bieten lassen würde. Vielleicht hatte Rita das nicht so genau genommen. Aber Lillemor hatte nicht vor, fünf gerade sein zu lassen, wenn es um Anstand und Moral ging. Rita hatte bei Torgeir die Zügel wohl zu locker gelassen. Aber Lillemor würde ihn schon an die Kandare nehmen. Sie würde systematisch ans Werk gehen und alle Fehler und Mißtöne beseitigen. Da er so lange mit einer Psychologin zusammengelebt hatte, war es vielleicht kein Wunder, daß er so verquer geraten war. Rita war sicher eine Vertreterin von freier Liebe und antiautoritärer Erziehung gewesen. So hatte sie jedenfalls ausgesehen.

Außerdem. Torgeir sollte sich nicht zu sicher wähnen. Das würde sie ihm auch klarmachen. Er war nicht der einzige Mann auf der Welt. Es gab noch andere. Andere Männer. Karsten Vaage zum Beispiel. Der brauchte dringend eine Frau im Haus. Karsten Vaage war ein netter, lieber Mann, da war sie sich sicher, und ein Schürzenjäger war er garantiert nicht. Er war ein pünktlicher, pedantischer Mann der Ordnung, ein Mann, der morgens gern früh aufstand. Jetzt saß er allein in seiner geräumigen Villa, die noch größer und schöner war als Torgeirs. Und dann war da noch Studienrat Lunde in Nordberg. Auch er ein anständiger Mann. Mit Staatsexamen und solider Stellung. Auch er hatte Gesellschaft verdient. Nach einem Leben mit seiner spitznasigen, kränkelnden Gattin würde er eine üppige Frau und einen großzügigen Speisezettel sicher zu schätzen wissen.

Nein, Torgeir sollte sich wahrlich nicht zu sicher wähnen. Sie hatte auch nicht vor, ihn gleich wieder in Gnaden aufzunehmen. Das sollte er sich erst verdienen. Er würde ganz brav zu Kreuze kriechen müssen. Sie hatte durchaus nicht vor, sich mit leeren Versprechungen und einem Blumenstrauß abspeisen zu lassen.

Lillemor nickte ein. Sie war jetzt ganz ruhig. Sie spürte, daß alles sich finden würde. Es würde gutgehen. Auf jeden Fall hatte sie ihr Bestes getan. Sie empfand jetzt weder Reue noch Wut noch Enttäuschung. Sie war nur noch erleichtert. Sie hatte das ihre getan. Sich alle Mühe gegeben. Wie immer schon. Ihr Leben lang. Sie hatte sich immer nur auf sich selber verlassen können. Schon mit zwölf Jahren hatte sie auf eigenen Beinen gestanden. Hatte alle Verantwortung übernommen. Die Verantwortung dafür, daß im Haus Ordnung herrschte und daß die Rechnungen bezahlt wurden. Daß die Betten gelüftet und die Wäsche gewaschen, daß Pfandflaschen weggebracht und die Aschenbecher geleert wurden. Sie hatte die Vorbereitungen für Weihnachten und für Geburtstage getroffen, sie hatte ihre eigenen Geschenke gekauft und eingepackt, sie war jeden Morgen in die Schule gegangen, war niemals zu spät gekommen und hatte immer ein Pausenbrot dabeigehabt. Schon in der siebten Klasse hatte sie sich selber versorgt. Hatte abends im Kiosk ausgeholfen, während sie Realschule und Handelsgymnasium besuchte. Hatte sich niemals Urlaub gegönnt. War niemandem je zur Last gefallen. War niemandem etwas schuldig. Sie brauchte sich für nichts zu entschuldigen. Und auch keine Rechenschaft abzulegen. Lillemor konnte hocherhobenen Hauptes dastehen und der Welt in die Augen schauen.

Das Geräusch eines bremsenden Wagens drang durch das halboffene Fenster herein. Lillemor hatte das Gefühl, aufstehen, zum Fenster gehen, nachsehen zu müssen, wer kam.

Sie spürte, daß es Torgeir war. Torgeir, der schon auf der Wache seine Erklärung abgegeben hatte. Jetzt wollte er sie um Verzeihung bitten. Und beteuern, daß in London nichts passiert sei. »Mein Liebster«, flüsterte Lillemor. Sie wünschte sich so sehr, daß er es war. Wenn er es war, würde sie allen Stolz fahren lassen. Würde ihn mit offenen Armen empfangen. Er würde nicht um Verzeihung betteln und flehen müssen. Sie würde sich nicht zieren. Sie würde zeigen, daß sie ihm vertraute, an ihn glaubte. Vertrauen und Loyalität zeigen. Es hatte schon zu viele Mißverständnisse gegeben. Es war an der Zeit, sich füreinander gefühlsmäßig zu entblößen. Wenn er schwach war, dann wollte sie um so stärker sein. Lillemor würde ihn nicht im Stich lassen. Sie würde ihre Stärke dadurch zeigen, daß sie ihm verzieh.

Schwerfällig stand sie vom Sofa auf und schleppte sich zum Fenster. Gleich unter ihrem offenen Fenster stand, halb auf dem Bürgersteig, ein Streifenwagen. »Mein armes Herz«, murmelte Lillemor. Sie wußte sofort, daß es um Torgeirs Alibi ging. Wie gut, daß sie zum Flughafen gefahren war. Sie konnte der Polizei erzählen, daß sie Torgeir dort zufälligerweise getroffen hatte, und daß er sie in die Stadt mitgenommen hatte. Das stimmte ja im Grunde auch. Was sie im Flughafen gemacht hatte, ging die Polizei strenggenommen nichts an. Aber wenn sie gefragt wurde, konnte sie ja erzählen, daß sie sonntags häufiger dort sei. Weil sie so gern Flugzeuge sah. Das war ja nicht weiter ungewöhnlich.

In dem sonntäglich stillen Haus waren die Schritte im Treppenhaus deutlich zu hören. Es waren zweifellos zwei

Personen. Die hintereinanderher gingen. Ob Torgeir beim Verhör zusammengebrochen war? Und ob er alles verraten hatte? Ihren Plan ausgeplaudert? Jetzt ging die Türglocke. Lillemor ließ die Fensterbank los. Sie mußte sich aus dem Schlafzimmer einen Morgenrock holen, ehe sie die Polizei hereinlassen konnte. »Mein armer Junge!« Saß er allein und verzweifelt in einer Zelle im Untersuchungsgefängnis? Dachte er vielleicht, sie werde ihn im Stich lassen? Hatten diese brutalen Schläger ihn unter Druck gesetzt? Ihn bedroht? Oder war es einfach eine Erleichterung für ihn gewesen, die Wahrheit zu erzählen? Vielleicht zeigte sich darin keine Schwäche? Egal. Sie würde ihm wahrlich keine Vorwürfe machen. Und wenn er alle Schuld auf sich genommen hätte, dann würde sie darauf bestehen, ihren Teil von dieser Last selber zu tragen. Sie hatten es zusammen gemacht. Und so sollte es bleiben. Von nun an würden sie zusammensein. In allem.

Als sie versuchte, zum Schlafzimmer zu gehen, wurde sie von einem gewaltigen Schlag im Hinterkopf getroffen. Ihr Körper schien der Länge nach gespalten zu werden, ihre rechte Seite verschwand ganz einfach. Lillemor spürte, daß sie fiel, merkte aber nicht, wie ihr Körper auf den Boden aufschlug. Wieder ging die Türglocke. Sie wollte so gern aufstehen. Die Polizisten hereinlassen. Mit ihnen zur Wache und zu Torgeir fahren. Torgeir brauchte sie jetzt. Sie würde die Verantwortung übernehmen. Ihn trösten. Eine vollständige Aussage machen. Und ihn nach besten Kräften schonen. Sie wollte aufstehen, aber ihr Körper gehorchte nicht. Er schien ihr nicht mehr zu gehören. Schien keine Befehle anzunehmen. Kein Signal kam zu ihm durch.

Wieder ging die Türglocke, mehrmals, und dazwischen

wurde ihr Name gerufen. »Ja«, antwortete Lillemor. »Kommt rein. Bitte!« Sie formte diese Worte in ihrem Kopf und spürte deutlich, daß ihre Lippen sich bewegten. Aber nichts war zu hören. »Kommt rein!« Sie rief noch einmal. Stumm. Verzweifelt. »Kommt rein! Kommt rein!«

Die Schritte gingen die Treppe hinunter. Nach einigen Minuten hörte sie, wie der Wagen angelassen wurde. Dann war alles still. Lillemor schaute sich im Zimmer um. In seinem Silberrahmen an der Wand begegnete Heinz-Friedrich Lorentz ihrem Blick. Er lächelte sie an. Diesmal war kein Zweifel möglich. Seine Lippen verzogen sich. Zu einem geheimnisvollen Lächeln. Lillemor lächelte zurück. Sie hatte keine Angst. Heinz-Friedrich Lorentz wachte über sie, und alles war gut. Lillemor faltete die Hände und sprach ihr Abendgebet: »Lieber Gott, nun schlaf ich ein, schicke mir ein Engelein…«

Müdigkeit umhüllte sie. »Daß es treulich bei mir wacht, durch die ganze lange Nacht…« Es war ein langer Tag gewesen. Ein anstrengender Tag. »Hab ich Unrecht heut getan, sieh es, lieber Gott, nicht an. Amen.« Lillemor schloß die Augen und ergab sich dem tiefen, traumlosen Schlaf.